本色文丛·柳鸣九主编

书房内外

黑　马／著

海天出版社（中国·深圳）

图书在版编目（CIP）数据

书房内外 / 黑马著. —深圳 : 海天出版社, 2019.1
（本色文丛）
ISBN 978-7-5507-2434-1

Ⅰ. ①书… Ⅱ. ①黑… Ⅲ. ①散文集－中国－当代
Ⅳ. ①I267

中国版本图书馆CIP数据核字（2018）第156720号

书房内外

SHUFANG NEIWAI

深圳出版发行集团
海 天 出 版 社

出 品 人　聂雄前
策划编辑　林星海
项目负责人　韩海彬
责任编辑　韩海彬
责任校对　万妮霞
责任技编　梁立新
装帧设计　深圳斯迈德设计 Smart 0755-83144228

出版发行　海天出版社
地　　址　深圳市彩田南路海天大厦（518033）
网　　址　www.htph.com.cn
订购电话　0755-83460397（批发）　0755-83460397（邮购）
印　　刷　深圳市新联美术印刷有限公司
开　　本　787mm × 1092mm　1/32
印　　张　11.25
字　　数　192千
版　　次　2019年1月第1版
印　　次　2019年1月第1次
定　　价　50.00元

黑马，文学硕士，资深翻译、作家。出版有 10 卷本《劳伦斯文集》，长篇小说《混在北京》和《孽缘千里》。《混在北京》同名电影获百花奖最佳故事片奖。散文作品有《我的文学地图》等 12 部。曾为英国诺丁汉大学劳伦斯研究中心等机构的访问学者和客居作家，在央视《百家讲坛》和国内外多所大学开过讲座、任客座教授。

总序：学者散文漫议

◎ 柳鸣九

“本色文丛”现已出版三辑，共二十四种书，在不远的将来，将出齐五辑共四十种书。作为一个散文随笔文化项目，已经达到了一定的规模，也大致上形成了自己的特色：一是以“有作家文笔的学者”与“有学者底蕴的作家”为邀约对象，而由于我个人的局限性，似乎又以“有作家文笔的学者”为数更多；二是力图弘扬知性散文、文化散文、学识散文，这几者似乎可统称为“学者散文”。

前一个特点，完全可以成立，不在话下，你们邀哪些人相聚，以文会友，这是你们自家的事，你们完全可以采取任何的称呼，只要言之有据即可。何况，看起来的确似乎是那么回事。

但关于第二个特点，提出“学者散文”这个概念本身就是易于带来若干复杂性的问题，要说明清楚本就不容易，要论证确切更为麻烦，而且说不定还会有若干纠缠需要澄清。所有这些，就不是你们自己的事，而是大家关心的事了。

在这里，首先就有一个定义与正名的问题：究竟何谓“学者散文”？在局外人看来，从最简单化的字面上的含义来说，“学者散文”大概就是学者写的散文吧，而不是生活中被称为“作家”的那些爬格子者、敲键盘者所写的散文。

然而实际上，在散文这个广大无垠的疆土上活动着的人，主要还是被称为作家的这一个写作群体，而不是学者。再一个明显的实际情况就是，在当代中国散文的疆域里，铺天盖地、遍野开花的毕竟是作家这一个写作者群体所写的散文。

那么，把涓涓细流的“学者散文”汇入这个主流，统称为散文不就得了嘛，何必另立旗号？难道你还奢望喧宾夺主不成？进一步说，既然提出了“学者散文”之谓，那么，写作者主流群体所写的散文究竟又叫什么散文呢？虽然在中外古典文学史中，甚至在20世纪前50年的中国文学界中，写散文的作家，大多数都同时兼为学者、学问家，或至少具有学者、学问家的素质与底蕴。只是在近半个多世纪以来的中国文学界中，同一个人身上作家身份与学者身份互相剥离，作家技艺与学者底蕴不同在、不共存的这种倾向才越来越明显。我们注意到这种现实，我们尊重这种现实，那么，且把近半个多世纪以来由纯粹的作家（即非复合型的写作者）创作的遍地开花的散文作品，称为“艺术散文”，可乎？

似乎这样还说得过去，因为，纯粹意义上的作家，都是致力于创作的，而创作的核心就是一个“艺”字。因此，纯粹意义上的作家，就是以艺术创作为业的人，而不是以“学”为业的人，把他们的散文称为艺术散文，既是一种应该，也是一种尊重。

话不妨说回去，在我的概念中，“学者散文”一词其实是从写作者的素质与条件这个意义而言的。“素质与条件”，简而言之，就是具有学养底蕴、学识功底。凡是具有这种特点、条件的人，所写出的具有知性价值、文化品位与学识功底的散文，皆可称“学者散文”。并非强调写作者具有什么样的身份，在什么领域中活动，从事哪个职业行当，供职于哪个部门……

以上说的都是外围性的问题，对于外围性的问题，事情再复杂，似乎还是说得清楚的，但要往问题的内核再深入一步，对学者散文做进一步的说明，似乎就比较难了。具体来说，究竟何为“学者散文”？“学者散文”究竟具有什么特点？持着什么文化态度？表现出什么风格姿态？敝人既然闯入了这个文艺白虎堂，而且受托张罗“本色文丛”这个门面，那也就只好硬着头皮，提供若干思索，以就教于文坛名士才俊、鸿儒大家了。

说到为文构章，我想起了卞之琳先生的一句精彩评语，那时我刚调进外文所，作为他的助手，我有机会听到卞公对文章进行评议时的高论妙语。有一次他谈到一位年轻笔者的时候，用幽默调侃的语言评价说：“他很善于表达，可惜没什么可表达的。”说话风趣幽默，针砭入木三分。不论此评语是否完全准确，但他短短一语毕竟道出了为文成章的两大真谛：一是要有可供表达、值得表达的内容，二是要有善于表达的文笔。两者缺一不可，如果两者具备，定是珠联璧合的佳作。这个道理，看起来很简单、很朴素，甚至看起来算不上什么道理，但的的确确可谓为文成章的“普世真理”、当然之道。对散文写作，亦不例外。

就这两个方面来说，有不同素养的人、有不同优势与长处的人，各自在不同的方面肯定是有不同表现的，所出的文字，自然会有不同的特点与风格。一般来说，艺术创作型的写作者，即一般所谓的作家，在如何表达方面无一不具有一定的实力与较熟练的技巧。且不说小说、诗歌与戏剧，只以散文随笔而言，这一类型的写作者，在语言方面，其词汇量也更多更大，甚至还能进而追求某种语境、某种色彩、某种意味；在谋篇布局方面，烘托铺垫、起承转合、舒展伸延、跌宕起伏、统筹安排、井然有序。所有这些，在中华文章之道中本有悠久传统、丰富经验，如今更是轻车熟路，掌握自如；在描写与叙述方面，不论是描写客观的对象还是自我，哪怕只是描写一个细小的客观对象，或者描写自我的某一段平常而普通的感受，也力求栩栩如生、细致入微，点染铺陈，提高升华，不怕你不受感染，不怕你不被感动；在行文上，则力求行云流水，妙笔生花，文采斐然，轻灵跃动；在阅读效应上，也更善于追求感染力效应的最大化，宣传教育效应的最大化，美学鉴赏效应的最大化。总而言之，读这一种类型的散文是会有色彩缤纷感的，是会有美感的，是会有愉悦感的，而且还能引发同感共鸣，或同喜或同悲，甚至同慷慨激昂、同心潮澎湃……

我以上这些浅薄认识与粗略概括是就当代与学者散文有所不同的主流艺术散文而言的，也就是指生活中所谓的纯粹作家的作品而言的。我有资格做这种概括吗？说实话，心里有些发虚，因为我对当代的散文，可以说是没有多少研究，仅限于肤表的认识。

在这里，我不得不对自己在散文阅读与研习方面的基础，做出如实的交代：实事求是地说，20世纪前50年的散文我还算读过不少，鲁迅、茅盾、冰心、沈从文、朱自清、俞平伯、老舍、徐志摩、郁达夫、凌叔华、胡适、林语堂、周作人等人的散文作品，虽然我读得很不全，但名篇、代表作都读过一些。这点文学基础是我从中学教科书、街上的书铺、学校的图书馆，以至后来在北大修王瑶的中国现代文学史期间完成的。在大学，念的是西语系，后又干外国文化研究这个行当，从此，不得不把功夫都用在读外国名家名作上面去了。就散文作品而言，本专业的法国作家作品当然是必读的：从蒙田、帕斯卡尔、笛卡儿、伏尔泰、狄德罗、卢梭，到夏多勃里昂、雨果、都德，直到20世纪的马尔罗、萨特、加缪等。其他专业的作家如英国的培根、德国的海涅、美国的爱默生、俄国的屠格涅夫等人的作品，也都有所涉猎。但我对中国20世纪50年代以后的半个多世纪以来的散文随笔就读得少之又少了，几乎是一穷二白。承深圳海天出版社的信任，张罗“本色文丛”，这对我来说，实在是“专业不对口”，只是为了把工作做得还像个样子，才开始拜读当代文坛名士高手的散文随笔作品。有不少作家的确使我很钦佩，他们在艺术上的讲究是颇多的，技艺水平也相当高，手段也不少，应用得也很熟练，读起来很舒服，很有愉悦感，很有美感。

不过，由于我所读的中国现代文学中的散文名家，以及外国文学中的散文作家，绝大部分都是创作者与学者两重身份相结合型的，要么是作家兼学者，要么就是我所说的“有学者底蕴的作家”，“近朱者赤近墨者黑”，耳濡目染，自然形成我对散文随笔中思想底蕴、学识修养、精神内容这些成分的重视，这样，不免对当代某些纯粹写作型的散文随笔作家，多少会有若干不满足感、欠缺感。具体来说，有些作家的艺术感以及技艺能力、细腻的体验感受，固然使人钦佩，但是往往欠于思想底气、学养底蕴、学识储蓄，更缺隽永见识、深邃思想、本色精神、人格力量，这些对散文随笔而言，恰巧是至关重要的东西。当然，任何一篇散文作品是不可能没有思想，不可能不发表见解的，但在一些作家那里，却往往缺少深度、力度、隽永与独特性。更令人失望的是，有些思想、话语、见识往往只属于套话、俗话甚至是官话的性质，这在一个官本位文化盛行的社会里是自然的、必然的。总而言之，往往缺少一种独立的、特定的、本色的精气神，缺乏一种真正特立独行而又具有普遍意义的人文精神。

以上这种情况已经露出了不妙的苗头，还有更帮倒忙的是艺术手段、表现技艺的喧宾夺主，甚至是技艺的泛滥。表现手段本来是件好事，但如果没有什么可表现的，或者表现的东西本身没有多少价值，没有什么力度与深度，甚至流于凡俗、庸俗、低俗的话，那么这种表现手段所起的作用就恰好适得其反了。反倒造成装腔作势、矫揉造作、粉饰作态、弄虚作假的结果。应该说，技艺的讲究本身没有错，特别是在小说作品中，乃至在戏剧作品中，是完全适用的，也是应该的，但偏偏对于散文这样一种直叙其事、直抒胸臆的文体来说，是不甚相宜的。若把这些技艺都用在散文中间的话，在我们的眼前，全是丰盛的美的辞藻，全是绵延不断、绝美动人的文句，全是至美极雅的感受，全是绝美崇高的情感……在我看来，美得有点过头，美得叫人应接不暇，美得叫人透不过气来，美得使人有点发腻。对此，我们虽然不能说这就是“善于表现，可惜没有什么好表现的”，但至少是“善于表现”与“可表现的”两者之间的不平衡，甚至是严重失衡。

平衡是万物相处共存的自然法则，每个物种、每个存在物都有各自的特点，既有优也有劣，既有长也有短，文学的类别亦不例外。艺术散文有它的长处，也必然有与其长处相关联的软肋。对我们现在要说道说道的学者散文，情形也是这样。学者散文与艺术散文，当然有相当大的不同，即使说不上是泾渭分明，至少也可以说是各有不同的个性。我想至少有这么两点：其一，艺术散文在艺术性上，一般地来说，要多于高于学者散文。在这一点上，学者散文有其弱点，但不可否认，这也是学者散文的一个特点。显而易见，在语言上，学者散文的词汇量，一般地来说，要少于艺术散文。至于其色彩缤纷、有声有色、精细入微的程度，学者散文显然要比艺术散文稍逊一筹；在艺术构思上，虽然天下散文的结构相对都比较简单，但学者散文也不如艺术散文那么有若干讲究；在艺术手段上，学者散文不如艺术散文那样多种多样、花样翻新；在阅读效果上，学者散文也往往不如艺术散文那么有感染力，能引起读者的悦读享受感，甚至引起共鸣的喜怒哀乐。其二，这两个文学品种，之所以在表现与效应上不一样，恐怕是取决于各自的写作目的、写作驱动力的差异。艺术散文首先是要追求美感，进而使人感染、感动，甚至同喜怒；学者散文更多的则是追求知性，进而使人得到启迪、受到启蒙、趋于明智。

这就是它们各自的特点，也是它们各自的长处与短处。这就是文学物种的平衡，这就是老天爷的公道。

讲清楚以上这些问题之后，我们再专门来说说学者散文，也许就会比较顺当了，我们挺一挺学者散文，也许就不会有较多的顾虑了。那么，学者散文有哪些地方可以挺一挺呢？

近几年来，我多多少少给人以“力挺学者散文”的印象。是的，我也的确是有目的地在“力挺学者散文”，这是因为我自己涂鸦出来的散文，也被人归入学者散文之列，我自己当然也不敢妄自菲薄，这是我自己基于对文学史和文学实际状况的认知。

从文学史的发展来看，无论中外，散文这一古老的文学物种，一开始就不是出于一种唯美的追求，甚至不是出于一种对愉悦感的追求；也不是为了纯粹抒情性、审美性的需要，而往往是由于实用的目的、认知的目的。中国最古老的散文往往是出于祭祀、记述历史，甚至是发布公告等社会生活的需要，不是带有很大的实用性，就是带有很大的启示性、宣告性。

在这里，请容许我扯虎皮拉大旗，且把中国最早的散文文集《左传》也列为学者散文型类，来为拙说张本。《左传》中的散文几乎都是叙事：记载历史、总结经验、表示见解，而最后呈现出心智的结晶。如《曹刿论战》，从叙述历史背景到描写战争形式以及战役的过程，颇花了一些笔墨，最终就是要说明一个道理：“夫战，勇气也。一鼓作气，再而衰，三而竭。”我不敢说曹刿就是个学者，或者是陆逊式的书生，但至少是个儒将。同样，《子产论政宽猛》也是叙述了历史背景、政治形势之后，致力于宣传这一高级形态的政治主张："政宽则民慢，慢则纠之以猛，猛则民残，残则施之以宽。宽以济猛，猛以济宽，政是以和。"此一政治智慧乃出自仲尼之口，想必不会有人怀疑仲尼不是学者，而记述这一段历史事实与政治智慧的《左传》的作者，不论是传说中的左丘明也好，还是妄猜中的杜预、刘歆也罢，这三人无一不是学者，而且就是儒家学者。

再看外国的文学史，我们遵照大政治家、大学者、大诗人毛泽东先生的不要"言必称希腊"遗训，且不谈柏拉图与亚里士多德，仅从近代"文艺复兴"的曙光开始照射这个世界的历史时期说起，以欧美散文的祖师爷、开拓者，并实际上开辟了一个辉煌的散文时代的几位大师为例，英国的培根，法国的蒙田，以及美国的爱默生，无一不是纯粹而又纯粹的学者。说他们仅是"学者散文"的祖师爷是不够的，他们干脆就是近代整个散文的祖师爷，几乎世界所有的散文作者都是在步他们的后尘。只是后来由于各种复杂的历史原因，到了我们的现实生活里，才有艺术散文与学者散文的不同支流与风格。

这几位近代散文的开山祖师爷，他们写作散文的目的都很明确，不是为了抒情，不是为了休闲，不是为了自得其乐，而都是致力于说明问题、促进认知。培根与蒙田都是生活在欧洲历史的转变期、转型期，社会矛盾重重，现实状态极其复杂。在思想领域里，以宗教世界观为主体的传统意识形态已经逐渐失去其权威，“文艺复兴”的人文主义思潮与宗教改革的要求，正冲击着旧的意识形态体系，推动着历史的发展。他们都是以破旧立新的思想者的姿态出现的，他们的目标很明确，都是力图修正与改造旧思想观念，复兴人类人文主义的历史传统，建立全新的认知与知识体系。培根打破偶像，破除教条，颠覆经院哲学思想，提倡对客观世界的直接观察与以实验为基础的科学方法，他的散文几乎无不致力于说明与阐释，致力于改变人们的认知角度、认知方法，充实人们的认知内容，提高人们的认知水平。仅从其散文名篇的标题，即可看出其思想性、学术性与文化性，如《论真理》《论学习》《论革新》《论消费》《论友谊》《论死亡》《论人之本心》《论美》《说园林》《论愤怒》《论虚荣》，等等。他所表述所宣示的都是出自他自我深刻体会、深刻认知的真知灼见，而且，凝聚结晶为语言精练、意蕴隽永、脍炙人口的格言警句，这便是培根警句式、格言式的散文形式与风格。

蒙田的整个散文写作，也几乎是完全围绕着“认知”这个问题打转的，他致力于打开“认知”这道门、开辟“认知”这一条路，提供方方面面、林林总总的“认知”的真知灼见。他把“认知”这个问题强调到这样一种高度，似乎“认知”就是人存在的最大必要性，最主要的存在内容，最首要的存在需求。他提出了一个警句式的名言：“我知道什么呢？”在法文中，这句话只有三个字，如此简短，但含义无穷无尽。他以怀疑主义的态度提出了一个对自我来说带有根本意义的问题：对自我“知”的有无，对自我“知”的广度、深度和力度，提出了根本性的质疑；对自我“知”的满足，对自我“知”的权威，对自我“知”的武断、专横、粗暴、强加于人，提出了文质彬彬、谦逊礼让，但坚韧无比、尖锐异常的挑战。如果认为这种质疑和挑战只是针对自我的、个人的蒙昧无知、混沌愚蠢、武断粗暴的话，那就太小看蒙田了，他的终极指向是占统治地位的宗教世界观、经院哲学，以及一切陈旧的意识形态。如此发力，可见法国人的智慧、机灵、巧妙、幽默、软里带硬、灵气十足，这样一个软绵绵的、谦让的姿态，在当时，实际上是颠覆旧时代意识形态权威的一种宣示、一种口号，在以后几个世纪，则是对人类求知启蒙的启示与推动。直到20世纪，“Que sais - je”这三个简单的法文字，仍然带有号召求知的寓意，在法国就被一套很有名的、以传播知识为宗旨的丛书，当作自己的旗号与标示。

在散文写作上，蒙田如果与培根有所不同，就在于他是把散文写作归依为“我知道什么呢？”这样一个哲理命题，收归在这面怀疑主义的大旗下，而不像培根旗帜鲜明地以打破偶像、破除教条为旗帜，以极力提倡一种直观世界、以科学实验为基础的认知论。但两人的不同，实际上不过是殊途同归而已，两人的“同”则是主要的、第一位的。致力于“认知”，提倡“认知”便是他们散文创作态度的根本相同点。值得注意的是，在他们的笔下，散文无一不是写身边琐事，花木鱼虫、风花雪月、游山玩水，以及种种生活现象，无一不是“说”“论”“谈”。而谈说的对象则是客观现实、社会事态、生活习俗、历史史实，以及学问、哲理、文化、艺术、人性、人情、处世、行事、心理、趣味、时尚等，是自我审视、自我剖析、自我表述，只不过在把所有这些认知转化为散文形式的时候，培根的特点是警句格言化，而蒙田的方式是论说与语态的哲理化。

从中外文学史最早的散文经典不难看出，散文写作的最初宗旨，就是认识、认知。这种散文只可能出自学者之手，只可能出自有学养的人之手。如果这是学者散文在写作者的主观条件方面所必有的特点的话，那么学者散文作为成品、作为产物，其最根本的本质特点、存在形态是什么呢？简而言之，就是“言之有物”，而不是“言之无物”。这个“物”就是值得表现的内容，而不是不值得表现的内容，或者表现价值不多的内容，更不是那种不知愁滋味而强说愁的虚无。总之，这“物”该是实而不虚、真而不假、厚而不浅、力而不弱，是感受的结晶，是认知的精髓，是人生的积淀，是客观世界、历史过程、社会生活的至理。

既然我们把“言之有物”视为学者散文基本的存在形态，那就不能不对“言之有物”做更多一点的说明。特别应该说明的是，“言之有物”不是偏狭的概念，而是有广容性的概念；这里的“物”，不是指单一的具体事物或单一的具体事件，它绝非具体、偏狭、单一的，而是容量巨大、范围延伸的：

就客观现实而言，“言之有物”，既可是现实生活内容，也可是历史的真实。

就具体感受而言，“言之有物”，是言之由具象引发出来的实感，是渗透着主体个性的实感，是情境交融的实感，特定际遇中的实感，有丰富内涵的实感，有独特角度的实感，真切动人的实感，足以产生共鸣的实感。

就主体的情感反应而言，“言之有物”，是言之有真挚之情，哪怕是原始的生发之情。是朴素实在之情，而不是粉饰、装点、美化、拔高之情。

就主体的认知而言，“言之有物”，首先是所言、所关注的对象无限定、无疆界、无禁区，凡社会百业、人间万物，无一不可关注，无一不应关注，一切都在审视与表述的范围之内。这一点固然重要，但更为重要的是，对关注与表述的对象所持的认知依据与标准尺度，是符合客观实际的，是遵循科学方法的。更更重要的是，要有独特而合理的视角，要有认知的深度与广度，有证实的力度与相对的真理性，有耐久的磨损力，有持久的影响力。这种要求的确不低，因为言者是科学至上的学者，而不是感情用事的人。

就感受认知的质量与水平而言，“言之有物”，是要言出真知灼见、独特见解，而非人云亦云、套话假话连篇。“言之有物”，是要言出耐回味、有嚼头、有智慧灵光一闪、有思想火光一亮的“硬货”，经久隽永的“硬货”。

就精神内涵而言，“言之有物”，要言之有正气，言之有大气，言之有底气，言之有骨气。总的来说，言之要有精、气、神。

最后，“言之有物”，还要言得有章法、文采、情趣、风度……你是在写文章，而文章毕竟是要耐读的“千古事”！

以上就是我对“言之有物”的具体理解，也是我对学者散文的存在实质、存在形态的理念。

我们所力挺的散文，是“言之有物”的散文，是朴实自然、真实贴切、素面朝天、真情实感、本色人格、思想隽永、见识卓绝的散文。

我们之所以要力挺这样一种散文，并非为了标新立异、另立旗号，而是因为在当今遍地开花的散文中，艳丽的、娇美的东西已经不少了；轻松的、欢快的、飘浮的东西已经不少了；完美的、理想的东西已经不少了……“凡是存在的，必然是合理的”，请不要误会，我不是讲这些东西要不得，我完全尊重所有这些的存在权，我只是说“多了一点”。在我看来，这些东西少一点是无伤大雅、无损胜景、无碍热闹欢腾的。

然而相对来说，我们更需要明智的认知与坚持的定力，而这种生活态度，这种人格力量，只可能来自真实、自然、朴素、扎实、真挚、诚意、见识、学养、隽永、深刻、力度、广博、卓绝、独特、知性、学识等精神素质，而这些精神素质，正是学者散文所心仪的，所乐于承载的。

2016年9月20日完稿

CONTENTS

目录

书人书事

译书品书

书人书事

朱光潜与陈聘之的都市蓬莱

从北海公园门口蹬上一辆共享单车，上北海大桥，早不见“金鳌玉蝀”二牌楼，但见绿树红墙掩映的中海和北海，向前到故宫筒子河畔，我这是沿着老舍《四世同堂》里瑞全杀了少年恋人、成年后的日本汉奸特务招弟后走出北海的路线向东行着。蓝天白塔红墙，基本还是老舍笔下的那幅老景象。不过我仅仅是走过这段路，就告别老舍，北行绕景山向地安门内大街骑行，去寻找当年朱光潜先生在这附近的慈慧殿三号故居。

朱先生 1933 年得了博士坐海船回国后的第一个居所就是这里，因为这里离他执教的北大红楼不远，可以穿胡同步行去沙滩上课。当时早他一年从欧洲回国在北大任教的大才子梁宗岱就住这里，他热心地拉朱光潜来同租这套院落。朱光潜一眼就看中这个凋敝但浓荫密布的市井荒园，闹中取静，适合吟诗读经，还有老友做伴，便欣然来此居住。但不久梁宗岱因为胡适强行干涉他离婚，公开指责他，便离开北大与沉樱去了日本，从此这个院子就由朱光潜家独自居住。

这条街并没有殿，但因为西边有一座小庙而得名慈慧殿街。慈慧殿三号的主人是一位家道衰落的皇族子弟，早就穷困潦倒，一家人仅住大院中一座院子，其余房子都出租“吃瓦片儿”。朱光潜租的是大院里单独的东院，古木参天，野草丛生，朱先生说完全可以用“清晨入古寺，初日照高林，曲径通幽处，禅房花木深”几句诗形容这个环境。但每天进出要通过的那道大门里则由一些劳动者居住，有卖煤的，有租车的，有看大门的，一派市井杂乱生活场景。但朱先生就是不愿意另开辟个新门，而喜欢每天从这里通过，他在著名的散文《慈慧殿三号》里深情地写道：“因为我舍不得煤栈车房给我的那一点劳动生活的景象，舍不得进门时那一点曲折和跨进园子时那一点突然惊讶。”

有朋友描述朱的院子“旷废无居人，久之蓬蒿渐满，双扉常闭，白昼亦无敢入者……”，但朱光潜恰恰对此怡然自得，还兴冲冲地在这里组织起了北平的读诗会，每月一次，偶尔两次，为大家准备好茶点美食，吟诗、读剧本，讨论时髦的文艺现象，一时间名流云集，与北总布胡同三号的林徽因的“太太客厅”成为两处风雅的文艺沙龙，而参加者大多重合，包括林徽因也常光顾。来客的不完全名单里就包括了梁宗岱、冯至、孙大雨、罗念生、周作人、叶公超、废名、卞之琳、何其芳、徐芳、朱自清、俞平伯、王了一、李健吾、林庚、曹葆华、林徽因、周煦良。

这段生活记录我是偶然得知的，那是因为前几年试图在微博上发起一个寻找《查泰莱夫人的情人》（以下简称《查》）首译者饶述一下落的活动，研究中国现代文学的学界朋友举出很多可能的证据，试图证明朱光潜就是饶述一，令我对这座可能诞生了这部世界爱情名著中文译本的荒凉院落产生了兴趣。

据这几位学者列举的“旁证”，从归国时间、精通英法文、在英法逗留期间见证《查》书在英法出版引起的骚动到朱先生彼时在北大讲授劳伦斯作品和译文中有些遣词造句与朱先生文章里词语的使用偏好高度重合，这些都指向饶述一与朱光潜的高度重合。看着这片依旧破落但浓荫密布的城中心老园子，我多么多么希望他们能拿出“大数据”的证据证明饶述一就是朱光潜！这样荒芜没落的贝勒府，与《查》里面凋敝的拉格比府邸很有一比。在夜深人静的荒园里伴着冷月蛙鸣翻译这本英国森林木屋中激情澎湃的爱情故事，实在是天赐良机。但愿这些人的推断能进一步得到证实。但在没有得到完全证实之前，我脑海里已经多次浮现了朱先生在此处焚膏继晷翻译这书的景象了，他们的推断至少令我的想象得以具象化，这想象本身就是一种至高无上的享受。

现在这座大院已经分隔成了几部分，一边是高墙大宅的官邸，另一边是杂乱的居民四合院，但苍凉的大门还在，院子里还能发现残存的石墩、影壁墙等老物件儿，在残喘着诉说过去的故事吧。

但很多人不知道的是，这个大门不是朱先生那时的那个门了。朱光潜在抗战爆发时离开这座老院落后，接手这里并将荒园重新修整翻盖为京城豪宅的，是他北大的同事——法语教授陈聘之。陈先生令这座断壁残垣的破旧贝勒府获得了辉煌的新生，成为著名的慈慧殿陈府，80多间房屋，几个大花厅，还有几亩地的大花园，花园中还有一座大戏楼，宛若都市蓬莱。这是陈先生在日本人进入北平后弃文从商、辞去所有大学教职从事房屋修缮翻建的标志性作品，从而成为业界标杆作品，他也因此成为大房商。

陈先生在中华人民共和国成立后离开了这座豪宅，搬到了东四前炒面胡同一座普通的小院子里去居住，他把这一举动看作是融入新社会，融入普通人生活的努力。他和一大家人在那里过了几年平静安逸的生活，无论抗美援朝还是公私合营，他都是积极参与的企业家，担任过不少商界的领导职务，应该说是一位著名儒商。但他没有躲过五七年的反右派，被打成了“右派”，在自己创办的公司里烧过几年锅炉，但生活还算没有大的灾难，还能在此含饴弄孙。“文革”中他二次遭难就不同了，他在古稀之年被抄了家，被赶到院子里阴冷的小南屋居住，生活苦不堪言。这位当年的北大教授、大房商和企业家艰难地熬过了“文革”，等来了右派帽子摘掉，儿女们也不再受歧视了，他则在耄耋之年病逝。

不知道他后来与朱光潜先生有没有再相聚。朱先生也是九死一生，但“文革”后迎来了自己学术上的鼎盛时期，成为一代美学宗师。他的老友梁宗岱也在惨遭迫害后在广州中山大学重新执教，再现当年在北大教书作诗的风采，是外国文学翻译和研究界的巨擘。他们同期的陈聘之先生如果当年不是留在北平从商，或许日后的路径与两位老友是一样的。但他走了一条完全不同的路，有过骄人的业绩，有过更为复杂的社会人生的艰险，起伏跌宕，最终是归于平淡，或许是落寞，但总算生前迎来了公正。

其实当时陈先生还有一处授课场所是北大红楼附近的中法大学。根据时间上推算，他应该与留法归来的中国第一个女博士张若名做过同事，也教过后来成为新中国法语文学巨匠的罗大冈和其妻子齐香。陈聘之还在附近的孔德学校教授法语，当时北大很多教授的子女都读孔德中学，因此他是桃李遍天下的。如果一直从事教育，就是新北大的法语教学元老了。

慈慧殿三号院先后的三位老北大教授演绎了各自的命运故事，都已作古。但这片老遗址还在，基本格局没变。相信如果人的灵魂不灭，他们还能时不时来这上空俯瞰并相聚，那他们一定是欢乐的。

现在那条老街叫慈慧胡同了。

读梁宗岱

无聊或心里没有底气时往往会找出梁宗岱所著《诗与真·诗与真二集》来读上一阵子。每次开卷，都会肃然起敬。甚至听到人们提起梁宗岱的名字我都会有一种超验的感觉。我突然明白，我也算个追星族，追的是一颗激情澎湃兼智慧空灵的文学之星。

作为1960年出生的人，我不曾有过现在这些年轻人的追星经历，因为我似乎没有过真正的青春勃发的青少年时期，那正该是狂热追星的阶段。那个年代似乎没有什么青春偶像明星，如果有最多是个李玉和之类的京剧角色。因为自己想当作家，似乎很崇拜过浩然，但绝没有现在的年轻追星族那种狂热。

真正让我产生追星欲望的文字当属梁宗岱这本薄薄的集子，据说这书算理论类之列。可我从来也不拿它当理论念。20世纪80年代初我读硕士时，每每厌烦了什么修辞学，厌烦了文艺理论，就会抄起这本小书陶醉地读上一会儿。梁先生狂论歌德、罗曼·罗兰、瓦莱里和兰波，那种散论的意韵教人生出诗的震颤，全然为之心折。他论中国古典诗歌，其文字融汇着中西文化的精华，沦肌浃髓，令人陶醉其中。读得如此入迷，乃至别人问我这书到底有什么好时，我竟张口结舌，只顾说好。

进入理性的不惑之年，我似乎明白我其实一直没有读梁宗岱写的是什么，而是在读一个灵魂，读一个高贵的灵魂，甚至大言不惭地说，是借此冰清玉洁的灵魂观照自己，以此得以升华。于是，那半页半页的英文、法文、德文和中国古典诗词，那些论挞，那些赞美，那些引经据典，每每都幻化作他的人格，那是另一种血肉之躯的构成。我很信奉伊瑟的理论：小说作者是他对现实选择的总和，这种选择昭示着作者的第二自我，它与作者的自我是一种像似。一个人的散文在某种意义上说不也是构筑着他自我的像似吗？作者的所据所引绝然出于自己的偏爱，这种偏爱的格式塔构成（不是简单的相加），就成了作者心智的像似再现。这与做小说异曲同工，甚至更为直接。我为自己的发现感动了。说到底，我相信梁宗岱的散文透着他的人格力量。作者选择什么来说事时正是他的灵魂在寻觅自我的认同客体。

梁宗岱推崇陈子昂“念天地之悠悠，独怆然而涕下”的

“宇宙底精神”；盛赞歌德之《流浪者之夜歌》给我们心灵的震荡“不减于悲多汾一曲交响乐”；倾心于兰波之“猛烈逼人的 INTENSE 光芒断非仓猝间能用别一国文字传达”……这样的会心绝对体现着鉴赏者与之对应的人格，应了他的话：“读者的灵魂自鉴于作者灵魂的镜里。”能与这样的灵魂生出遥远的默契，实在是成为追星族的根本。

单单是一篇《论诗》就足以令人倾倒。那是宗岱先生花了几天时间给新派杰出诗人徐志摩的一封长信。我相信我们再也读不到第二封这样的信了。谈到新诗，宗岱先生举了陈子昂的“前不见古人/后不见来者”那首“小诗”，然后这样诘问：“你们曾否在暮色苍茫中登高？曾否从天风里下望莽莽的平芜？曾否在那刹那间起浩荡而苍凉的感慨……我们从这寥寥廿二个字里是否便可以预感一个中国，不，世界史诗上空前绝后的光荣时代之将临，正如数里之外的涛声预告一个烟波浩渺的奇观？你们底大诗里能否找出一两行具有这种大刀阔斧的开国气象？”如此行云流水，如此激情澎湃，如此淹通古今、沦肌浃髓的诛心之论，既是在论诗，又是在论人，既是倾诉，又是抒情，简直是以诗论诗的崇高典范。

于是我更强烈地希望了解这个人，相信他一定有着不凡的经历。果然如此！他走过的竟是那样浪漫、富有、悲剧、惨烈的人生。可惜，见不到他了。那年去中山大学拜访梁宗岱的老同事戴教授，戴先生感叹：好人啊！无独有偶，许多人都想要看他的故居呢。后来读到梁夫人甘少苏的回忆录《我与宗岱》，总算得以了解他传奇的一生。似乎对一个灵魂有了某种真实的接近，那是时空无法阻隔的接近。

当这样的追星族心里很充实。

有报纸要我列出我最喜读的几本书，我自然地把梁宗岱与老舍、林语堂和钱锺书列为我最推崇的四个中国作家和学者，称梁宗岱的文论是“诗人的奔放热能与学者的理智光芒交相辉映的诛心之论，不可不读”。估计再过些年知道梁宗岱的文化人也会越来越少了。时间就是这么残酷，其实在 20 世纪 30 年代他曾与徐志摩和戴望舒齐名。

就在梁先生 100 周年诞辰的时候，羁旅法国的他当年中山大学的两位高足会同国内的专家学者历尽艰辛，搜集了梁先生尘封于故纸堆里的著作和译稿，悉心编校，最终由中央编译出版社推出了四卷《梁宗岱文集》①。多年来一直伴随我、不断给我增添底气的《诗与真·诗与真二集》原来不过是冰山的一角。这四卷文集简直是一座郁郁葱葱的文学青

① 《梁宗岱文集》，中央编译出版社2003年版；《诗与真·诗与真二集》，外国文学出版社1984年版。

山，是一眼甘醇的深井。从今天开始，越来越多的读者会来这山上朝觐，来这口井旁汲水。

梁先生的作品足以荫庇后人，沾溉后进，因为他决不像学术界普遍认为的那样只属于法国文学翻译研究领域（中华人民共和国成立后他一直在中山大学教授法国文学），也不仅仅是个诗人或翻译家或学者，不，他的文学精神拒绝被界定于任何单一的领域，因为他的“猛烈逼人的INTENSE光芒”早就穿透了任何界定而四射，那是文学的“宇宙底精神”。我在他的文集首发研讨会上说：宗岱先生的文论在这方面最突出，最具“交叉学科”价值，因为他的批评文字氤氲着诗性，放射着激情的光焰，流溢着人格魅力的热能，足以唤起读者刹那间全部的审美感官，我读他的文论时首先不顾其所指，甚至他的批评对象为何人何作品，只迷醉在他激情的美文所构成的气场中，用时髦的批评语言说，这是一种“能指”的狂欢境界，第二遍才进入理性的分析阶段。当今的文论与批评文字哪个能如此如诗如歌，情理交汇，低回婉转？至少我还没看到。宗岱先生的文论是学术的散文诗，这要综合多少“工种”的才能方可筑就？我特别说，他是一个“通才”文人，他的文论不是单纯的小提琴、钢琴或大提琴独奏，而是一场文学的交响。从这个意义上说，宗岱先生是一个难得的文学家甚至天才。

因此我特别希望出版社能单独再版他的《诗与真·诗与真二集》，让梁先生走向文学大众，让那种稀有遥远的文学声音从文学的圣殿来到文学的草坪和苗圃，播下纯正的文学精神的种子。这个平庸的年代，这个文学成为快餐、文学批评成为伪科学的年代，需要这样一场通才的交响。

飘逸洵美

“天堂正开好了两爿大门 / 上帝吓我不是进去的人 / 我在地狱里已得到安慰 / 我在短夜中曾梦着过醒。”

这是20世纪20年代留学英国研究文学的诗人邵洵美的诗句，从中可以体味那个年代典型的英伦诗风，是那种完全不为韵脚所禁锢，洒脱挥发的自由体诗歌。偶然的押韵，也是出自诗人写作时自然冲动的结果，而非殚精竭虑的缜密思考。这也是我后来翻译劳伦斯的诗歌时才发现的。

因为研究劳伦斯而了解了邵洵美，这样完全毫无干系的井水与河水竟然在我的研究中合流了，也是令人沉醉。一般研究外国文学的人不会对中国现代文学涉猎过多，但偏偏我翻译研究的劳伦斯在20世纪20年代进入中国时受到了徐志摩、林语堂、郁达夫等一批有影响的文人的赞赏与推介，因此我写论文时就不时与他们的名字和文章相遇，其中还有一个未曾耳闻的邵洵美，名字很别致飘逸，但由于自己的浅薄也由于他多年被文学史忽略湮没，多少年里我也仅仅在叙述中将他一带而过，并未深究，应该说仅当作某个刊载过劳伦斯作品的杂志的主编予以提及而已。随着阅读量的增加，发现邵洵美的影子随处可见，就开始多加注意了。但真正让我对邵洵美"刮目相看"，是因为采访杨绛先生时她偶然提到这个名字，说她从英国回来后很难借到原版英文书，就到邵洵美家去借，不断借和还书，因为邵洵美的外文藏书很丰富。这个人突然与现实中的杨绛先生联系到了一起，让我感觉这个人活了似的，这才仔细地对邵洵美进行了了解。有时读书和研究人的契机就是这么莫名其妙，完全出自偶然。

劳伦斯的《逃跑的公鸡》甫一发表邵洵美就在自己主编的刊物《狮吼》上发表了其译文，自己亲自写了评论（我是 80 多年后才翻译这个中篇小说的，翻译难度之大，超出想象）。《查泰莱夫人的情人》私人版刚在佛罗伦萨出版，他又在《狮吼》上写了评论，热情地推介之。仅这样两个例子就足以证明他作为主编是密切关注世界文坛的，就是他这样的文人让中国文化界保持着与世界文学的同步。

当纯文学刊物主编仅仅是他大量文学工作的一小部分，他同时主持着一个庞大的自己的出版帝国，占据了当时上海出版业的很大比重。同时他更是一个不忘初心，吟风弄月的浪漫抒情诗人。他的多重身份令他成了上海文化界一道耀眼的风景线。真是风光无限，呼风唤雨，风流云聚。一旦我们了解了他的故事，竟会惊叹，洵美真美，这样的绝代才子怎么会那么久地被尘封。如果他真是有过什么政治污点或不堪的过往，或许反倒早就浮出水面了。正因为他仅仅是个超凡脱俗的唯美诗人，一个挥霍着万贯家财经营着自己的出版乌托邦王国的上海滩大公子，人们才不会把他归入文学圈，仅仅把他看作一个大票友，即使他一直是文学圈慷慨的赞助人，是个现代的孟尝君。

因此也只能在“后现代”的语境中，我们的眼光开始变了，用新的眼光看待邵洵美，用生命的审美心态欣赏邵洵美，我们会发现这是个多么如诗如画的人，是个多么诚恳的文学人，是个多么潇洒倜傥之人。

邵洵美这个现代上海最早的“高富帅”、官二代和富二代，没有沉溺在荣华富贵中当个类似荣宁二府的盛邵二府里的风流大少爷，而是留学英伦，学富五车，回国后亲力亲为，一手著华章，一手办出版，追梦般地创造着自己的出版独立王国。有人赞美，也有人说他是为出版而生的散财童子，但让我们读一读他女儿写的传记，我们会发现邵洵美活得多么洒脱，多么有品位，更重要的是多么富有诗意。

浪漫风雅的邵洵美，让我联想到英国现代文学里的西特韦尔家族，联想到布鲁姆斯伯里文化圈的赞助人莫雷尔夫人，还让我联想起同一时期伦敦城里富家女小说家维奥莱特·亨特的家庭文学沙龙。应该说邵洵美是中国现代文学史上最具这种英伦贵族范的富贵文化人，他的留英，他与徐志摩的交谊，肯定让他不自觉地受到了这种英伦富贵文人做派的影响，举手投足都是飘逸。我们可以猜测，如果他不是在那个年代里留英，或许他仅仅就像个贾宝玉，在钟鸣鼎食之家百无聊赖地唱和一番而已。但邵洵美让自己的财富和才华与出版和办刊结合，就在上海滩的天空甚至中国的天空上绘出了一道别样的彩虹，虽然仅仅有短暂的十来年，在战火硝烟和天灾人祸中难以为继，但他为财富和文学天赋找到了提升社会文化品质的最佳平台，如果是在和平时期，这样的彩虹祥云会焕发出更加夺目的光彩的。可惜他生不逢时，仅仅是出版与文学的乱世佳人，但仅仅是这样的经历，仅仅是这样的一颗华丽的悲剧流星，就足以让我们现在的人品评欣赏：洵美这样的绝代才子，以后不会再有了。

这个大公子的仗义疏财，唯美诗歌，自然令鲁迅不齿，写文嘲讽冷笑也属自然，但那是文化人之间的正常隔膜恩怨，本可好好欣赏的文字游戏，可恰恰因为鲁迅的批评而沦落为无聊文学。连他关心抗战，亲自为毛泽东的《论持久战》英文版润色使之向国际友人传播（他是冒着被日本人抓捕的危险在租界里偷偷做这些事的，也只有他才能做）的行为都遭到忽视，在中华人民共和国成立后成了“坏分子”遭到关押，虽然无罪释放，但惨遭铁窗折磨，出狱后生活无着落，贫病而故，一颗灿烂的珍珠流星就此陨落，令人唏嘘世事弄人。最令人感慨的是，邵洵美在监狱里还想着为自己当年的文化功绩证明，让出狱的人告诉外边的人，当年是他私人掏腰包替中国笔会招待萧伯纳，可后来的报道中只提到出席招待会的宋庆龄、林语堂等著名人物，他这个实际的诗人“赞助商”没有出现在名单里。那桌功德林的素菜宴席花去了他 46 块铮铮作响的大洋，这事他在监狱里饥肠辘辘时还念念不忘，也只有这样纯真的大少爷才会这样。他确实与新时代格格不入，甚至是懵懂。他的精神还在另一个时代飘逸着。

邵洵美是划时代的出版乌托邦彩虹，是浪漫的诗人，风雅的上海滩才子，乱世里追梦的绝代美的化身，最终生不逢时而悲剧地落幕。现在人们终于开始懂得欣赏他，纪念他，这是真正的文学良知的复苏。

邵洵美原名邵云龙，恋上盛佩玉后发现《诗经》中《郑风·有女同车》中“佩玉锵锵”为妻子之名，于是从“洵美且都”中取二字为自己改名洵美。即使伉俪情深，也令他无法抗拒美国女作家项美丽的魅力，二人坠入爱河，难以自拔，留下一段风流艳史。

无论如何，他为自己所下的定义是振聋发聩的：“你以为我是什么人？是个浪子，是个财迷，是个书生，是个想做官的，或是不怕死的英雄？你错了，你全错了；我是个天生的诗人。”典型的走自己的路，任凭别人说去的脱俗姿态也。

徐志摩与英国“女神”

盛夏八月，剑桥徐志摩诗歌艺术节在剑桥大学国王学院那座历史悠久、具有标志性的英式花园举行。这里花园紧邻著名的柳枝垂岸的康河，当年徐志摩便是在这里触景生情，写下了著名的《再别康桥》。这首诗的影响实在太大了，以至于人们已习惯于将诗人与剑桥联系在一起，而忽略了他在英国求学期间的另外的生活。

1920 年，徐志摩离开美国，横渡大西洋抵达英国。他在英国居住和学习不过一年半的时光，但生活是丰富多彩的。除了追求林徽因，还结识了不少英国作家和诗人朋友，包括罗素、哈代、萧伯纳、威尔斯、曼斯菲尔德夫妇、福斯特及布鲁姆斯伯里文人圈的主力弗莱、凯恩斯和斯特雷奇。其中，与女作家曼斯菲尔德的会面，最令徐志摩刻骨铭心。

凯瑟琳·曼斯菲尔德不仅是有世界影响的女作家，其作品也深受中国读者的喜爱。早在 1923 年，她的小说译文就在中国出现，后来又由北新书局结集出版，而译者正是大才子徐志摩。诗人把曼斯菲尔德的姓氏浪漫地翻译成了“曼殊斐儿”。

根据徐志摩1923年发表的散文《曼殊斐儿》所记，诗人是通过作家的丈夫、伦敦《雅典娜》杂志主编默里（徐译“麦雷”），才有幸“一睹芳泽”的。那是1922年7月的一天，他和默里在伦敦一家茶室见面，徐志摩谈到中国小说深受俄国文学的影响，引起默里的共鸣，“因为他们夫妻最崇拜俄国的几位大家”，默里写过一本关于陀思妥耶夫斯基研究的专著，曼斯菲尔德非常喜欢契诃夫。于是诗人乘机问起曼斯菲尔德的情况，“他就给了我他们的住址，请我星期四，晚上去会她和他们的朋友”。

然而，在那个阴雨绵绵的晚上，当诗人好不容易找到其寓所，不巧女作家因身体有恙，一直没有下楼。徐志摩只得坐在楼下和默里聊天、喝茶。正当诗人怀着万分遗憾想要离去的时候，默里提议：他如果不介意的话，可以上楼去看她。诗人自然求之不得。于是，在女作家隐秘的私人空间，徐志摩与其交谈了有限的二十分钟。这短短的二十分钟，被徐志摩称之为“二十分不死的时间”。

那晚，凯瑟琳超凡脱俗的仙女般的美貌和高雅缥缈的文学见地令徐志摩心驰神往，不能自已。于是他在凯瑟琳逝世后写下了《曼殊斐儿》这篇情动于中的回忆散文，字里行间充满了爱意："至于她眉目口鼻之清之秀之明静，我其实不能传神于万一；仿佛你对着自然界的杰作，不论是秋水洗静的湖山，霞彩纷披的夕照，或是南洋莹彻的星空。""你只觉得它们整体的美，纯粹的美，完全的美，不能分析的美，可感不可说的美；你仿佛直接无碍地领会了造化最高明的意志，你在最伟大深刻的戟刺中经验了无限的欢喜，在更大的人格中解化了你的性灵。"女作家简直就是他心目中的"完美女神"！

"女神"顷刻间由林徽因变成了曼斯菲尔德，这并不奇怪。当时徐志摩追求林徽因受挫，感情上正好出现了一段真空期，于是，徐志摩在林徽因回国后空虚难熬的情境下完成了这样一次彻底的精神"移情"。

"我说我以后也许有机会试翻她的小说，很愿意先得作者本人的许可。她很高兴地说：她当然愿意，就怕她的著作不值得翻译的劳力。"徐志摩仅仅因为向凯瑟琳提出过要翻译她的作品，居然真的践约翻译了她九篇小说和几首诗歌，还结集出版了她的小说。某种程度上说，徐志摩真的是"对得起"那短促的二十分钟的审美经验，那二十分钟在他心目中永久定格了。他的话最真切："真怪，山是有高的，人是有不凡的！我见曼殊斐儿，比方说，只不过二十分钟模样的谈话，但我怎么能形容我那时在美的神奇的启示中的全生的震荡？”

所以有人说，在徐志摩心里，林徽因是“灵魂的伴侣”，凌叔华是“红颜知己”，曼斯菲尔德则是他心中的“完美女神”。

当然年轻浪漫的徐志摩丝毫不了解这个长他九岁的完美女神复杂迷乱的双性情史，并不知道即使在她与丈夫默里相互关爱的同时，她仍然与一个女人保持着密切的关系，她既疼爱又反感地称那个叫贝克的女人为“妻子”。她与默里的关系似乎更像文学知音之间的合作伙伴，共同编辑评论杂志，她在他们的杂志上发表了近百篇书评。凯瑟琳的书评肯定是文采斐然。

在与默里两情相悦之前和之间，她爱过不同的几个男人和女人，为两个男人怀孕流产过，还和一个男人结了婚（婚史仅为一天），然后等待了好几年才离婚并得以与同居多年的大评论家默里结婚，但结婚后就开始分居，分居中又恋恋不舍地通信。于是我们得以读到她的书信集，从中了解她独特的思想和文艺观点及对同时代作家劳伦斯、乔伊斯、伍尔夫等的臧否，可谓诛心之论，也爱憎分明。比如她说劳伦斯是她“唯一深深喜爱的在世作家”，在她看来，“无论人们有多少‘不同意’，他写的什么都是重要的。甚至人们的反对也是他生命的标志”。可谓切中要害、一语中的。

1923 年 1 月 9 日，也就是在徐志摩和“女神”见面后不到一年，曼斯菲尔德就因肺病在法国枫丹白露香消玉殒。3 月 11 日，徐志摩即写下了《哀曼殊斐儿》一诗。“谁能信你那仙姿灵态，/ 竟已朝露似的永别人间？ / 非也！生命只是个实体的幻梦：美丽的灵魂，永承上帝的爱宠。”

梅兰芳背后的齐如山

当年采访梅绍武先生，谈翻译和文学，但梅先生在送我几本译著之外又加了一本他整理编辑的梅兰芳谈艺随笔集《移步不换形》。这本书里很多地方详尽描述了当时围绕在梅兰芳身边的“梅党”成员们身体力行，帮助梅兰芳排戏的情景，颇有趣。但里面其实是漏了一个重要情节的，那就是“梅党”里的智囊人物齐如山亲自披挂上戏服，与梅兰芳共舞，传授舞技。那样的场景实为罕见。无怪乎他们的朋友专门为此赋诗说齐如山在不惑之年“结想常为古美人，赋容恨不工颦笑。可怜齐郎好身段，垂手回身斗轻软”。他帮助梅兰芳排舞蹈，“恰借梅郎好颜色，尽将舞态上氍毹；梅郎妙舞人争羡，苦心指授无人见。”足见齐如山的导演才华很不得了。

齐如山自小家学渊博，接受了全面的传统文化教育，但在大变革年代听从父命进同文馆习洋文，后赴欧洲游学几年，迷上了西洋歌剧，回国后一边教书，一边经商，但心系艺术，一心要革新中国的国剧。恰好遇上初出茅庐的俊彦梅兰芳，视为璞玉，将自己的一套戏剧革新理念寄托其上，苦心雕琢，为他写戏、导戏，甚至披挂上阵传授舞蹈技艺，直至奔走募集资金带梅兰芳越洋去美国演出，为他编写宣传资料，甚至当翻译。齐如山对梅兰芳的艺术可谓呕心沥血，但他完全是义务做这一切，分文不取不算，还亲自买票请亲朋看梅兰芳的演出。有人问他：研究戏剧能当饭吃吗？他幽默地回答是吃了饭来做研究的。齐家兄弟合伙经营买卖，实力雄厚，因此有财力业余从事艺术。齐如山多才多艺，能绘画，因此可以把各种角色和服饰画得栩栩如生，既能帮助梅兰芳，也令他的国剧研究资料图文并茂，如虎添翼。他的确是少见的一代全才。

齐梅二人合作珠联璧合，亦师亦友，十分融洽。但最初齐如山就是难下决心面授机宜，为的是避嫌。当年梅兰芳身边出没着各色人等，有钱有势的不少，有一心为艺术者，也不乏别有用心者，“争风吃醋”则为常见。齐如山是高级知识分子，对此避之唯恐不及，开始采取的是写信方式，蝇头小楷，落笔三千言，一写就是百十封，详细指点梅的表演，梅则言听计从，回回表演上有改进，齐如山在台下回回看得真切。这种交往也是令人感慨。齐如山住崇文门，离东单北边的梅宅可说不出三里地远，却一直单向书信指教很长时间两人才见面，从此成为至交，梅派艺术从此蒸蒸日上。

这对相差二十岁的师友最终是被一道海峡隔开，相互惦念。听到梅的死讯，齐如山老泪纵横，写了长文悼念。他自己最终也是倒在看戏的剧场里的，可谓与戏曲艺术相伴始终。他被誉为“近百年来在戏剧学术上最有贡献的第一人”。

齐如山因为海峡的阻隔，多年里几乎销声匿迹。好在近些年大陆出版了他的文集，开始有人专门研究他了。我买了《齐如山回忆录》作为学习的入门书，语句幽默风趣，深入浅出，如闻其声，这书是选对了。齐如山的外孙女贺宝善所著《思齐阁忆旧》，书名一语双关，也是一部不可多得的了解齐家生活的好书，看后顿生“见贤思齐”之向往。

张若名：奇异的流星

在我出生前两年的1958年，这个才华横溢的女学者已经投湖自戕。如果不是因为与政治的牵连，这颗学术流星本应成为一颗恒星。这个文学研究天才生生是让各种历史的“合流”淹没了，可惜可叹可悲。而在她死后半个世纪后的今天“发现”这个女人竟是我的同乡前辈，不禁生出异样的感觉：仿佛觉得与之有了一种根的接近。她让我遐想起20世纪初，兵燹离乱民不聊生的冀中平原上何以孕育了一颗晶莹剔透的文学心灵。

20世纪90年代，随着某种“解禁”，我听说了这个女人的名字张若名，那是因为她与周恩来在法国的一段情。这位倾心研究纪德的女学者被传得天仙般美丽。如果他们结为秦晋，岂止是才子佳人，简直就是朗俊英才与丽人才女的天作之合，一个流芳百世的故事。据说这样的完美终归是因为在革命问题上的分歧而落得个不完美的结局。当时曾有一念想倏忽即逝：若是以此为原型作一部小说出来一定令人情夺神飞。

新世纪的春天里逛书店，不期然在角落里看到一本小书名为《纪德的态度》，作者正是这位张若名，便买了回家。翻开书页，那作者耳顺之年的照片颇令我失望。她已经不再美丽！除了那双智慧的眼睛，那淳朴沧桑的面庞，简单的发型，就是一个普通的北方女人了。我开始想象她如何口操清苑土话土头土脸地闯荡津门继而闯荡法国得了博士学位从而脱胎换骨的历程。在世纪初，那一定是个痛苦的演变到突变的过程。

但国内的“法国文学界”（我们的“外国文学界”很是壁垒森严，研究哪国文学的人就组成了哪国文学界）似乎从来不提这个三四十年代中国屈指可数的法国文学教授及其在文学研究领域的贡献。因为她的研究文章既没有过去为政治服务的价值也没有新近的那种把文学当成科学或玄学研究的高深莫测，有的只是从人性的角度对文学创作机制的探幽，是对作家创作心理的诛心之论。她的文字令人想起杨绛的《春泥集》，朴素而深刻，简洁但亲切。如果说杨绛的文字以理见长并闪烁机智，张若名的文字则是情理并重，情的底色更为浓重。一言以蔽之，是人话，是大仁大智之言。这样的文字在 1949 年到 1999 年间随波逐流的随便哪一场文学“热潮”中都算“落伍”的，因而难逃落寞的下场。

对于作家的创作动机，她是这样说的：

原来小说家之创写小说的动机，大半全是因为在情感方面受着创痛，已经产生出来的欲望受着挫折，幻想未能成为事实，因而郁结成疾，再进一步而郁结成为文字。

天赋给他们一种无限的同情心，使他们能感到人世间一切的悲欢离合，能辨别出一切声音中的微妙与一切言语中的隐微。凡是他们所遇见的人物，其一举一动或一言一语，往往自己尚不知其意义，尚莫名其所以然；而我们的小说家，却全能独具慧眼，观察得清清楚楚。若从此点而言，我们几乎可以说，一切小说家全是观察家，而同时亦全是心理学家。

他（小说家）永远逃不出他的命运，而且他也不愿逃出去。因为他深深地体会到，惟有人生才能医治他的心灵内的寂寞与空虚。然而，惟有艺术，方能补偿人生的缺憾。明乎此，方能了解艺术与人生的关系。而小说家的创作原理，亦可略见一斑矣。

笔者对法国文学不甚了了，但痴迷于张若名剖析法国文学大家如斯汤达、纪德和兰波之作品时涉及的文学创作共通的那些个特质，如小说家的创作心理（现在是否可列在“癫狂与文明”的课题下研究了？）、作品与现实的关系（现在或许可归入“虚构行为”一派也未可知）等。她笔下没有那么多呕心沥血的词儿，没有那些诸如“能指”“所指”外加括号中的洋文注释，更鲜有“中西贯通”地努力去揭示外国的什么什么其实就是中国古典文学中的什么什么。没有这些个“卖点”。有的只是她个人的洞察和考量，凭的是对创作的把脉甚至是一个潜在作家与作家的惺惺惜惺惺的同情。这样发自血液的感知文字自然是没有一字一典、一行一注的学术殿堂气，但是它分明是有典有注的，那典那注没有字，但分明让你感觉得到，那就是生命，是创作者血液的流动和方寸间须臾万变的灵动轨迹。

劳伦斯曾说：批评永远不会成为科学，它“关心的是科学所冷落的那些个价值”。张若名的文字让笔者再次体会到了感动。我庆幸，在这些文字形成近半个世纪后我能偶然与之相遇，而且它是出自一个前辈同乡之手。久久凝视着这个故乡土地上走出来的女人，那是一张随处可见的乡下女人朴实的脸。可她的心性竟是全然超凡空灵，明镜一般地映衬出所谓“作家”这类人的心地。这样的“仁义”之书，性情文字，多么让人心热眼热。

三代“中法”故乡人

孙犁先生回忆他在保定育德中学读书的日子，笔调阴郁，甚至惊异于那样一条尘土飞扬、坑坑洼洼的小街上怎么会有如此庄严的大学和中等学校。而他的母校育德中学还是著名的留法勤工俭学预备班所在地，是留法“归来后成为一代著名人物的人们的母校”。

这条破旧的“金台驿街”就在我家附近，是离开故乡多年后才知道了它的光荣历史。又在更多年后才把它跟北京东皇城根上那座典雅的民国风格大楼联系在一起，那所大楼是原中法大学所在地，而中法大学是留法勤工俭学运动的直接产物。推动这个轰动全国的教育项目和运动的主要推手是国民党四大元老之一的李石曾先生，其父李鸿藻是清政府的一代总理衙门大臣。因为他们的老家是保定的高阳县的缘故，故乡保定就走在了留法勤工俭学运动的最前列。“勤于工作、俭以求学”的宗旨就是现在所说的勤工俭学的由来。

当年青年毛泽东组织一批湖南学子北上参加留法勤工俭

学，还专门到保定看望同学们，就在那次，他登上保定古城墙俯瞰这座直隶府城。也因为他上过那城墙，20 世纪 50 年代大肆拆毁城墙时有人想到这里是“毛主席到过的地方”，就保留了几百米，成为老保定如今可以骄人的少有的古迹。这些表面上看似毫无关联的事居然都与李石曾和他开创的留法勤工俭学事业密切相关。

留法勤工俭学运动后期周恩来和张若名等人从天津坐船赴法，这对革命情侣在法国分手，之后张若名潜心钻研法国文学，获得博士学位，于 1931 年元旦后与杨堃戴着“中国第一对博士夫妻”的光环回到北平。张若名被聘为北平中法大学文学院教授。张若名富有开拓性的法国文学研究成就都是在中法大学时取得的，发表了很多研究论文，应该是那个时代本领域里的学术权威。这位国宝级的法国文学专家的名字和业绩竟然因为与周恩来的一段情缘而在很多年里无人提及，很多研究法国文学的后来者甚至都不知道张若名，造成了历史的巨大遗憾。她的研究成果之一《纪德的态度》一直到 20 世纪末才由她的儿子整理出版。我就是在 21 世纪的某一天才读到这本书。她是故乡保定走出来的最早的外国文学大学者。可惜她早在 1958 年的政治运动中就投水自尽了。

张若名来中法大学任教时，大学者、京剧艺术理论的开拓者齐如山先生（李石曾同乡）的女儿齐香也快在中法大学毕业了。她应该听过张若名的课。齐香当年在中法大学法语专业总是名列榜首，家世显赫，人也秀美，在校园里相当抢眼。

齐香以第一名的成绩考取国家留法奖学金赴法读书，专攻语言学，却因为战乱国家终止了奖学金和抚养孩子而中断了博士学业，仅以硕士毕业。回国后在北京大学任法语教授，早期北大的法语教材就出自齐香之手。据50年代就读于北大法语专业的柳鸣九先生回忆说："齐香是那位在梅兰芳生活中扮演过重要角色的著名文化人齐如山之后，她既有大家闺秀之质，又有雍容华贵之度。她是法语语音学的权威，法兰西谈吐艺术的大师，其语音之准确，字正腔圆，音色音调之悦耳，近似乐曲，令法国人也自叹不如。"她业余还翻译了乔治·桑等人的文学作品。

不过齐香另一半时间都用来辅佐丈夫罗大冈的法国文学研究和翻译，帮他校订甚至抄写翻译书稿。他们是中法大学的同班同学，在罗大冈的热烈追求下嫁给了他，应该也称得上"最贤的妻、最才的女"，是法语界早期的开拓者，难得的比翼双飞的学术伉俪。

同乡前辈许君远

多年前给报纸写老一辈翻译家访谈录时，我是根据《中国翻译家词典》了解这些译界名人的生平和著作出版史，再根据这些词条按图索骥查阅各种报刊图书资料。写了一阵后我就忽发奇想，想查一下我的故乡保定出过哪些翻译名家。把那本词典从头翻到尾，只发现冯至先生出生在涿州，但中学阶段开始就在北京学习生活了，且直隶时期涿州属于顺天府，不属于保定府。另一个是祖籍保定高阳的北大法语教授齐香，是文化大家齐如山的女儿，但她出生在北京，严格来说也不是保定人。而著名的张若名教授倒是地道的保定清苑人，但她以研究法国文学著称，基本不做翻译。这些寻找令我感到很沮丧，觉得因抗战文学而全国闻名的“保定作家群”形成之前的现代保定似乎是一片文学的空白，堂堂的直隶省首府何以在文学和翻译领域如此不堪？还是缺乏挖掘？

还是到了网络时代，我偶然从保定老作家郑新芳的博客上发现了一位真正出生于保定、在保定完成了中小学教育后成了著名的报人、作家和翻译家的许君远先生的事迹，又搜寻到许君远的作品拜读，读后感到为他骄傲，也不胜唏嘘。诚如研究家们感叹的那样："一个人在某一个领域有所建树，就堪称'著名'了，许君远在三个领域'著名'，实属少见。"这样一个20世纪难得的文学家，被历史的尘埃掩埋半个多世纪才开始得到重新发现，确实是历史的悲剧。

许君远曾在保定莲池小学读书，1918年考入保定的直隶第六中学，中学时期就开始在写作上崭露头角，经常在校刊上发表作品。那所著名的直隶六中在大学和师范学校很少的年代是十分显赫的。当年直隶省一共只剩下21所官办中学，但进入排名序列的只有16所，其中直隶一中在天津，二中在沧州，直隶六中则在保定，校址就是著名的"西剎秋涛"风景区里的直隶高等学堂旧址。梅贻琦就是从那里考上第一批庚款留美的。后来因为曹锟要在那里创办河北大学，六中就迁址到北关外的直隶高师校园里，据说那也是个花园般美丽的校园。看来许君远是在两个校址读的直隶六中。前一个校址成了曹锟创办的河北大学（1921—1931），后一个校址则在20世纪70年代成为从天津迁来的新河北大学（1960年在早期的天津工商大学基础上改建）的南院。许君远考大学时并没有投考近在咫尺的以农医学科见长的河北大学，而是毅然报考竞争激烈的北京大学，最后以一比六的录取率考上北大。当年的六中出过好几位北大生，足见六中的教学实力了得。

有趣的是他的几位同窗后来都成了著名的作家和翻译家，他们是废名、梁遇春、张友松和石民。他们那时选课似乎十分自由，几乎从上英文系伊始就开始了全面的人文学科的训练。在英文系他们的老师中有丁西林、陈西滢、徐志摩、林语堂等名流，在英文课程之外他们还选了许多国文系课程，如黄节的《诗经》《曹子建诗》，刘毓盘的“词”，单不庵的“宋元学案”，林损的“诸子百家”，刘文典的“汉魏六朝文”和“鲁迅的《中国小说史略》等”。这样的中西文化熏陶为这批英文系才子以后跨越中西文化的写作打下了坚实的基础，也应该是今天培养文学人才的途径，可惜这样的传统已经失传多年了。

当年许君远在通州的河北第十师范当英文教师。张中行先生彼时在那里就读，对许君远印象深刻，曾回忆说：“他长得清秀，风度翩翩，一见必惊为罕有的才子。”从读中学开始他的理想就十分纯粹，纯粹得似乎脱离了那个纷乱的时代，如他所述：“在北大读英国文学，成天钻在‘象牙之塔’里读小说，写小说，只想成作家，做教授。”所以他后来得以跻身京派作家群，在小说和散文写作上颇有成就。沈从文曾经很推崇他的作品，但据说鲁迅在选编京派作家作品时没有选许君远，此事曾成为文坛的争议话题。但今天来看，许君远的散文确实有其难能可贵之处，手头这本《读书与怀人》，感情真挚，清丽可诵，一派民国文人风范跃然纸上，读之爱不释手，依然是我们学习散文写作的榜样。而作为翻译家他翻译出版了四种著作:《印度政治领袖列传》《斯托沙里农庄》《老古玩店》和《莎士比亚戏剧故事》，其中《老古玩店》影响深远，至今仍然在印行。可惜我们读翻译作品很少注意译者的名字，估计我大学期间读的就是许先生的译本呢。

他更为令人炫目的任职则是在报界，先后在《北平晨报》《庸报》《大公报》《文汇报》《中央日报》担任各种职务，在新闻写作上独树一帜，写下了很多轰动一时的抨击时弊的文章。1945年，他还以《益世报》特派员身份参加了联合国成立大会，见证了联合国诞生的经过，写下了报道。

这个文学之子、报界天才终于在20世纪50年代遭遇不幸，抑郁而逝，否则以他的才华，至少还能翻译很多优秀的文学作品流传下来的。好在随着时代的进步，人们开始重新发现许君远的价值，尤其对我们这些晚辈同乡，似乎意义更加不寻常吧。

我曾在许君远读中学的校园里读过大学，这事想来令人无限感怀。

田德望的《神曲》人生

弱冠之年读了几行《神曲》，就自顾自时不时在写文章时动辄“炼狱”“地狱”一番，甚至写诗抒发劳伦斯对自己的震撼时也自作高深地写道：“像维吉尔引导但丁穿过炼狱……”如此浅薄，过几年再读就一把将诗稿撕了。

又过了好多个几年，在世纪之交的时候偶然在媒体上发现北大著名教授田德望先生古稀之年开始从意大利语翻译《神曲》全文，历经近二十年在九秩高龄上完成巨作后翩然驾鹤西去，当时感到这就是一个传奇故事，甚至叹息意大利语文学翻译这个圈真是后继无人，如此的名著要一个古稀老教授劳作十八年。但因为“隔行如隔山”的专业原因，唏嘘一番也就罢了，居然没有趁机深入了解一下田大师的人生经历。

前几年出版的《译书记》里年高德劭的田大师作品《我与〈神曲〉》排在第二位，紧随夏丏尊大师之后，但我又因为“隔行”的原因没有拜读。没想到，我这一次真的是错过了一位绝不能错过的大师，这一错过又是六年。直到今年我寻到同乡文学前辈许君远的踪迹，又继续寻找早年的同乡前辈时，不经意间又翻开看了许多遍的《译书记》，翻到田德望那一篇，简介里跳出来“河北省顺平县人”，几乎令我心跳停滞。顺平人，不就是保定人吗，顺平前些年还叫完县。真是踏破铁鞋无觅处，得来如此容易的寻觅结果——我又找到一位同乡同行老前辈！

20 世纪 20 年代这个地道的农村子弟一举考中了当年北方著名的保定育德中学，那之前几个月的春天里罗素刚刚在育德中学发表过演讲，罗素在保定唯一一次演讲没有在近在咫尺的河北大学而是在一路之隔的育德中学，也说明了这所中学的举足轻重吧。育德中学教学质量高，还曾经是该省同盟会的秘密总部，之后是李石曾主办的留法勤工俭学预备班所在地，形成了留法勤工俭学运动的中心，吸引了全国大批的青年学生（刘少奇、李维汉和李富春等人曾在此就读）。田德望就是在这不久后考上育德的。

田德望在育德中学读到了著名学者钱稻孙翻译的《神曲》节译本，书名是《神曲一脔》，为之倾倒。他北大预科毕业后考入清华大学读外语时，又在英籍教师指导下用英文学习《神曲》，沉迷其中，为此专门辅修意大利文，以求原汁原味学习欣赏《神曲》，之后以优异成绩考上清华外国文学所的研究生（他比赵萝蕤高一班，比杨绛高二班，自然也是钱锺书的师兄），集中精力研究《神曲》。硕士论文题目是《但丁的〈神曲〉和弥尔顿的〈失乐园〉的比喻的比较研究》，今天看来这已经是比较文学的博士论文框架了。

旋即赴但丁故乡的佛罗伦萨大学留学攻读博士学位。全面研究了意大利古代和现代文学后，博士论文却不是但丁研究，而是15世纪意大利最重要的人文主义学者和诗人波利齐亚诺的评论研究。之后再到德国随德国的但丁专家研究但丁，其间与季羡林成为同学。但回国后近半个世纪里田先生却一直阴差阳错从事德语教学工作，还翻译《毛选》德文版、编辑《德汉词典》、翻译德国文学，完全以德文为业。各种运动中他也受尽折磨。不知道在那漫长的半个世纪里，《神曲》和意大利语是否经常回荡在他耳畔？与《神曲》的长别离是什么滋味，我们无从得知，因为田老几乎没有留下什么回忆的作品。

这一别，直到1983年的古稀之年，他才终于有了机会应约开始翻译他一生念兹在兹的《神曲》。这个来之不易的晚年工程耗时十八年，其间田老患了腺体癌，经过两次手术和放疗，仍然奋笔不辍，直到2000年译毕《神曲》，大功告成后两个月，田德望大师溘然长逝。《神曲》的翻译让田老收获了意大利国家翻译奖和意大利总统一级骑士勋章，可以说功德圆满，轻飏西天，走完了从育德中学开始、中间停止了近半个世纪的《神曲》人生。他可以说是为研究翻译《神曲》而生，以译毕《神曲》而终，除了精美绝伦的译文，还有几万字的译者序言，字字珠玑，行文优雅从容，质朴笃实，毫无玄虚痕迹，清澈透明，是他一生的学术结晶，最美的遗产。

萧也牧与梁斌的《红旗谱》故事

我珍藏着一本1964年版的名著《红旗谱》，三十年东搬家西搬家，这本书跟着我搬来搬去，但再也没有读过，因为少年时代就通读过了，更是根据小说里提到的真实的街道名字在保定的老街道上痴迷地寻找过那些原型地的蛛丝马迹。可以说这部小说早就长在我记忆里了，现在说不上喜欢不喜欢，但它就是根植在记忆里成了潜意识的一部分，就像自己的一块皮肤，喜欢不喜欢都是自己的有机组成了。

我与这书的缘分注定不浅。当年联系去中国青年出版社工作，也与这个社出版的"三红一创"四部当代名小说里有《红旗谱》有关。去了之后听说了我那个文学室的老前辈萧也牧的悲惨人生遭遇，似乎那是我的什么家人的遭遇，为之唏嘘喟叹，以至于后来愤然落笔写了一篇很长的文章钩沉他的普罗米修斯般的惨烈人生，向一个同单位的文学前辈致敬。也是在那次写作过程中，意外了解到萧也牧竟然是少年时代影响了我的《红旗谱》的责任编辑，不是简单的文字编辑，基本上是集“伯乐”、朋友甚至是半个合作者于一身的特殊编辑。了解情况的人们都说，没有萧也牧，《红旗谱》的艺术成就绝不可能达到那样的高度，因为连有的情节都是萧也牧帮助作者梁斌设计出来的。如后来全国读者耳熟能详的小说主人公朱老忠身背大砍刀的光辉形象，就是萧也牧的设计。至于文字的修改，段落的推敲，更是难以数计。当初中青社决定出版这部作品，要求梁斌修改，梁斌干脆辞去中央文学讲习所书记的职务，从北京到保定，在河北省文联挂个副主席职务，专心修改作品。萧也牧为节省梁斌来回跑路的时间，就到保定去审稿，帮助改稿。

萧也牧因为自己的小说受到不公正的批判而被下放出版社当编辑，被迫停止了自己钟爱的小说创作，他这是将自己的创作激情完全转移到梁斌的作品上，将梁斌的作品当成自己的作品进行精心打磨，如同一个失去自己孩子的母亲，把母爱移情别的孩子身上一样，有爱的释放，也有失去爱子的痛楚交集。我对此报以一个文学晚辈深深的同情，更是敬佩有加。因此我感到，我喜欢的《红旗谱》里流淌着萧也牧前辈的心血和难言的苦痛，这书在我心中愈发宝贵起来。

后来我又意外地读到一些文章，谈到这对伯乐与千里马竟然在小说大红大紫后发生了严重的误会，这样的结局很是令我为他们二人惋惜。当年萧也牧发现了梁斌的初稿，料定这是一块璞玉，兴奋地把厚厚的原稿抱回出版社，上报选题并全心全意投入了帮助梁斌修改小说的工作中去。萧也牧去保定梁斌处签订出版合同时由衷地替这位即将成为明星的作家高兴，说：了不起啊，你是我们的大作家！这话出自萧也牧这个被剥夺了创作权利的名作家之口，听来该是多么令人心酸！但萧也牧知道自己的作家前途被断送了，他认命了，是真心为梁斌高兴。

不幸的是，作品走红后，有出版社开出了更高的稿费条件，准备将《红旗谱》和续集《播火记》一起收走。梁斌答应了，甚至在萧也牧与他联系时怪罪萧也牧没有“替朋友两肋插刀”，就是认为萧也牧没有为他争取更高的稿酬标准的意思。按说他的小说一夜红遍全国，想在出版续集时提高稿酬标准，也是情理之中的事。而在萧也牧一方（应该也是中青社的姿态，他们认为是中青社发现培养了梁斌），他认为按照当时的稿酬标准，千字 18 元、每三万册重新发放一次稿酬（俗称三万册一个单位）是很高的标准了。在大学毕业生月薪 56 元的年代，这本小说第一版就得到 4 万元稿酬，是个普通人 60 多年的工资，是天文数字。因此无论萧也牧还是中青社都没有提高稿酬的表示。以中青社的强势地位，这也属正常。但与别的出版社的优渥条件比，梁斌还是觉得萧也牧不够为他“两肋插刀”吧。两人的关系从此终结，此乃文坛一大憾事。

中青社后来为此向上级告了梁斌的状，那个年代作家为稿酬待遇“转会”是不被容忍的，何况小说是歌颂中国革命的，专业作家本来就享受高工资待遇，稿费完全是额外收入。从此梁斌背上了贪图名利的罪名受到批评。省里领导感到“震怒”。省文化部门的领导“为了保护梁斌过关，劝梁斌把已到手的稿费以党费的名义缴公。梁斌照此做了，但心里并不服气”（以后又归还了一部分）。为此梁斌多年不快。估计这是中华人民共和国成立后作家的第一次市场行为，就这样暗淡凄凉落幕。尽管他后来听说了萧也牧在“五七干校”惨遭不幸的事，为此含泪表示过同情，为他们的误会感到过遗憾，但据说梁斌的文集里还是没有一篇回忆萧也牧的文字。

我还发现 1964 年再版书版权页上竟然把首版时间写错，写成了 1958 年。我的朋友郭伏良教授的论文注解里写的是 1957 年。经与他核对，确实是中青社的版权页出了错误，我想那肯定与萧也牧不再当此书的责编有关系。我们熟读的名著背后还有这样那样编者与作者之间的不幸故事，是令人痛心的。

杨绛：春雨春泥最护花（外一篇）

杨绛先生在105岁高龄上走了，回忆起这些年读她的作品，感觉就是如沐春风，如逢甘霖。她早期的文论集是《春泥集》，书名取自龚自珍诗“落红不是无情物，化作春泥更护花”。如今玉树凋零，正应了“化作春泥更护花”的诗句。她还会长久地滋润我们。

1981年读大四时我根本不知道杨绛是谁，就偶然与她洋洋洒洒的研究《名利场》的论文相遇了。我毕业论文是研究《名利场》的，我参考的译文译者是杨必，这个名字也是陌生的。因为是中英文对照学习，那本译著完全令我为之倾倒。杨绛的论文更令我震撼。

杨绛的文论与我那个时候读到的传统的论文风格迥异。整体格局是旁征博引，多语种注释遍布，一派渊博的学术气氛扑面而来，她论《名利场》，开篇就是俄文和德文注解，中间穿插英文法文注解。但其行文和语气却分明是有散文韵致的，娓娓道来，如潇潇春雨。这样的学术论文确实令人叹为观止，有很高的审美价值。虽不能至，心向往之，我就想以后自己若做翻译就该翻译得像杨必那样，写论文是否也应该走杨绛这样的路径呢？

毕业之后才听说这部不朽的译著是经过杨绛修订的，她和杨必是姐妹，而书名是钱锺书起的。我感到自己太有福气，在懵懂中的起步阶段就受到这个组合团队的影响了。

不久后读到新出版的《春泥集》，更是如获至宝，仔细研读。这本学术论文集在那个年代应该说是十分另类，其以散文笔法写学术论文的风格确实独树一帜。这种学术美文虽然不能代替主流的文学史和文艺理论，但确实是富有魅力的文学研究文本，是作者在审美的历程中完成美的写作，写和读这样的论文都是一场审美的深度体验，这样的境界令人神往。而以后杨先生的散文写作又无不为深刻的哲理与广博的知识所渗透，与其文论交相辉映。

而身为作家和学者的杨先生做起翻译来，自己的学养与创作天分自然体现在译文中，行云流水，浑然天成，是一流的译文。同时她又严格遵守译者的本分，严格制约自己的才华，严格“戴着锁链跳舞”，跳到最为完美。这是因为她认为译者是“一仆二主”，不可僭越自己的职责为作者代言，亦不可在“胡语”后面亦步亦趋，忘记自己为汉语读者服务的职责。“胡语尽倒”，译文要拆分、重组，如“翻跟头”一样，拿捏好分寸，这就是“翻译度”。

在此我们看到杨绛先生表现出的是一个“匠气”十足的手工艺人的风范，完全放下了作家和学者的身段，又能将作家和学者的智慧与灵气同译者的忠诚完美地结合起来，是一个蕙质兰心的译者。

钱锺书先生关于翻译有过“化境”和“得意忘言”理论，还说：“翻译的最高境界是让原作‘投胎转世’。”但钱先生这些大而化之的理论却是由杨绛这个“大工匠”脚踏实地实践出来的，而且通过一篇《翻译的技巧》形象地总结论证之，是理论与实践结合的“生命之树”。她还借用唐代刘知幾《史通·外篇》所谓“点烦”的理论，强调译文完成后芟芜去杂，减掉废字，她的《堂吉诃德》一经点烦，就点掉十来万字。

杨绛这样大师与工匠身份相得益彰的人实属难觅。世上再无杨绛。

杨绛：撤销一次采访的理由

一直想了解杨绛先生在英国研读英国文学的情况，就给《文汇读书周报》报了个采访意向，在3月9号给杨绛先生打电话要求方便时录音采访。电话里杨先生说她已经96岁高龄，“我现在是个大聋子”，谁来都要在耳边大声喊，她也会情不自禁大声回答，那样谈学术问题太累，身体不能承受。

但毕竟杨先生在这个年龄上还在翻译写作，思维如此活跃，记忆力如此强健，表达如此流畅，连走路的步态都还那么硬朗，怎能仅因为一个“聋”就放弃一个大好的机会记录下她的一段别人不曾关注过的经历？我一再表示，我们不对谈，只提了问题，请她小声独白，我录音，然后我整理录音即可。她说她不愿意被录音，即使录了音，也没有精力帮我确认录音稿。于是干脆地说那就简单聊几句吧。“我说，你听。”

杨先生说她在牛津是自费旁听，不是正式学生。但作为“补课”，她跟着钱先生读了很多英国文学作品，从古典到19世纪的作家都读了个遍。但因为不参加考试，也不拿学位，所以就没有研究谁，也说不上特别喜欢谁。我一再要求举几个例子。杨先生就举了Gorge Eliot和Jane Austen，说很喜欢。特别说到Austen，塑造人物鲜活，过目不忘。为此，杨先生强调小说情节很重要，人物塑造栩栩如生，这是好小说的要素。相比之下她不喜欢Charlotte Bronte，说Jane Eyre不是纯粹的创作，有大量个人的影子在其中。顺便说到她的《洗澡》就没有一点个人的影子，人物都是纯粹虚构。

她特别让我记住，好小说一定得塑造鲜明的人物，一定要有生动的情节。

杨先生大声喊了半天，我生怕她累病，就一再说您的这些话不录下来让读者了解太可惜了。她才妥协说，我可以写个采访提纲寄去，她“看情况可能会回答你”。

我知道我不能再得寸进尺，强求一个96岁的老人，于是拟了一个提纲送去。估计杨先生会在每个问题下写几行字，也许她觉得无聊，就此不再理会。但我没想到的是她在第二天傍晚就让家里的阿姨小吴打来电话，说可以在电话上回答我。

杨先生的声音依然那么清晰，纤柔的无锡口音普通话，柔中带刚。我在她的谈话开始后才意识到这不是敷衍我，而是个长谈，应该记笔记，这才马上抓过手边的纸和笔边听边记。随后根据潦草的记录和新鲜的记忆马上整理成文。我平生第一次做了这样的电话“采访”。

信的原稿：

尊敬的杨先生：

昨天劳您在电话上大声谈了那么久，实在难为您了。承蒙您答应可能会书面回答我的问题，这个“可能”是对我的照顾和鼓励，我就冒昧提几个问题，希望您能拨冗从容简略回答，我将万分感激。

想访问您，是因为我读过您许多作品，但发现您很少具体谈您在牛津读书期间研读英国文学作品的情况。这是一个缺项。我很好奇，相信所有像我一样研究英国文学的人都想知道您那段读书经验，对大家一定有启发。

您说这是一本书才能回答的问题，但在您没有写这样一本书的情况下，能让读者简单了解一些您的见解总比不了解要强。

我的问题如下：

1. 您在牛津和钱先生一起读英国文学，您说是“补课”，读了大量的经典名著，从17世纪读到19世纪。但我们读到的您的英国文学研究只有关于Thackeray, Jane Austen, Henry Fielding。能简单谈谈您还喜欢其他哪几个作家，他们“有什么好”吗？

2. 您说您特别喜欢Gorge Eliot, Jane Austen，似乎不太喜欢Charlotte Bronte，因为后者的小说不是纯粹的创作，而是有大量个人的影子在其中。而Jane Austen是纯粹创作人物。是这个意思吗？您还提到您自己的小说如《洗澡》里毫无您自己的影子，您的创作是深受Jane Austen影响吗？当代小说不重视情节和人物塑造，您认为这样的小说写下去没有前途吗?

3.我看到有文章说，钱先生除了读古典英国文学，还读了当时英国的同时期文学如Aldous Huxley和Evelyn Waugh，说他受了这些书的影响。我相信，您也读了一些当代英国的文学作品吧?印象中谁的作品更让您喜欢呢?比如：D.H.Lawrence，30年代中期正是他的作品开始大受重视的时候，您读了吗?那个时期英国文化界还很鄙视他吗? James Joyce, Wells, Shaw, Galsworthy, Forster, Virginia Woolf, Mansfield, Bennet等一批当代名家名著，还有现在大家推崇的Bloomsbury文人圈子，那时在英国的影响就很大吗?国内像您这样30年代在英国研究英国文学的人数寥寥，您的印象肯定宝贵。

Take your time，方便的时候能写几笔，我和预期中的读者都会十分感激的。如果有答复，就麻烦小吴打电话通知我去取。如果您觉得不方便回答，我也能理解，请您注意休息，保重身体。原谅我的打扰。再次感谢。祝春祺。

毕冰宾

2006-3-9

杨绛先生电话记录整理稿:

我给你打电话，不是回答你的问题，而是要撤销你的问题，知道为什么吗？因为很难回答，我也没资格回答。

我在牛津读书是自学，不考试，不写论文，没念学位，虽然读了很多的书，但只是读了而已，读了和没读一样。像我这种人的读书经历说给大家听有意义吗？应该没什么意义。所以我就不想说了。再者，我是觉得很惭愧。为什么呢？因为我觉得我没资格谈英国文学，我读的那些都是资产阶级文学，（回国后）大的环境不允许研究这个，我就没做什么研究，所以很惭愧。所以现在就不好谈了。

钱锺书也是一样。他的研究方向其实是西洋文学，不仅读了大量的英国文学，法国、意大利等等，所有的大作家都读了，做了那么多笔记，他想做的就是写一部研究西洋文学的大作品出来。可是他不能写。回国后他在清华教的是西洋文学，院系调整后在（文学研究所的）外文组，后来被调去翻译《毛选》很长时间，以后想再回到外文组，但回不去了，郑振铎说“那你就暂时留在古典文学组吧”。其实，那是容不下他，他很委屈。周 ×（当时说的是周扬，报纸发表时我还是采用了“周 ×”替代之）让他做的很多事他都不爱做，但都占了他的时间，所以，他想写的那部大书就永远也没写出来。

我就更不用说了，也一样，都是时代的关系造成的。我从来都不说我是什么作家、学者，只能算文坛上的散兵游勇吧。创作上我从来不敢乱发议论，可以说一句这方面的话也没发过。

我确实写过三个人，就是Thackeray, Fielding，还有塞万提斯。写Thackeray和Fielding都不是我的选择，是因为有研究项目，有什么就研究什么。Fielding我写了5万字，结果一写就错，就成了白旗，挨了批评。从此我觉得我不配写研究文章，就想从此不写了。你说的Thackeray那篇，为什么写呢？也不是我的选择。那个时候能研究的英国大作家有两个，首先是Dickens，另一个才是Thackeray。在选择的时候我很乖，我让另一个人先挑，他（她？）是党支部的××（没听清）。于是他（她）挑了Dickens，我就只能写Thackeray了。可是我一下笔就觉得错了。我是想写成八股文，可写着写着就无法那么写了，八股不彻底。这篇文章又差点挨批。有人点了名要批，但还好没挨批。从此我就更不敢再写了，就做翻译。

因为翻译《堂吉诃德》的原因，我写了《堂吉诃德与〈堂吉诃德〉》，就是这个人物和这本书的意思，幸好是在“文革”前夜发表的，来不及挨批，就没挨批。翻译完了我不敢写序，就对冯至说我不会写，让谁写都可以。冯至说那样出了学术问题怎么办，我说我有所有的材料，我全提供出来，让别人写吧。结果别人写了出版社又不用，一定要我这个译者写。为这个，书压了一年没出版。这事让叶水夫很为难，也不好说明，就拖着。我想不出也好，正好让我有时间可以修改译文。我就向出版社讨译文。但出版社又怕我讨回译文不还回去，书就出不成了，结果就出了个没有序言的书，只有施咸荣写的一个介绍。后来再出时，还让我写序，我就把那篇旧文修改成了序言。从那以后我就不再多说话。

你说的关于 Austen 那篇，那是邓小平改革开放以后的事了。那时可以写了。写她的原因是那个时候人们都写文章赞扬 Bronte 的 Jane Eyre，同时批评 Austen，我感到不服气，写了 Austen 到底有什么好的文章，是批评他们说她有什么不好的论点。其实我也不是特别喜欢 Austen，就是因为看了那些文章不服气才写的。咱们那天是电话上说的，很难三言两语说清楚我特别喜欢什么，为什么喜欢，要说这个是要写论文说的。电话上说，反倒越说越糊涂。Austen 也不是我特别喜欢的，只是觉得她写得轻灵、活泼，其实论思想性她不如 George Eliot 有分量。而说不喜欢 Bronte，也并非是全因为她把自己写了进去。是从整个文学的位置上考量，她怎么也不能算大的小说家。这些都不是三言两语能说清的。所以我说我要做的是撤销你的问题。

你听说钱锺书读了 Aldous Huxley, Evelyn Waugh，受了影响。你信里提到的那些他都读过，而且不止那些，还有许多。我们读书都是从头到尾读，读了很多，钱锺书不可能受其中一两个人的影响。

至于 Lawrence, *(Lady) Chatterley's Lover*，我没读过，他的别的书我读了不少，*Sons and Lovers, Plumed Serpent* 等都读过，但没有觉得特别好。*Chatterley's Lover* 那时（在英国）还是禁书（我插话“现在在中国也还是禁书”），我问过钱锺书，他说不喜欢，我也就没读。钱锺书说什么不好我也就不看了。

我们回国后读的英国书很多，从图书馆借，从朋友那里借，外国朋友给寄，来源太多了。有个邵洵美你知道吧，他家里有很多书，我就去借，他书架上有什么我都拿回来读。但我不能跟钱锺书比，他读书都做笔记，是要写一部大书的，可就是没写成。而我不做笔记，读了就忘，所以说很惭愧，谈不出什么来。

我说的到牛津“补课”读了那么多书，是因为我当年不是清华的本科生，上清华是考研究生考进去的。那年考的人很多，记得考法文时就有一课堂的人，但最后只录取了两个，一个北京的，还有一个就是我。因为没上过清华的本科，所以才觉得要补课，到了牛津大量读。原以为 Milton 很沉闷，不好读，但一读起来觉得并非如此，就从头到尾读了 Milton 所有的著作。但就是没像钱锺书那样做笔记，读了也就忘了。

你说的我的小说，我是想搞创作，但那么多年也是因为觉得不配，就也没写什么。到了 85 岁上觉得和 40 多岁还差不多，还能写，才写了《洗澡》，别的没什么创作。我自己一辈子很惭愧，要做的没做成，所以就没什么可说的。我和钱锺书，都是因为时代的原因，做了别的。所以就不说了。所以我说给你回电话不是回答你的问题，而是撤销你的问题。希望你能理解。谢谢你，再见。

最后杨先生又说了几句与本次采访无关的话，但是属于她之所以如此辛苦地在电话上对我长谈的原因。说若非如此，也就简单告诉我不想回答问题而已，不会解释为何不回答。此言出乎意料，令笔者很感动，在此略去不表。（本文发表在 2006 年 3 月 31 日的《文汇读书周报》上，以笔者的本名发表）

京城三位女先生

直到那年采访杨绛先生时，我这个没有历史年代感的人才终于将宣统三年与1911年画了等号。原来只记得多年前逝去的没有血缘的祖母是宣统三年生人，觉得那是很古老的年代。可发现杨绛先生出生的1911年其实就是宣统三年，这才意识到祖母是杨绛的同龄人。可从我记事的60年代初，就感到祖母很苍老了，一双半“解放”的三寸金莲小脚，满头白发。到80年代初她去世前，感到那时她就快90岁了。

祖母去世后20多年的2005年我偶然对杨绛先生做了一次宝贵的采访，那时杨先生95岁，看上去仍像70来岁，比我祖母去世时看着都年轻许多。

发现她们都是宣统三年生人，这是一种何等的震撼啊。小城里一个传统的小家碧玉，嫁给了劳动阶级的男人，一辈子操劳辛苦，早早就白发满头，都走了20年了，可与她同龄的杨绛还在精神矍铄地驰骋文坛，接受我采访时快言快语像中年人一样，让我感觉是在做梦。我竟然在祖母逝世20年后向她的同龄人讨教英国文学的问题。再看杨绛60年代化了淡妆，身着旗袍的优雅身姿，我又想起祖母的60年代身影，那是佝偻着腰，身穿黑布大褂儿，白发飘飘，忙里忙外做家务的形象。都是宣统三年生人，祖母竟然衰老得那么早，走得那么早。

我又想起80年代末祖母逝世不久我采访的赵萝蕤教授，那时赵先生快80了，虽历经政治运动折磨，仍然风度翩翩，高谈阔论。我们在厦门开会时，傍晚她穿着时髦，在厦大校园里和一批老教授散步聊天，一派潇洒。但我就是没想到赵先生也是宣统末年生人，是我祖母的同龄人。

同样在京城外语和外国文学界享有盛誉的北大法语教授齐香，与杨绛和赵萝蕤同庚，也是这个领域里的女神级人物。她是齐如山的女儿，从小帮如山老人抄写给梅兰芳创作的剧本，后考得官费留法第一名，多年后携博士丈夫罗大冈回国，双双在法语界成为德高望重的大学者。

这三位名门闺秀，念了外语，留学海外，归国后成了清华和北大少有的女教授、女研究员、翻译家，是冰心之后学界最耀眼的三女杰。可我怎么也想不到她们都是我祖母的同龄人。这样的对比很是令人感到心痛，但这就是同龄女人天壤之别的命运。我因为偶然的原因，接触到了这两极的老祖母们，体验到了她们全然不同的气韵，领教了她们全然不同的言语方式，对比的感觉真是刻骨铭心，这该是我宝贵的人生收获。

我的祖母嫁了劳动者，两人和和美美过着粗茶淡饭的日子。而这几位京城女先生几乎都与丈夫比翼双飞。三人中杨绛学位最低，仅仅是硕士肄业就随钱先生出洋了，可她寿数最长，文学成就也最高。赵萝蕤学位最高，是当年少有的女博士，一直在英语界形同教母，而且她嫁了非常英俊的诗人教授陈梦家，但丈夫受尽迫害，死于非命，她精神上受到巨大创伤，没能活到90岁，其实她是杨绛清华研究所同门师姐。齐香教授为照顾家庭放弃了读博士，回国后专注于法语教学和辅佐罗大冈的文学研究，相夫教子，甚至在罗大冈逝世后用齐如山房产的拆迁费为罗大冈出齐了文集，甘做绿叶，在95岁高龄离世，应该是很幸福的。

跟傅惟慈先生说再见

一代大翻译家傅惟慈在九秩高龄匆匆离别人世，从呼吸困难到送进离家很近的积水潭医院不治去世，时间很短暂，没有遭受太久的痛苦，按照老北京人习俗，傅老福寿圆满而归，是为“喜丧”。3月17日中午，傅老家人在医院告别室举行了一个规模很小的告别仪式，因事先已经告知外界不举办公开的告别仪式，一切从简，所以这个家庭告别会只通知了很少一些平日来往较多的朋友参加。没有任何官方人物，没有我熟悉的任何名人和外国文学界同行。因为是家庭告别会，所以也没有宣布家属之外来人的名字。告别仪式如此迅速举行，甚至没有等远在欧洲的长子及家人，是因为傅老早在2007年就和夫人联名签署了公证书，身后遗体捐献给协和医科大学供科研之用，要在各种体征完好的情况下交给大学。傅老夫妇境界之高，难以企及，令人敬仰。

而我用了这个如此平淡的题目，不为别的，仅仅是为与我26年前在《文汇读书周报》上发表的报界第一篇傅老印象记相呼应，那篇弱冠习作题目是《老傅其人》。老傅，是因为我们相熟后随着他的洋女婿幽默地叫起来的，当然我们并非经常这样称呼他，多数时间里就是平平常常地叫他“傅老师”，连“傅老”都很少叫。如今，傅老师去了，当初与傅老师见面聊天后就约我写他的印象记的编辑再次嘱我在这个特殊时刻回忆我与傅老交往的点滴。如同26年前，我欣然从命，但这次却是无可奈何地“告别老傅”，为我们三个人的友谊做个终结。

当我把九枝散发着清香的白百合花敬献在傅老的灵床前时，看到他如同睡去一样安卧在鲜花丛中，容颜和我26年前在德国见他时似乎没有太大变化，唯一变化的是这次他剪了很短的短发，而我初次见到他时，他瘦高飘逸，一头白头发是很规矩的一边倒的分头，那时他65岁，可他竟然一个人在慕尼黑大学讲授中文课程，为省钱游览欧洲，就住到了租金便宜的学生公寓里来了。我恰好是在慕尼黑的图书馆短期做访问学者，图书馆经费有限，就安排我住这座学生公寓。于是，我十分偶然地与在国内不可能见到的著名翻译家傅惟慈成了楼友，在中国人稀少的那个地方，几乎每天晚上我们都聊天，他如饥似渴地听我说北京的新鲜事，听我说说冯亦代等他熟悉的老朋友的事情。自然我是经常在他那里蹭晚饭，我就是这样吃了十几顿由大翻译家亲手做的中餐。谁能想象，大翻译家做饭是很地道的，炒的菜十分清淡可口，他经常一个人在外，独立生活能力很强，号称出门在外一定要吃好喝好玩好，绝不是人们想象中的凑合过日子的大学者。

我们回国后，自然会经常见面，延续了我们海阔天空的神聊。他和他家在四根柏胡同的那座鸟语花香的老北京小院子真像磁铁一样吸引着我，也同样吸引着很多老老少少的作家、学者、记者、编辑。在老城里居住和工作的90年代，我只要路过新街口一带都会去他家，那时没电话手机，基本上是不速之客，敲敲门就进院子，他在就多坐会儿，他不在师母在家就跟师母聊聊，就像街坊串门一样，那种日子真是好。再后来，我搬到三环外就很少进城了，但傅老师经常约老少朋友在他家聚会，也常电话通知我，他通知我时基本上就是北京人说的那种“提溜”（当天或仅提前一个晚上），我知道他那是拿我当成街坊和亲戚对待，喊你来吃饭，你能来就来，来不了下回再说。我只要能去肯定是要去的，每次去都像街坊一样，咋咋呼呼说笑一番，闹腾一番，夏天拎个瓜，冬天带几款新品咖啡，随便散淡的交往，就是觉得他学识渊博又平易近人。说到社会弊病，他有时也会文雅地愤然说：“这种事，就得用上那句话，他妈的！”他真跟自家亲大爷似的。还有他身板硬朗，心胸开朗，即使换了股骨头，也淡淡地说：该着我受点罪，谁让我“文革”当中逃过一劫呢？那么多老教授被打得皮开肉绽的，我没挨打。他生命最后几年摭拾旧文，补写新文，出版了自己的第一部散文随笔集《牌戏人生》，清新的文风与深邃的哲思并行不悖，仁爱悲悯与愤世嫉俗相得益彰，一时好评如潮，成为美谈。我举杯逗他：老傅处女一把！他也不当回事地哈哈一笑了之，接着张罗让大家吃“饹馇儿”（一种老北京面食）。他就是这么淡泊名利的人，明明是大家祝贺他出了力作，他却有意识地淡化气氛，不希望大家正襟危坐地讨论他的书。

他这么不见老，我们都没想到老傅都望九了，再硬朗也会有体力不支、有闪失，忙起来也就疏于探望。这次就是春节后我带病赶稿子，就想等他院子的花开时拿着新书去看他，就差这么几天，没想到他就走了。不过，他终于是终老在他的祖宅里的，满足了他一个最后的愿望。那年他在我们聚会时呼吁在座的某位德语界政协委员说：你要替我们呼吁呀，别拆我们这片老街道老房子，我还想死在这儿呢。那最后一句话音不是祈求，而是像《茶馆》里的那种无所谓又倔强傲气的北京大爷口吻。他如愿了，那里成了老城保护区，不会拆了，老平房也煤改电了，冬天取暖用了新式的电暖器，不用烧煤了。老爷子过了几年没有煤灰的好日子，终于是“死在这儿”了，功德圆满，福寿全归，大智慧、平常心的傅惟慈大爷平安地从平安里走了。

倾听天籁

看英国广播公司录制的一个英国小说家自述的专题片 *In Their Own Words*，里面竟然神奇地播放了弗吉尼亚·伍尔夫的一段早期广播录音，还有赫胥黎、威尔斯和福斯特等人的黑白电视影像和录音，可以说是弥足珍贵。可惜那个时代劳伦斯对电影和广播抱以不可思议的科技恐惧心态，别人邀请他去电台录音他断然拒绝了。所以至今我们只能看到他有限的照片而听不到他的声音。

看着那一代作家的影像，听他们的声音，我就想到中国早期作家有多少留下声音和影像的？随着网络的发达，有幸听到了20世纪40年代林语堂与美国电台主持人的对谈录音，人到中年的林语堂声音还像个20多岁的学生，英语流利雄辩，思路敏捷，地道的英音夹杂轻微的中国南方人口音，与他当时形象儒雅的照片很是一致，听着十分享受。

随后我又搜到了年轻的老舍在英国时录制的灵格风中文教材，结果令我惊诧。我想象中一口地道的老北京话的老舍，录制教材时说的竟然是我们习惯的那种20年代电影中的国语，基本没有京腔京韵。后来更令我吃惊的是老舍先生50年代回答日本记者的提问时，也是这种老派的国语。我怀疑老舍先生平时说话也这样吗？有熟悉老舍的人告诉我说老舍平时说话确实没什么很重的北京腔。这让我感到遗憾。看来老舍的日常言语已经很书面化了，而他真正“说”北京话时，只能是在他的小说里，让那些小说人物讲京腔了。

但有趣的是我试图在《四世同堂》里的叙述语言和各色人物的对白中寻找老北京话，结果也是比较失望的。老舍的叙述语言基本上是标准的现代汉语普通话，除了个别老北京的称谓和一些老物件、老行当的名词是老北京话外，很少我们熟悉的那些“京片子”。如果说其京味特色，那也是在语流、语感和字词的组合上能令人感到深层次里的北京话特色来（如“大节下的”等），表层上的北京俚语、俗语和歇后语反倒并不明显，也就是说想通过读老舍的叙述语言学习现在网上流行的“北京话考试”里的各种复杂的老北京用语，基本是不可能的。

我想这和老舍长期在外地和国外生活有关，也与他在小说叙述上的节制有关——叙述语言京味太重，可能怕南方读者在接受上有障碍吧。但我确实还是想听到老舍先生自己的老北京腔。可惜，我们是听不到了。

30年前我开始的老翻译家采访活动基本都是带着耳朵和笔记本去“听写”，回家来根据笔记和“音容笑貌”写作一篇篇采访录。原因也简单，那时没有录音机和摄像机，我无法想象如果当初又录音又录像地忙乎，那些老人会不会言谈举止还那么自然，还能不能深入地吐露心声？无法设想这一切，只觉得那时我与他们对坐，随便问，随便插话，全然是无主题畅谈。回想起来，似乎“音容笑貌”依旧印象深刻，而随着时光的流逝，留在我脑海里的似乎主要是他们一个个独特的声音了。

这里面萧乾先生有点像老舍，一个老北京人的京腔几乎荡然无存了，倒是夫人文洁若一口地道的老北京腔依旧浓酽。梅绍武和屠珍夫妇也是这样，梅先生一点京腔没有，屠珍先生的老北京话几乎可以当成活教材，那天她突然说“户铁儿”，令我一惊，我还是第一次听现实中的人把蝴蝶说成“户铁儿”呢。而傅惟慈夫妇则双双讲老北京话，那么地道，那么酣畅淋漓，其实老夫人是唐山人，青年时代来的北京，结果说一口韵味十足的老北京话。

杨宪益先生根本不再有天津口音了，但说起家常话来倒是地道的北方话。那天巫宁坤先生去看他，他要留巫先生吃个便饭，居然说，家里还有包子，“熥一熥”。整天说英文的杨先生竟然还用这个土语呢！

那些南方的知识分子讲的基本上都是带着南方口音的普通话，杨绛先生讲的是无锡口音的北京腔，听着语感都是北京话，但就是发音里带着无锡音，很有意思。巫宁坤先生会自嘲地说他们这些从南到北，从国外到国内的人“没有办法，我们说的都是neutral language，没有任何特色了”。

经常脑子里会放这些录音，感到当年采访他们每次不仅是思想的盛筵，还有这美妙的声音，余音袅袅至今不肯散去，十分享受。如果当初录音录像，他们一定要端着架子字正腔圆地说些书面语，绝不会有这些自然亲切的天籁之音留在我脑海里了。

错过璀璨

业内人士对我从事翻译多持一种“顺理成章”的看法，认为我在“翻译家之乡”福建读研浸淫三年，做翻译是必然，还列举出闽籍辉煌灿烂的翻译家群星：从林纾和严复说起，然后是林语堂、郑振铎、冰心、许地山、梁遇春、余光中、郑敏，令我愕然——80年代弱冠之年的英文系小研究生的我读过他们的作品，但从来没注意过他们居然都出自福建这条大根，而且我的专业不是翻译，读那些书都属于读闲书。林纾和严复似乎离我们太远，而知道林语堂和冰心是福建人似乎也觉得无关紧要，因为他们的文学创作大大高于翻译成就。总之，还是读书不上心，自己原来是这么身在福中不知福之人。

但真正的不知福却也实实在在发生在我身上，那就是我错过了我的导师或者说错过了我的导师作为翻译家的那个重要本质。他叫林纪焘，是林则徐的玄孙之一。林则徐作为近代中国“开眼看世界第一人”的功德之一就是组织人马翻译大量的西方政治经济文化书籍，几乎是办了中国最早的翻译馆了。但我入学分在林纪焘先生名下，研究方向并非翻译而是非虚构，我又打着非虚构的名义暗度陈仓去做劳伦斯散文随笔研究并偷着往小说研究上靠，这个作家他不喜欢。虽然他宽容了我但对我是恨铁不成钢。是我毕业之后约他翻译文学名著时才得知他其实翻译了很多外交和宗教方面的书，他告诉我他不爱翻译文学。当年对我他只是尽一个专业导师的责任，负责我安全得到学位毕业而已。作为他的业余专业——翻译，我当初竟然一无所知。

我还耳濡目染地错过了我们翻译专业导师许崇信先生。因为他是翻译马恩著作的大翻译家，这身份令我们望而生畏。而且我只是随大流上他的大课，上课时有他的弟子顶着回答大问题，其他方向的尽可以不用操心（这是我们上大课的约定俗成，谁的“爹”谁来负责对付）。偶尔遇上俄语问题他会提问我（他的弟子不学俄文），我会梦幻般地回答得一塌糊涂，估计很是令他失望。我更不敢课后去请教他了，就这么身在福中不知福地错过这样的大师。

我更是近在咫尺地错过了一个当时在翻译界大名鼎鼎的中文系的项星耀先生。他人在中文系，但专业是教授外国文学，自己翻译赫尔岑、亨利·詹姆斯和艾略特等大师作品。

因为那个年代系与系之间的互不沟通，这样一位大翻译家在外文系几乎无人知晓，我也仅仅是听说，甚至不敢相信这样的事实，又懒惰自闭，没有去查资料了解。这主要还是那个时候的某种偏见作祟，一直认同这样的理论：中文系的做翻译只见森林不见树木，外文系做翻译只见树木不见森林。所以三年的时间里竟然没去登门拜访请教。后来在人文出版社和那里的编辑聊天，他们对项老推崇备至，方才明白自己错过了真正的树木和森林。

就在少不更事时于懵懂中错过甚至是有意躲过那样的美丽与璀璨，但我一直在那样的背景上行走着，一直在读他们的作品，那福分早就滋润了我们这些读者，这才是实实在在的福。现在知福还不晚。

最后的民国才女们

以文风严谨、理性冷峻的思想家著称的资中筠先生偶然写起当年闺蜜交谊的散文来则令人惊艳，甚至更激发读者对她大家闺秀才女的青春过往的想象。这篇为同窗好友、大作家宗璞祝贺米寿的文章，配发了她们四位同班同学在老清华大门前的合影，立即把读者带入民国末年的清华园氛围中：清华外文系年长她们一辈的有赵萝蕤和杨绛，后有来清华执教的齐香，很是引人注目的才女阵容了。而民国末年进入清华外文系并在新中国初年毕业的才女除了至今依然著名并依然笔耕不辍的宗璞、资中筠和文洁若（不在照片中），照片上还有两位，一位是梅贻琦校长的千金梅祖芬，另一位则是清末上海道台聂缉椝的孙女聂崇厚。

无法想象，80 年代我见过的一派文雅、声调轻柔的宗璞当年照片上却是很英武的样子，精通古文，国学功底深厚的她竟然能歌善舞，彻底颠覆了我们想象中的书生气十足的形象。她和才华横溢的资中筠弹钢琴，唱歌跳舞，赋诗唱和，一个写剧本，一个演男角（资中筠），那样的业余活动是她们读书求知之外留在清华园里最美的记忆。资中筠到耄耋之年重拾旧艺，还举办了自己的钢琴独奏会，让人们领略了一个心事浩茫的思想家的文艺范儿，她说那都是童子功。而在做学问之余驾轻就熟地翻译《廊桥遗梦》则靠的是清华外文系打下的文学基本功。

文洁若是考试控，说考清华就轻松考上。而宗璞和梅校长的千金梅祖芬则不那么走运，还有梁思成的女儿梁再冰，三人与文洁若同考清华英语专业（可见当年的清华英语专业是多么炙手可热），只有文洁若考上，她们三人都是差几分落榜。有人让梅小姐求校长父亲开个绿灯，梅小姐说想都别想，就自己复读，第二年雪耻，终于考上。宗璞则去了第二志愿的南开，一年后考回清华二年级，但这个大学究为了上个完整的清华，宁可降级重读清华一年级。林徽因动用了“程序”查了高考卷子，确认没有误判，欣然接受现实，让女儿屈尊上了分数线稍低的北大英语专业。清华的校长、院长和系主任对自己的千金都是公事公办，分数面前一律平等，令人无限感慨。更令人感慨的是，梅贻琦校长去了台湾，他的千金梅祖芬却选择留在大陆继续读书和工作。

最后要说的是聂崇厚。刚在网上输入“聂崇”两个字，就哗啦出现一串以“聂崇”开头的名字，随之出现的是聂氏大家族几百人的辈分排行大名单，这是上海最著名的家族，聂道台是曾国藩的女婿，其子女接受他的遗训，永不再为官，从事实业，投身科学和教育。那个聂氏花园现在还残存一部分，大多房子里住上了普通市民。那个聂氏繁华景已经成了上海滩不朽的传说了。聂崇厚是聂道台十一房子女里的众多孙辈之一，她这一辈多为高级知识分子，专家教授层出不穷。而这位聂崇厚小姐清华毕业后则进了出版社当编辑，踏踏实实嫁人，安于平淡，20 世纪 80 年代翻译的书至今网上还能查到。

感谢资中筠先生的文章和照片，让我们欣赏了民国最后一批才女的风采，了解了她们家族的故事。

“翰林”柳鸣九

因为不懂法文，竟然对法国文学研究大家柳鸣九先生一直崇敬而不敢走近。但毕竟是在外国文学翻译的圈子里出入，不仅经常拜读到柳先生的译作和报刊散文随笔，还于不知不觉中受到了柳先生的恩惠。先生主编的两套外国文学名著名译丛书都收入过拙译，当然是主管英国作品的分主编拉我加盟的，皇皇队列里我不过是沧海一粟。我相信本领域内像我这样的“加盟小店”不在少数吧，也说明这个圈没有明确的边界，是开放的平台，如同微信朋友圈，柳老更像我们的“群主”。这正是我喜欢混迹其中的原因之一。

有出版社出版“蓝调文丛”，是柳先生和李文俊先生打头，拙作叨陪末座，但柳先生无暇出席作者编者碰面会，就又与柳先生失之交臂。但有趣的是我拿到样书后给朋友题赠时偶然发现，有两本拙作的内封竟然是柳先生的大作《我所见到的法兰西文学大师》！这样奇异的错装书似乎是天意，说明早晚我注定要拜见柳老！我把它们投放到微店，竟然很快被热心的读者抢购收藏了。

那本书里柳先生面晤过的二十来位当代法国文学名家我仅仅听说过三位的大名，也就只读了那三篇印象记。但那之后柳先生开始了一部又一部的文学回忆录写作，引起读书界轰动。最著名的是《“翰林院”内外》前后二集，把中国社科院比为“翰林院”，记叙了自己从北大毕业进入这座学术圣殿与“翰林院”中的西学大师——钱锺书、杨绛、朱光潜、李健吾、冯至和卞之琳等前辈从“跟班”到同事的交往和交谊，在学术和生活两个方面落墨，叙述温婉、亲切而理智，将学术探索与个人情感经历娓娓道来，在刻画大师别具一格的风貌的同时，道出了自己从小跟班到学术领军人物的成长史，读来令人钦敬、艳羡，也感慨：柳老得到熏陶的那个大师时代和环境我们只有耳闻却不曾有幸亲历，但有幸听到柳老栩栩如生的记述，这是我辈多大的福分！为此我们怎样感谢他也不过分。

这两集散文最近又合为一集《名士风流》出版，柳老又将回忆转向自己在北大求学的恩师郭麟阁、吴达元、徐继曾等，他们都是中国法国文学教学与研究的开拓者，字里行间流露出来的对父辈的依恋和爱戴，情动于中，感人至深，一派赤子情怀。文中自然穿插对自己的同窗好友甚至高足的美好回忆。这些动人的文字，与叙述父母兄弟姐妹的亲情文字别无二致，又因为有共同的文学事业上的纽带相连，亲情之上又闪烁着智性的光芒，更加令人心向往之。恰巧不久前我读到老北大前辈许君远叙述他那一代北大同学少年和恩师的友情篇章，两代北大外语人，真是一脉相承，如同一种宝贵的家传。

而柳先生的《回顾自省录》则笔锋一转，冷峻肃穆，严谨深沉，让我们对他坎坷艰辛的学术之路有了全面的了解，而他这个学术段位的个人史不正是“翰林院”乃至整个国家学术界的一个侧面叙述吗？由个案而伸延开去，这样的学术史则会变得立体，变得有温度和韧性。柳先生给这套书命名为“思想者自述文丛”，丛书作者还包括汤一介、许渊冲和钱中文等大师，由此可见作为主编的他的系统性深谋远虑。

正如劳伦斯评论莎士比亚时所说：如果我们对莎翁的个人经历多些了解，他的那些谜一样难解的十四行诗会得到多么完整无缺的解读！同样，对这些学界领军人物的个人史多些了解，会有助于我们理解他们的学术思想的渊源脉络，感受他们冷静的学术叙述所受到的情感波动的影响。柳先生的这套书应该说是在传达一种独特的思路。

当然我似乎也在柳先生对诸多大师级人物的回忆中看

到了缺席或空白，而这样的空白又恰恰是我打开他的书之前想当然认为应该必须有的一些人和事，因为那同样是这个领域里的传奇。我明白这种空白选择本身就已经令人感到了沉重，“翰林院”应该是有高处不胜寒之感的。这种“真话不能全讲”的两难，在他这本书的序言里已经有了充分的表述。耄耋之年的柳老依然让我们看到了隐忍，这让他的叙述又有了扑朔迷离和情感纠结之感，或许也因此有了更大的张力。

江山代有才人出

因为偶然的机会去参加一位文学界老人的百年诞辰座谈会，赫然发现主席台上下坐满了我这个业余文学作者只见过照片但从未见过真人的文学界巨擘和名流，济济一堂，令我恍惚回到30多年前的文学青年时代。那时这些巨擘还年富力强，有的还受着莫名其妙的意识形态的压抑，如今功成名就；一些壮年名流当时正是比我年长几岁但已经是颇领风骚的著名青年作家，多数是从下乡知青或工人、部队宣传干事直接晋级为专业作家的，两个花甲上下的女作家还依然风姿绰约。那是个青年作家雨后春笋般涌现的时代，我仰视他们，就知道自己永远也写不过他们，还是好好念书找工作挣生活吧。

听着老前辈发言，我就脑子开小差，就想到那时的雨后春笋们似乎在以后的年代里也以雨后春笋般的速度和规模淡出了文学界，被不断涌现出的新一代春笋们取代。一茬茬的春笋经过大浪淘沙，最终还浮现在水面上的似乎就是那可数的一些当了各级作协领导的人了，很多很多春笋也长成了材，但就是随着时代的发展和时光的过滤，就不见经传了，虽然这个由万儿八千的人组成的叫作家协会的组织依然庞大如一艘航空母舰。我当初作为文学青年读过很多篇优秀的作品，当时都记得那些作者的名字，现在他们都在这艘航母的什么地方？

随之脑海里就忽闪过很多句子，如江山代有才人出啦，但见长江送流水啦，落花流水春去也啦，逝者如斯夫啦。也就对场面上这些仍在这艘航母最醒目处的风流人物更加仰视起来。确实不容易，长达 30 多年的大浪淘沙能最终依旧浮现在最上面的，绝非等闲之辈。但我更关心那些当初很多似乎曾经至少同样优秀的一些作家，他们也长成了竹子，甚至很挺拔修长，是个不小的数目，我曾经如痴如醉追着读他们的作品，那曾是我业余生活中最大的追求。

出自这种切肤的感受，我立即想到我所从事的英国现代文学研究里的那些作家。20 世纪前三十年似乎英国文学的影响力达到了顶峰，杰出的作家在小小英国也算迭出，尤其是一次大战前后的那批作家最为声名显赫。但现在看“盖棺论定”的英国文学史，却剩下了寥寥几人，也就是乔伊斯、伍尔夫夫人、劳伦斯、艾略特等，比他们老的也就是萧伯纳、高尔斯华绥、威尔斯等几个。

但那些被埋没在文学史里的杰出作家都去哪儿了呢？他们的作品似乎就只能在旧书店里去淘了。于是我就好奇而无比寂寥地在英国文学史里选了与乔伊斯年龄相仿的人，简单统计了一下，这个“同时代作家”的名单，以最年长的乔伊斯（1882 年生）和最小的艾略特（1888 年生）为一个年龄段算，开列出来竟然有三十来人，其中不少优秀的女作家，若再放宽几年，人数就上百了，大数据最说明问题。所谓被埋没的二流作家里，不乏奥尔丁顿这样的大诗人，还有如风流倜傥的麦肯齐，后来他都晋爵了，还当了大学校长，作品就有几十本呢。所以埋没不过是那么简单的一个动词，文学里“一将功成万骨枯”才是家常便饭，但他们也曾领风骚，这就够了。

逆风心曲李景端

我的“国际朋友”拿到我送他们的劳伦斯译文书总是将信将疑地盯着封底上40元上下的定价问我同一个问题：中国的文学翻译市场怎么运转的？看你们的定价这么低（六美元上下一本），出版社怎么赚钱，译者怎么靠这个生存？我还要再告诉他们，到网店这六美元打折就剩四美元了，网店和出版社估计是对半分。这样的书出口到美国则卖十四美元。别忘了，Made in China的产品出国后高于国内价格的只有中国图书。这就更令他们惊诧。

不必惊诧，我说。我们人多，幅员辽阔，关键是改革开放后受了教育并喜欢读外国文学作品的人越来越多，而且中国有世界上最多的外语学院和外语系，最多的外国文学研究者，译者多，需求大，成本又低，所以我们的很多出版社都出翻译书，全国还有几家专门的翻译出版社，而且依我看将来再有十来家翻译出版社也不多。我这样说是“经验之谈”，心中是有参照系的。

三十年前横空出世的这样一家译文出版社到如今进入鼎盛期，我恰巧在那个时候开始进入出版界，目睹了它从无到有的初创和发展历程，它的创办人从知天命之年走到了耄耋，退休后二十多年中一直笔耕不辍，在报刊上发表与他的出版社和中国翻译出版事业有关的回忆文字，不断结集出版，从《心曲浪花》到《如沐清风》再到新版的《风疾偏爱逆风行》，将他的个人生活与一个国家的行业高度完美地融为一体，他就是译林出版社的创始人李景端先生。

三十一年前我在江苏人民出版社《译林》杂志编辑部堆满杂志和书籍的一间普通办公室里第一次见到年长我一倍的老李，随后我们一起在厦门参加全国美国文学年会，那时他已经是外国文学出版界呼风唤雨的“新巨头”（他创办的《译林》杂志刚刚立足）。但那次会议之后不久我们就目睹了译林出版社的成立，我们刚刚熟悉了不久的年轻同行转眼间就成了一个新的专业出版社的元老，而且大有与北京和上海的老牌译文出版社鼎足之势，令我们十分羡慕。一个出版奇迹就这么悄无声息、水到渠成地开始了征程。谁也不知道它的未来如何，但不久我就身不由已地裹挟着成了《译林》杂志和译林出版社的译者，在忙忙碌碌中不经意间，译林社成了大出版社，李景端成了我们心目中“吃西方文化的红色出版大亨”。至于他的奋斗史如何，我们不曾深究，只是看着他风风火火，不断刮起一个个出版旋风，用他的书名形容就是他的事业是在疾风中逆风飞扬，过程中有如沐清风的享受，因为他是在与无数的国内顶级文学大师们交往，深受沾溉，结下了深厚的情谊。这些书人书事，这些风风雨雨，这些年的感悟，都因为他的勤奋笔耕而留下了三本详尽的记录，我称之为李老师情感与史料的“专利”，没有第二个人能写得出，是对中国近三十年翻译出版史的独一无二的贡献，因此是弥足珍贵的。

我说这些不仅因为我恰巧目睹了译林出版社的从无到有到发展壮大，不仅因为我身不由己地成了译林社的译者和作者，更因为我几次偶然地置身几个事件之中而深受触动。一是当年李先生与萧乾老策划旷世大作《尤利西斯》的推广，因为有外籍人士参加，我作为翻译耳濡目染，感受良多，领略了萧乾的大家风范，学习了李先生的专业推广韬略。还有萧乾老在耄耋之年亲赴上海签名售书的过程，我目睹了李先生缜密细腻的工作作风。再有就是李先生十几年前策划在报纸上推出大批老翻译家的长篇专访，他的口号是“抢救式采访”，为这批学富五车、深耕外国文学但很少受到国内大众关注的大师留下吉光片羽的人生瞬间。我作为记者之一，参与了这场“抢救”，有幸结识了梅绍武先生，做了细致的采访。文章发表后不久梅先生竟然驾鹤西去。这说明李老师对他们的身体健康情况都了如指掌，他们的友谊非同一般的作者与出版者的关系，是真正的知己和知音。

而我有幸拥有这三本不同时期的李氏回忆录，得以时常温习，更是感觉责无旁贷分享给同好和更多的业内人士与读者。这是一个人与一个行业和一个不平凡的时代的故事，再过些年，我们肯定会品味出更醇厚的滋味，套用英文的时态表达就是：我们将已经品味出其醇厚了。

风雨兼程刘硕良

早春时节耄耋之年的刘硕良老先生来北京，电话中还是那么中气十足，一口湖南腔依旧。这次来居然是为他曾经为之写下辉煌篇章的漓江出版社组稿。见到他，除了头发全白了，眉毛白了，精神气仍似当年。下电梯时他说顺便出来走走，我本能地伸手去扶他，他一边挡开我，一边高声道："到了要人扶的地步我就不出来了！"身心俱佳，这位老出版家真是令人羡慕。他还顺便告诉我一套总结他从事新闻出版经历的回忆录要由漓江出版了，还收入了我弱冠之年用"胡侃"的笔名写他的一篇印象记。不出半年，这套书就面世了，书名虚实兼顾，既有闲云野鹤的仙风道骨，又有咬定青山的强者风范。老刘特送我一套，扉页上苍劲的笔体题字道："胡侃不是胡侃"。

1989 年在深圳举办的第一届合作出版洽谈会上见到他那次，他一个人肩扛手提漓江社的书去参展，近花甲的人了，扛着书上下地下道，铆足了力气，年久多磨的腰带居然在人流中绷断，好不尴尬，他竟旁若无人地用捆书的尼龙绳胡乱当腰带扎上，继续蹒跚而行。这事让我拿来调笑一番，随后忍不住写了一篇小杂文题为《腰扎尼龙绳的刘硕良》在《文汇读书周报》上发了。很多人看了后以为老刘会生气，还说我竟然拿这事“胡侃”，徐坚忠也不加删改就那么发了。但后来发现老刘读后居然哈哈大笑，说就照实写很好。看来他确实觉得很好，否则二十多年后他也不会把这文字收进他的回忆文集中，而其余几篇评论他的专家和记者的文字多为正襟危坐之文。

老刘当年参与创办漓江出版社并以诺贝尔文学奖翻译系列作为主打把漓江社的名气在全国打响，那段筚路蓝缕而后辉煌昂扬的历史应该是中国出版界前无古人后无来者的巅峰之路，是不可重复的。时代往往就是那么匆匆之中落下一个偶然的机遇，必须是天时、地利、人和的高度完美的组合，才有了刘硕良与漓江的绝配。就那么十来年的事。他创业漓江时其实已经是年近耳顺，之前没做过出版，而是革命新闻大军中的马前卒。而他抓住了历史的机遇轰轰烈烈打拼十来年就花甲了，中国也加入了国际版权公约，翻译有版权的名著一时间令中国出版界举步维艰，花甲之年的他也就离开他的“热土”了。时间就这么残酷。

当年漓江掀起的诺贝尔热的那些书其实我没有读几本，倒是另一套“艺苑人物丛书”我几乎每本都买过读过。当然，最终的结果是，那些诺贝尔奖的书随着我东搬西搬，现在还在书架上，有的依然还没有读过，但那些山口百惠、高仓健、索非娅·罗兰等人的回忆录早就卖旧书了。

80年代中期我研究生毕业，不久就有幸认识了刘硕良。虽然我仅仅想翻译劳伦斯，而不是翻译更为有号召力的诺贝尔奖丛书或更为通俗的艺苑人物传记，这就意味着我不雅不俗，不是他预想中的译者队伍中的一员。但老刘还是在关键时刻对我说：别人都弄劳伦斯的长篇小说，都滥了，你知道不知道他的散文随笔行不行，可以先试试这个。其实他不知道我在硕士阶段的专业就是劳伦斯的非小说，包括散文随笔，但80年代大家都抢着翻译他的长篇小说，因为那最能体现劳伦斯的“主业”，同时也最能显示译者的实力。我虽然熟知他的随笔创作，但还是不能免俗，认为那是他的支流，因此还是想往小说翻译方面“挤”。出版市场彼时竟然出现了数人合译一本长篇小说的恶劣现象，所以老刘决定把我翻译的长篇晾起来，让我先做散文随笔。这不仅暗合了我的专业，也领跑了当时仅初见端倪的“随笔热”。后来的事实证明，这个选择率先开掘了劳伦斯作品的另一个宝库，拙译也就“自然而然”执其牛耳。具体到个体作家的作品翻译，往往“先来后到”颇为重要，只要译文品相居中上，就容易先来者居上。当然作为译者应该有自知之明，不以先到倨傲，自我批评意识要强，要不断努力，勤于修改早期的错误，每次再版都要有进步，才能不辜负“先来”的幸运。在这一点上，我一直加着小心，所幸没有辜负老刘当年的发掘。后来这部分随笔又在漓江出了扩充版，名为《劳伦斯文艺随笔》，应该是很多人研究劳伦斯文艺思想的重要参考书。随后时机成熟后拙译《虹》也在漓江出版了。这两本书应该说为我以后全面的劳伦斯翻译打下了厚实的基础。

那不久老刘就去办《出版广角》杂志了，在花甲之年又是一番拳打脚踢，开拓了一片新天地，创下了广西杂志出版的新辉煌。在这方面我这个文学翻译自然是只有惭愧观望的份儿，看着署长、社长、总编们挥斥方遒激扬文字落荒而逃。但老刘也没有忘记我，说这杂志也不能都是高谈阔论，也要有小桥流水，有闲花杂草。于是我就作为小桥边的闲花时而在他的杂志上暗香浮动一下，发表点读书随笔和序跋之类，与主流和得奖无缘，但也算平衡生态的雕虫小技。这至少说明老刘办杂志还是想着照顾到很多边缘小众的，不少与我类似的闲花野草都在这杂志上绽放过。

以后古稀之年远赴云南创办《人与自然》杂志和到北京“下海”再办出版，老刘都是一路风风火火，令人目眩。他总是在开辟新的天地，尝试新的事物，而且是在古稀之年。

而在八十高龄上，老刘不仅在做广西本土文化的研究，还又重作冯妇，整理外国文学经典之作，帮助漓江出版社重振翻译文学的出版，而且已经初见规模，真是不老的宝刀，令人钦敬。

作为老刘漓江时期的译者和以后几个时期偶尔的参与者，我其实一直也是个“围观”者，在关注这个南疆奇人，因为他是出版界最有被围观价值的人物。当然围观也是参与，所以，这套书虽然不是很多人的必读书，但对我来说则是必读的。读后，再道出这些年围观的感想，相信并非都是胡侃。真心地祝福老刘。

库切的旧闻和新闻

库切这位2003年的诺贝尔文学奖得主似乎在得奖之后就很快淡出了人们的视线，据说他很是特立独行，散淡面对一切人生和文学的热闹场合，基本不接受任何采访，偶然回答问题也是寥寥数语。他后来来中国还是因为出席中澳文学论坛，回答千篇一律的诸如“诺贝尔文学奖的意义和价值”问题，回答简洁，神态似乎是无奈又厌倦。

这次库切重新进入人们视线是布克奖不久前将他尚未出版的小说《耶稣的校园时光》列入了今年得奖的长名单，这完全代表人们对这位诺奖得主的高度期盼。根据外媒的报道，这本小说是他的上一部小说《耶稣的童年》的续篇，仍然讲述的是前一部小说里主人公大卫的成长故事。在这部小说中，大卫长大了，上了一所舞蹈学校，在这里开始遭遇到成年人的难题和困境。他本来希望开始新生活的地方比原先的居住地要大，却没有想到这里仅仅是一个小山镇。在原先的那个叫诺维拉的城市里他还可以依赖安置办公室解决他的住宿问题，可在这个新的地方寻找一个家却成了问题，完全像逃犯一样生活在惶恐中。评论家们甚至都无法写出一个详实的故事梗概。他们发现库切完全放弃了传统的故事叙述，更多的时候是通过小说探索生命的哲学问题，借助的是一系列的象征和隐喻。他们认为库切在他事业的巅峰期，感兴趣的不是故事和情节，而是理念。正如一篇评论所说的那样，库切“让读者从一个开放的辩题进入另一个，如我们这个世界的本质是什么？爱的本质、自由的本质、自我的本质是什么？在这一切之上，激情的本质又是什么？”

人们盼望已久的这部书出来后却没有进入获奖的短名单，自然与最终的奖项无缘。这就等于制造了一个不大不小的文学新闻：一个得诺奖后仍然多年如一日勤奋写作出新品的大作家值得钦佩，但评奖似乎更公允，等等。评委会主席阿曼达解释说库切这样的名家没有入围，“有名”不是入围的保证，而没有入围也不等于小说就不是质量超群的作品。听上去很是模棱两可。

此时我想到两个基本问题：库切的全名我们几个人说得出——约翰·马克斯韦尔·库切；还有，至今媒体上甚至文学界流行的说法是，库切是南非作家，其实他在得诺奖的前一年就移民澳大利亚并加入了澳大利亚国籍，严格说他得奖时应该是澳大利亚作家才对。

有趣的是，澳大利亚还是很明智，并没有因为他刚刚入籍就大张旗鼓地欢呼本国公民库切得诺奖。那边厢，南非官方早就对他的代表作《耻》发出了愤慨之声，自然对他得诺奖不会欢呼雀跃，但南非的媒体和学术界还是不顾库切移民的事实，热烈地拥抱库切，依旧把他当作南非作家。

而此时的库切早就在澳大利亚的阿德莱德大学当了一年文学教授，散淡地工作和写作，都不知道哪天是诺奖宣布的日子。得到消息时也是表情平淡，与得了两次布克奖感觉无二，但区别是，布克奖他都不去领，诺奖他还是去领了。仅此而已。这令人想起他某部小说里的人物说的话：获了奖把支票寄来就好，人就不去了。

我还记得2003年库切得奖时候国内的情景，查那时的报纸，还查到我当时写的一篇时评，当时正值我们国庆节放大假，加之库切平时不接受媒体采访，一时间令国内媒体无所适从，报道得很简单。但我发现报纸和网上关于这条新闻的报道不仅千篇一律地简短，还千篇一律地“向钱看”，所有关于他的得奖消息都突出报道了奖金——130万美元。有的网上媒体干脆提出了个1000万的说法，我还以为报道有差错，点击新闻才知道是1000万瑞典克朗。

读了这些大同小异的短消息，我脑子里充满了130万和1000万的数字。虽对库切其人其书没什么印象，但我得出了一个结论，瑞典克朗与当时的人民币比值差不多。想来，眼下没什么人关心文学，但这短小的报道中因为有了一个天价数字而能让不关心文学的读者眼睛一亮，说来作用也算不小。

我跟澳大利亚的朋友说，国内的新闻报道里只提到库切是南非文学创作的“双星”之一，没提阿德莱德大学。库切为什么要移居澳大利亚而不是移居英国或美国？为什么去的是阿德莱德大学而不是悉尼大学？朋友答曰：不清楚。因为库切很低调，几乎谢绝了所有媒体的采访。他只是告诉记者，得奖对他是个意外，记者们也不过是抓拍了他的几个生活镜头而已。在这个资讯手段如此发达的时代，新闻里竟然没有太多应该有的新闻。难道，诺贝尔文学奖除了1000万，不该让我们多记住点什么吗？当然这与库切的沉默寡言和淡漠态度也有关系，虽然他还不像有的人甚至拒领诺贝尔奖。

不过我个人还是很幸运的，竟然得到了库切本人的亲笔签名，这要感谢与他同在一个大学里教书的朋友为我求得库切的小说《耻》的签名本！朋友买了书，请库切签了名，打开书更让我惊讶，居然写着我的名字“For Bi Bingbin with best wishes”。

这怎么可能？朋友说，不难。库切就是我们大学的教授，我知道他什么时候下课，就买了他的书在门口等他，他一出来，我就请他签个名，我要送给一个中国爱写作的朋友，然后把我名字的拼音给库切，库切同志就照着抄了上去，再加上“with best wishes”和自己的签名。

我感叹那得多少人找他签名啊，得排半天队吧。朋友说，没有，那天就我一个人，没排队。大学里也没整天轰动，他照样上课，大家上完课就下课，挺正常的。

库切移民到澳大利亚教书，主要还是因为《耻》一书在南非遭到的攻击令他寒心，于是他就离开了那个“盲目力量和默默忍受共存、失去人格尊严、失去善恶标准的世界”。令人欣慰的是，他获得诺奖后南非官方还是表示库切是“我们的一员”，为他有朝一日重回南非打下了伏笔。但库切依然我行我素，在澳大利亚和美国生活、教书、写作，来中国的身份除了是诺奖得主，还是澳大利亚籍作家。

现在的库切已经完全与写作《耻》的那个作家是两个人了，以后他还会有怎样的转身，这值得读者们持续关注。

亨利·米勒：人类毒瘤上盛开的恶之花

米勒的两部大作命名为《北回归线》和《南回归线》，令人感到作家本人内心宏大的气场势不可挡，似乎他是神，在苍穹俯瞰两条回归线中间沸腾的地球热浪炙烤人类的肉体与灵魂，人类就在这样炼狱的气浪中挣扎着。这两条回归线中间孕育着人间最美丽的热带生命和自然风光，也令人联想到冲天的人欲气息和自然盛开着最美丽的人类恶之花。从第一部《北回归线》的命名，米勒已经是人到中年，仍未在写作上崭露头角，还是个流浪汉文学赌徒，但内心已经积累了堪比热带火山的精神能量，这座火山一旦爆发，冲天腾起的就是不可遏制的内心宇宙的火山岩浆，足以融化文学世界。而在这样成熟的年纪上米勒没有在沉默中毁灭而是在沉默中爆发，其小说处女作自然就不同凡响。作家的大器晚成往往是一鸣惊人。与之相适应的当然是小说的书名，他先是选择了北回归线，第二部又选择了南回归线，这样的磅礴大气可谓并世无俦，非偃蹇数年仍孜孜以求而不可得。

这是从中文的角度考量这两个书名与米勒的创作关系。而从英文角度看，则能体会米勒的双重用心。北回归线英文的直观意象是“癌症热带”，南回归线则是“摩羯座热带”，摩羯座暗喻强烈的感官功能。双手各握着一个巨大的热带毒瘤和一个感情奔放的摩羯星座，尚未开卷已经感到两部小说巨大的核裂变能量的冲击力度，那不啻于两个未启封的潘多拉盒子。

果然开卷读下去，会发现这是两团灼热的火焰，是两座喷薄的词语火山。米勒果然是在摩羯星座上俯视着人类的毒瘤在滔滔不绝地倾诉，怒不可遏地喷发着自己的语言岩浆。如果说小说中随时都有激烈的性欲表达，那也是与他这种喷薄的语言浪潮互为表里的表达方式，米勒在以言语的方式喷射着自己思想的精液。

我不同意一些人的评论说米勒是通过浓墨重彩的性描写对西方社会进行激烈批判，其论调之天真浅薄几乎令人发指。而且这种“通过……描写对……进行抨击批判”的句式仍然是某种“文革”语言的无意识的延续，如同一种腺癌细胞隐藏在我们的批评意识中，令人想到当年对一些文学作品的宣判是“利用小说反党”，我们现在早就该对此摒弃。

经典作家的创作，往往是超阶级、超功利的本体行为，始终都是自我生命力的释放，其形式虽受制于不同作者所处的特定环境或称语境，但本质上都是对现存秩序进行的语言上的颠覆，是马尔库塞所说的“天然革命”，他写贫民窟、宫廷、官僚与写妓院、写任何社会体制都是一样的，他仅仅是在释放自己压抑的利比多（弗洛伊德学说中泛指人的性欲冲动），他的神圣使命就是追求自由的表达，无论在什么样的语境下，而不是歌舞升平的歌德文学。米勒们是天然的革命者，他们的写作往往是非道德的，因此表面上看似龌龊一片，实则是追求本真，赤裸裸地亮出生活的真实甚至残酷的一面，而非通过描写什么批判什么，如果他批判了，那仅仅是巧合的结果，而不是目的。这样的文学因为发现人类的病毒能让人类避免更大的劫难，因为它们的存在，人们发现生活或许并不那么污秽不堪。在这样的非道德文学面前，那些依附于权力和金钱的包养文学则显露出自身最不道德的欺骗和涂脂抹粉的本质。劳伦斯曾说过：一个艺术家从社会的角度看可以说是个品行不端的人，是个恶棍，但只要他能把一个裸体的人甚至一个苹果画得栩栩如生，他就是个纯正的艺术家。艺术的纯正往往是非道德的，往往与善不同。反之我们可以说，如果一个作家和艺术家貌似大善大德之人，只会做涂脂抹粉的高雅文学以此博得功名，实则不是纯正的作家和艺术家。

所以打开《北回归线》，我竟然会马上想到奥威尔几乎在同一时期写下的《巴黎伦敦落魄记》，这个号称要“将政治写作变成一种艺术”的目的论者，其实写这部小说时也没有什么刻意批判的目的，而是遵从了自己的写作冲动，写了自己曾深陷其中的流浪者的生活实景而已，他没有刻意批判任何东西，所以那本小说读起来幽默、机智、辛辣，是现代底层穷知识分子都市小说的经典之作——这本书从文学阅读角度看远比他后来那些“写成艺术”的“政治写作”有趣得多，尽管他的地位取决于《一九八四》和《通往维冈之路》。他最纯粹地文学的时候是写那本落魄记的时候。正是出于这个角度，米勒称赞这部落魄记是奥威尔的“最佳作品”，可见米勒是多么的文学！

真正的作家或者真正的作品从一开始都不是要通过什么去批判什么的，切记。

令我感到惊讶的是诗圣艾略特对米勒《北回归线》的评论，几乎令我哭笑不得。封底上引用的第一段评论就出自他之手。艾略特在盛赞之余，竟然不忘将这书与劳伦斯的《查泰莱夫人的情人》进行比较，并以贬低后者来抬高前者。这种做法很不明智。艾略特是坚定的劳伦斯敌人，以文化精英身份批评劳伦斯“粗俗”。按照这个逻辑，性描写更为奔放的米勒作品应该被他指摘为更为粗俗才对。但他却出乎意料地扬米贬劳，这不能不说是他高度的“见仁见智”的主观审美情趣在作祟。艾略特不会知道，米勒后来成了劳伦斯的推崇者，在耄耋高龄上还推出了一本专著名为《劳伦斯的世界——激赏书》，开篇便以诗人的口吻用第一人称说：“读你那些富有象征的字句，我会为你哭泣的！”这是我读到的一个作家对另一个作家表示出的最崇高的同情，甚至开始以为那是米勒的大情人阿娜伊丝·宁的话，但终归确定那是米勒自己的话。于是我就能理解在《南回归线》中，小说的主人公在食不果腹的悲惨日子里，仍然会和好朋友溜进公园里探索劳伦斯的作品对他们的启迪，发出这样的感叹：“经常在公园里早已空无游人的时候，我们仍然坐在长凳上讨论劳伦斯思想的性质。现在来回顾这些讨论，我能发现我当初是如何糊涂，如何对劳伦斯的话的真正含义无知得十分可怜。假如我真的理解了，我的生活道路就有可能改变。”（《南回归线》）

利维斯曾批评艾略特，指责他对劳伦斯难以置信的贬低不是可悲至极也算可笑。在米勒的二回归线小说与《查泰莱夫人的情人》之间进行简单的比较确实是幼稚可笑的，即使把它们都划入同一类小说（如庸俗地称之为性文学）进行褒奖也是不负责任的。尽管两人的小说都在性的表现上惊世骇俗并写于大致同一时期，但米勒的小说更接近于现代主义小说的顿悟式个体经验的倾诉，表现活生生的瞬间生命体验，而劳伦斯《查泰莱夫人的情人》在形式上是19世纪小说的作法，骨子里体现的则是现代的甚至后现代的意识，如对劳动的异化本质的揭示，而且劳伦斯的小说有完整的故事情节，有心理的写实。

因此，对两者的阅读方式就会完全不同。劳伦斯的叙述还有传统的从容，其写实的一面仍能唤起无穷丰富的联想，张力强大；而米勒的作品就是山呼海啸的语言暴力的施展，是思想的核能裂变，是精神生命精液的汹涌，所有的艳遇与弥漫着精液气息的性爱场所都如魅影浮现，赤裸的人物不过是大千世界上可怜无助的匆匆过客在疯狂地释放渺小而又强大的个人欲望，真是“梦里不知身是客，一晌贪欢”，无论那些人在巴黎还是在纽约，但那是绝对的底层人的生活真实。因此米勒的写法是最典型的现代主义小说写法，即打破了生活与文学之间的界限，珍视生活本身及生活给作家带来的每一个意识上的顿悟，记录下每一次神灵的突显情景，不仅描写生活的本来状态，甚至让自己的生活遵从自己写作的需要，让写作造就自己的生活，这都是现代主义作家创作的标志性特征。有人说如果你喜欢乔伊斯，你肯定不喜欢劳伦斯。在米勒和劳伦斯之间就没有这样的界限，他们都是性哲学的大师，但风格迥异。因此我们在否定艾略特的比较过程中，自然就懂得了劳伦斯和米勒各自的魅力。所以，我们不要比较，更不要深刻的比较，米勒就是米勒，他的写作独树一帜，以喷薄的精液和浓烈的思想火花，在人生的毒瘤上绽放了两朵恶之花，这就是《北回归线》和《南回归线》。这样奇特的花朵是劳伦斯无法绽放的，似乎只有现代的美国作家才能如此怒放。

终点又回到起点的米勒

1980年亨利·米勒出人意料地出版了一部对另一个大作家的评论集，书名是《劳伦斯的世界——激赏书》(*The World of Lawrence: A Passionate Appreciation*)。那时的米勒早就过了鼎盛期，但依然被奉为美国当代文学的巨擘，何以会在九秩之年回眸劳伦斯并用激赏这个词作为书的副标题呢？在开篇中米勒甚至用第二人称倾诉自己的一腔怜悯与激赏之情："读你那些富有象征的字句，我会为你哭泣的！……你给予这世界如此之多，得到的却是如此之少。"

这书刚刚出版，米勒就溘然长逝。似乎这是他的终结之书。

其实这本来会是他的第一部出版的著作。这部著作让米勒的文学道路形成了一个完美的循环，从终点又回到了起点，他的死也是再生。

这个匪夷所思的循环起始于20世纪30年代初，劳伦斯刚刚在法国去世。比劳伦斯年轻六岁的米勒彼时人到中年却在文坛上依然寂寂无名，历经苦难，干过各种杂工，几乎还是个混在巴黎底层的流浪汉作家，其生活完全可以用奥威尔同一时期的小说书名《巴黎伦敦落魄记》来形容（英文是 *Down and Out in Paris and London*，后来有朋友让我借这个书名用英文命名我的小说《混在北京》为 *Down and Out in Peking*，我一笑了之，那个“混”字是在特定中文语境下的用法，英文是翻译不出来的），只不过他比奥威尔当年混得更加惨不忍睹。因为感同身受，米勒称赞这部落魄记是奥威尔的“最佳作品”。

这个时候米勒苦心经营的《北回归线》终于炮制出来，手稿令出版商震惊，断定将是一部惊世骇俗之作，影响力会远远超过当时文坛上的两大热门即乔伊斯的《尤利西斯》和劳伦斯的《查泰莱夫人的情人》。但出版商在这样的杰作面前却犯难了。似乎这书不该是米勒所写，此时米勒毫无名气，这样的文学老青年若突然以怪杰之作轰动文坛似乎大众难以接受。于是出版商决定先让米勒写一本劳伦斯或乔伊斯的评论小册子，把他先打扮成满腹经纶的文学批评家，以此来抬高他的身份，让大众自然地接受他。

于是米勒有点不太情愿地接受了这个写作任务。因为他是劳伦斯的同龄人，却要用评论劳伦斯来抬高自己的身份，这令他感到很难为情。但为了自己的长篇小说能顺利出版，他也只能接受这样令他感到掉价的安排。无名作家在初登文坛时要做出很多牺牲，仅仅是写个小册子而且还不用违心阿谀奉承，这对人到中年的米勒来说似乎根本算不上牺牲，仅仅是权宜之计。米勒很快就想通了并准备完成这本毫无意义但能助推他成名的小册子。

但米勒在阅读劳伦斯的作品过程中竟然情不自禁顿生同情和敬仰，发现这个在死亡线上仍然充满生命激情活力的超人是他的偶像。加之此时米勒的著名情人阿娜伊丝·宁刚刚出版了一册精美的评论随笔集《劳伦斯，一部业余研究》（*D.H.Lawrence An Unprofessional Study*），文笔清雅，集女性的柔美与批评的客观于一体，十分难得。毫无疑问，宁对劳伦斯的崇拜和研究深刻影响了米勒，两人的爱情似乎也因为同粉劳伦斯而得到了升华。最为难得的是，此时的米勒果断认为，对思想如此复杂的劳伦斯仅仅写一本小册子来评价他远远不够，他说，对劳伦斯这样一个“给予世界如此之多的人，唯一公正对待他的办法是创作一部作品，不是解释他，而是通过写他证实自己抓住了他试图传递下来的火焰。”

于是米勒顾不上自己的小说出版问题，执意埋头苦读劳伦斯作品，画出很多草图，试图图解劳伦斯的思想和宇宙观。很明显他与宁对劳伦斯的研究方法不同，宁偏重作品和人物研究，而米勒更注重劳伦斯在那个时代命运多舛背后的文化与政治的语境，更注重塑造一个诗人和小说家品质的哲学思想和宇宙观。而这之后创作的《南回归线》里，小说主人公由衷地感叹，假如自己读懂了劳伦斯“我的生活道路就有可能改变”。于是我们读到了米勒自己完全不同于《北回归线》的叙述语言，是充满激情和诗意但中规中矩的英文，而非如那部小说里散发着浓烈的荷尔蒙气息的语言躁动。

米勒自己坦承，正是由于过分重视，反倒越写越难以自拔，最终这书竟然没有完成。直到逝世前在编辑帮助下将旧稿整理成书，从而完成了一个奇迹般的循环。

任性的布鲁姆斯伯里文人圈

多年来中国文化人热衷谈论英国的布鲁姆斯伯里文人圈，从早期的称为“集团”到后来的“团体”，其实都来自一些书刊里所用的group一词，大多是人云亦云或浮光掠影的印象。而真正有关这个group的书籍或研究著作却鲜见。其实这个group并非正式的组织，仅仅是情趣相投甚至是性爱无间[1]的一批文人和艺术家、学者的松散朋友圈，去的去，来的来，但地点基本固定在女作家弗吉尼亚·伍尔夫和画家姐姐瓦妮莎的前后几个住所，恰好都没有离开布鲁姆斯伯里那一片儿。

现在看当年伦敦的那几个圈子，基本就是一批情投意合的朋友加情人，这些圈子还互相有交集，有时也文人相轻相互贬低。根本没有什么创建艺术流派的志向和意愿。其中布鲁姆斯伯里圈子最大，人也最杂，具体应该叫剑桥—布鲁姆斯伯里圈，因为这里的男性骨干是剑桥学者如经济学大家

① 基本上不分男女，互为情人，关系多角且和谐无争。

凯恩斯。另外还有不远处贝德福德广场贵族夫人莫雷尔的社交圈，她经常把布鲁姆斯伯里的人挖过去或变成她的情人或变成朋友，因为她有钱有势，经常是宴会美酒加乡间别墅游款待。还有以《英国评论》主编胡佛与他的美女作家情妇瓦伊利特·亨特组成的作家圈子，这亨特小姐可是才色出众，与毛姆和威尔斯深度染情。还有一个是丘吉尔的私人秘书马什，他是诗人，专门网罗很多年轻诗人和画家在身边，稿费和购画费上都出手大方，基本这些人都成了他的情人，人称连人带作品一起收入囊中。

这些圈子都互有交往，人员流动也带来伦敦文学艺术的繁荣。在老派的毛姆看来很是反传统的一批年轻人，在《月亮与六便士》里借小说人物之口说这些新派文人风流韵事多多，口无遮拦，社交地点都换在布鲁姆斯伯里和汉普斯蒂德了。这两个地方正是伍尔夫、莫雷尔和亨特们的圈子出没的地方。这几个圈子除了马什那个圈子外都是有才色双全的女人作为社交女主角和女施主，一时传为香艳美谈。但布鲁姆斯伯里的影响流传深远，似乎还是因为其人员组成相对固定，“素质”更高（有凯恩斯、罗素、福斯特这样的世界级名人，有弗吉尼亚和瓦妮莎这样出众的作家和画家，有弗莱和贝尔这样的艺术理论家），性爱无间。

梅纳德·凯恩斯和大学者斯特雷奇两情相悦，但他们同时与年轻貌美才华横溢的画家邓肯·格兰特小伙儿是情人，且是用情颇深的那种情人。而格兰特这个大情种还同时与几个同性年轻画家和作家染情，这还不算，还与瓦妮莎坠入情网有了私生女，瓦妮莎的丈夫贝尔替他们抚养孩子，贝尔又与小姨子弗吉尼亚眉来眼去，弗吉尼亚同时还与其他女性染情。最终瓦妮莎与格兰特的女儿长大后发现自己是私生女不算，结婚后发现自己的丈夫大卫竟然是父亲格兰特的情人，基本这婚姻是乱伦，她几乎为此崩溃。

关于这个圈子的最好传记应该是瓦妮莎与贝尔的儿子昆丁所著的《布鲁姆斯伯里》一书，饱含感情与真知灼见。还有一本书连书名都很暧昧和充满温暖，叫《爱友们》，一语道破天机。如此影响之大的朋友圈，国内却无人深入研究，是个遗憾。国内有的译本的译者由于缺乏研究，仅仅在字面上翻译，很多地方连基本意思都翻译错了，更是遗憾。

“意象派”诗人逸事

“人群中一张张幽灵般的面孔 / 湿漉漉的黑树干上花瓣朵朵。”如果说到美国现代派诗人庞德最早被华文读者熟知的诗歌，应该是《地铁站》，仅仅两行的诗，据说是从 30 行凝练得来的经典。我最早读到这首诗是在 20 世纪 80 年代初期国内轰轰烈烈介绍欧美现代派的时候。那时也只是觉得不错，意象很鲜明，富有画面感，但没有觉得有多么伟大。再读到评论文章说意象派诗歌受了中国古典诗歌英文翻译文本的巨大影响，这首诗歌的意象缘自唐代诗人崔护之“去年今日此门中，人面桃花相映红。人面不知何处去，桃花依旧笑春风”。两相比较，不知怎么感觉反倒有点不舒服。

过了十来年猛然醒悟，那是因为当初我对大都市地铁感觉上的时间差异造成的。我读庞德的诗歌是 80 年代初，我们只有一个环线和一条直线地铁，利用率不高，乘客并不多，感觉很高大上，与拥挤的公交车比，地铁十分舒适美好，冬暖夏凉，因为我有公家报销的月票，有时中午午休时我都会进空旷的环城地铁里躺着睡上一觉。

到20世纪90年代初我写《混在北京》时，地铁里开始拥挤，不可能再有中午躺着午休的美好日子了。偶尔在雨雪天挤地铁，就会想起庞德这首诗，完全感同身受了。就在小说中让一个文青拥挤在地铁里轻声朗诵起来。这就是庞德对我的“影响”，很是形而下。

事到如今，地铁里出现了著名的“勇士站”和“烈士站”，文青们也早就落荒而逃了，连背诵庞德诗句的雅兴都没了吧。

前几日读到青岛诗人丁举华校友论庞德的随笔，历数庞德的功过，谈到他创立诗歌意象派，说到他到英国后扶持青年作家诗人，帮助了乔伊斯和艾略特，很是令人唏嘘，特别是他筹措资金把艾略特从银行繁重的工作中“赎出来”，获得自由身，得以放纵自己的诗歌才情，进而帮助他缩写《荒原》，使艾略特成为诺贝尔文学奖获奖诗人，更是功德无量。本该是文人相轻，可他们确实如此惺惺相惜，令人感动。

由此我就想到20世纪初，美国的几员意象派诗歌大将都因为无法忍受美国诗坛的沉寂而移师伦敦，与英国文人会合，一时也算“兴风作浪”，为英国文坛注入新鲜的生命活力。最值得一说的是，庞德之外，还来了两位身躯高大威武的女诗人，一位是著名的H.D.（杜利特尔），另一位是爱米·罗维尔。她们主要与英国诗人和小说家奥尔丁顿合作，编辑出版意象派诗集，这一举措应该说是对英国诗坛“改朝换代”之举，将马什旗下的一些乔治派诗人收入麾下，其中就包括劳伦斯。

当然，他们合作的一大成果是奥尔丁顿与H.D.结成了夫妻。这对夫妻与庞德三人一起发表的类似意象派宣言，大概意思是，优秀的作品要素有三：处理写作素材时要直接、遣词造句非对“表现”绝对有益者不用、注重词组的音乐节奏。看来《地铁站》很是符合这三要素了。

庞德与伦敦小学教师诗人劳伦斯一见如故，二人都把对方视为诗歌天才，一时间成为莫逆。有一次在伦敦参加诗人聚会误了城铁，二人在庞德家挤在一张床上过夜，被有人猜疑有同志情谊，实为子虚乌有。另外，两位身材高大的女诗人确实都对清俊的劳伦斯产生了好感，甚至情感纠葛。H.D.后来以假名真人小说（roman à clef）对此有许多披露。而罗维尔更是对劳伦斯关怀备至，对贫穷的他有过资助。考虑到劳伦斯妻子和钟情劳伦斯的美国贵妇梅贝尔·卢汉也是身材高大的人，人们似乎可以推断这些身强力壮的女性对劳伦斯的爱都属于“母亲型”的。

奥尔丁顿后来婚姻出轨，与 H.D. 离了婚。但他与劳伦斯的友谊则更为绵长。他出于对劳伦斯作品的欣赏，一直对劳伦斯慷慨相助，在劳伦斯逝世后竟然在很长一段时间内放弃了文学创作，专心收集整理劳伦斯作品，出版了劳伦斯的书信集和诗集，给劳伦斯的很多作品撰写专业的序言导读，还完成了一部彪炳史册的《一个天才的画像，但是……劳伦斯传》，是劳伦斯研究的必读作品（20 世纪 80 年代我在劳陇先生带领下将这书翻译成中文出版，后又再版）。而事实上，劳伦斯的诗歌基本与意象派诗风无关，却倍受意象派诗人们的青睐，这一点颇具讽刺意味。

“嚎叫”诗人1984年在保定

四川大学金斯伯格研究专家文楚安教授在 2002 年赠我一册他当年的最新研究专著《透视美国——金斯伯格论坛》，那是该领域内的最权威著作。但因为我的研究专业与之相去甚远，当时翻了翻这本书，高山仰止一下，也就束之高阁了。直到十四年后的今天我的本科母校河北大学校友谈起 1984 年美国“垮掉一代”代表诗人艾伦·金斯伯格曾在河北大学授课三周却没有任何人对此写下回忆和纪念文字，甚为遗憾，我这才想起我书柜里有文教授这本专著，想从中寻找些这位“嚎叫”诗人在河北大学和其所在地保定的蛛丝马迹。这样带着问题并想立竿见影得到答案的阅读应该说是很粗鄙的阅读行为，为此心中充满了对已经逝去的文教授的愧疚。

这部厚重的专著里收进了几位中国专家对与金斯伯格交往的回忆，其中有他们对金斯伯格 1984 年中国之行来龙去脉的追述，尤以诗人、教授贺祥麟老先生的回忆文字最为激情澎湃，不仅是回忆，还有对金斯伯格高度的赞赏，力透纸背，诗情豪放。然而，无比可惜的是，偏偏金大诗人的保定三周在这里成了空白，文教授说：没有找到当事者来叙述，因此就暂付阙如。现在看来是永久的空白了。

但这个空白里留下了三首金诗人在保定写下的诗歌，其中《一天早晨，我在中国漫步》最为著名，夹叙夹议，对那个年代初冬的内陆城市的印象描述应该说是绘声绘色，那是国人司空见惯的景象，但在这个无情地批判美国环境遭到污染的嚎叫诗人看来，我们这个“偌大而贫穷的帝国”竟然也遭受着污染，烟囱黑烟滚滚，人们都捂着口罩，这景象令他吃惊和不解。我想那就是雾霾，但我们那时都不懂PM2.5。

> 当我从河北大学那用水泥筑砌的北大门走出来，
> 穿过街道一个头戴蓝色帽的男人正在出售甜油条[①]，
> 像刚刚出锅的油炸面团一样褐黄
> …………
> 十字路口树阴下，
> 小贩们的手推货车和香烟摊在这儿安放……

河北大学四个字估计是第一次入诗吧，门外热闹的农贸市场一条街早就是我们记忆中的固定镜头，但让金诗人写进

① 甜油条：这里的甜油条指的应该是糖油饼。

诗歌里去，倒令人陌生了，诗人有着一双非凡的眼睛，抑或这种陌生化完全因为他来自遥远的异域。其中砍掉蹄子的半扇光猪摆在路边出售，围墙围成的厕所里人们站在砖头上解手等镜头估计最令他感到野蛮而刺激吧。

我不知道，这样的诗除了是一双异域的敏感的眼睛看待一个烟雾弥漫中幻觉般的东方普通城市，还有什么意义？当然他仅仅是白描，没有评论，或许是此处无声胜有声。抑或可以解释成东方主义或人道主义同情心的释放？因为美国不可能还有这么出售猪肉的场景，不会有这样的露天厕所。

我记得偶尔听人说金斯伯格去河北大学了，我几乎对这样的传言目瞪口呆，觉得难以置信。一个离经叛道、对美国严厉批判的诗人去当时刚刚对外开放的一个内地小城市的普通大学讲学，这里面有诸多的不可思议之处，而这样著名的美国诗人的访问，竟然没有什么报道，甚至没有留下知情人的任何回忆，到后来成了一个谜，而破解这个谜的也只有这么一首现在看来支离破碎的街景诗歌，这是多么遗憾的一段历史。

我有幸问到了一位留校的同学，他曾陪金诗人傍晚在学校附近散步，走到省监狱时，不知是调侃还是无知，他问：这里关的都是没结婚就有性行为的人吗？联系到他在复旦大学与谢希德校长座谈时大谈性和爱情，一直关注中国青年的性压抑问题以及据说他提前离开中国是因为他宣传同性恋，似乎他对监狱囚犯的想象是发自内心的。

金斯伯格的那次来访估计还是阴差阳错中成行的，是与中国的失之交臂，留下的是著名的空白。

值得一说的是对“垮掉一代”中“垮掉”的翻译，是根据台湾的译文以讹传讹的结果。至今研究者们莫衷一是。经查，所谓垮掉的“beat”一词有疲惫潦倒之意，但被金诗人的伙伴克鲁亚克解释为“欢腾”或“幸福”，和音乐中“节拍”的概念有关。所以对“垮掉一代”的研究远未结束。

或许写到这里我不得不掉书袋子了，那就是劳伦斯在一次大战期间试图带领几个志同道合的人去美国佛罗里达建立一个世外桃源的栖息地，他用一个希伯来字为它命名为“拉纳尼姆”，其意思就是“欢乐”。他同时期写就的《哈代论》最初的书名竟然是用法语命名的《快乐学》。20 世纪 80 年代前劳伦斯曾经被普遍认为是“颓废作家”（根据苏联的教科书），应该是“垮掉”之前几十年就应该垮掉的。但他不仅没有垮掉，还对生活充满了快乐的憧憬，公然拥抱拉纳尼姆这样快乐的字眼。最终他以一部在一次大战后废墟上昂扬重生的小说奠定了自己的文学声誉。有趣的是劳伦斯和“垮掉”

诗人们都崇拜惠特曼那雄浑刚烈的诗风，是因为他们自己过于柔弱呢还是他们骨子里有惠特曼式的刚强？或许这也能成为一个比较的课题。

这篇文字发表后还是不甘心，就继续在校友圈询问有无当年与金诗人过从较密的人，经过同学介绍终于找到 1982 和 1983 届的两位师弟，他们十分愿意回顾当年金诗人在河北大学的过往。于是我把他们写的回忆录推荐给了《文汇读书周报》，该报在头版发表了这两篇随笔，算是为金诗人在中国的活动追忆填补了历史的空白。我交稿之后不久恰巧逢金斯伯格逝世二十周年纪念日，也是周报的出报日，徐坚忠兄就特意赶在那天将这两篇文章作为纪念专版推出，相信金斯伯格的在天之灵也会为这些中国人的苦心所感动吧。

得诺奖的斯维特兰娜

今年诺贝尔文学奖得主是一位白俄罗斯大姐，她叫斯维特兰娜，可是按照惯例，大家不得不只称她的姓氏，那就是阿列克谢耶维奇，猛一听会以为是一位男性作家。我们熟悉的俄罗斯、白俄罗斯或乌克兰女性的姓氏不都是什么娜、什么娃和什么卡娅吗？我就是不喜欢我敬仰的斯维特兰娜大姐被称为什么耶维奇。于是我请教了俄语专业的朋友，他们告诉我，她婚姻状况不明，这个姓氏不是夫姓，而是自家祖传的姓氏，而且这个姓氏男女通用，女人姓这个也不必改成阴性词尾为阿列克谢耶夫娜。

但是我喜欢那些颇具男性风格的纪实作品出自一个有着美丽的什么娜的名字的女人之手。她如同一个战地记者，就如同一朵鲜艳但带刺的金黄色玫瑰，刚烈地绽放在切尔诺贝利充满强核辐射的大地和天空之间，盛开在第二次世界大战和阿富汗的战火硝烟中，还绽放在苏联解体的废墟瓦砾中。虽然她没有真正穿梭在战场上，可她历尽千辛万苦，每本书都耗费几年的成百上千次的采访，与那些历经苦难和死亡威胁的人们亲密接触，冒着作品被禁、自己也被当作外国间谍而被捕的危险将这些沉默的大多数的生死故事真实地呈现给世人，从而“为我们时代的苦难和勇气树立了丰碑”（诺奖评语）。

或许她真应该先得普利策奖，再得诺贝尔文学奖，她是新闻系毕业生。但据诺奖评委说，她的非虚构作品“是作家作品，不是记者作品”。斯维特兰娜自己也说，她的作品介于新闻和小说之间，区别是细微的。但她记录被采访者的谈话，目的是要表达她对世界的观点。是因为纯粹的文学写作在残酷惨烈的现实面前显得捉襟见肘了吗？想象的力量在黑暗的现实面前无能为力了吗？所以这个时代更需要斯维特兰娜这样的纪实文学作家？生活有时比小说更残酷，也更好看。因此有必要让小说、诗歌和戏剧不时低下自己贵族的头颅去向纪实致敬！而代表着接受致敬一方的她不依照自己个人的经验写作，而是更直接地拥抱现实的苦难。她的前辈索尔仁尼琴写过这样的作品，那就是《古拉格群岛》。耐人寻味的是某位诺奖评委接受采访时特别说这次这个奖并非是鼓励写作向纪实倾斜，而是奖励有艺术性的非虚构作品。这一评语听上去也是扑朔迷离。但当人们想到丘吉尔、罗素和伯格森以非小说作品获诺贝尔文学奖，似乎又能理解这番深不可测的高论，那就是得奖的不是一种体裁，而是任何一个从事这种体裁写作的个体作家，诺奖是奖励给个人的。

是的，这次这个奖就是奖励给一个历尽苦难书写苏联和现如今白俄罗斯土地上重大历史题材的纪实文学女作家的，只给她一个人。她的获奖还与她常年在西方国家流亡有关，更与她的作品有各种西方语言的大量译本有关，其中流传最广的英译本更为重要。这最后一点与我们熟悉的莫言得奖的原因如出一辙，翻译在这个时候显示出了无可替代的决定性作用。

让我们心中亲切地称她为斯维特兰娜吧，这个纯女性的名字很美，而她书写的和遭遇的现实都很丑陋。

福斯特的朴素与雍容

最近看一部英国广播公司制作的三集英国现当代作家文献纪录片，其最大特色是搜集到了那些早期经典作家的广播谈话录音或电视采访片段，如伍尔夫夫人唯一留存于世的几句广播谈话，于是她在我们心目中变成了“声像文”一体的真实存在了。与她同时期的大作家福斯特等则因为长寿而赶上了电视时代的开启，留下了电视谈话的录像，更是宝贵。

看这个片子我最大的收获则是多年来铭记于心的福斯特一句名言得到了纠正。我一直将其奉为文学创作圭臬，经常说福斯特接地气，不玩虚的，概括自己小说写作就是写三类人：我爱的，我恨的和我想成为的。毫无高谈阔论，没有呕心沥血的词儿，任何普通人都听得懂，甚至任何人学习写作都可以这样找到人物的原型写起来。这次听福斯特亲口说，方知以前的那三条圭臬的第一条不知是谁传错了，我更是跟着继续传错了。这次福斯特可是掷地有声，第一条“我爱的”应该是“我的同类”（the person that I am）！

福斯特真是率真，如此享有盛名的大作家，电视记者让他说点文学创作诀窍，他还是那么不忘初心，童真一脸，甚至不怎么敢看镜头，几乎是嗫嚅着说了这么三句大实话，这似乎就是洗尽铅华，归于平淡，更显雍容。

错误自然是纠正了，但我还是希望福斯特也说过那个“我爱的”，把他的秘诀变成四条，也很接地气，也符合福斯特的创作特征，那就是忠实于自己最熟悉最拿手的生活原型和题材，以诗意的笔法充分戏剧化他爱的、恨的、想成为的和与他同类的。也正是如此，他才取得了那个时代难得的成就。

劳伦斯与福斯特曾一度结为莫逆，但对这个大哥总局限于自身的小圈子表示不屑，毫不客气地批评福斯特，令福斯特噤若寒蝉，不惜一度绝交。但随着年龄增长，劳伦斯也认识到自己的偏激，反过来示好，而福斯特则从不动摇，一贯坚持自己的路径，私下里甚至写出了真正的“私小说”《莫里斯》。自己在生活上也是敢于坚持自我，与一个小自己二十多岁的警察一起生活，践行自己“only connect”（唯有融合）的追求和理念，最终在那个警察成家后还留在他家里，成为一个可敬的老爷爷。而劳伦斯又何尝不是最终高度忠实于自己熟悉的生活和英国中部矿区的环境，写出了与《莫里斯》结局相同的小说《查泰莱夫人的情人》？两部小说的男女主人公都是与猎场看守私奔。

福斯特在谈话中特别强调自己是生活在“过去”和过去的自我中的人，他无法引领新潮，就是因为他难忘“过去”，甚至还要深入地挖掘那个过去。所以他的作品虽然不曾大红大紫，但每一部作品都是精致的，都在一个很高的水准上俯瞰众多作品，这是非常难得的。相形之下，有的大作家或许仅仅是靠某一两部惊世骇俗的作品立身，同时还有不少平庸作品垫底。福斯特最终就是靠这种稳扎稳打的对自身熟悉的生活的忠实而跻身英国现代作家的最前列，与伍尔夫夫人、乔伊斯和劳伦斯齐名。用一句俗话说，如同考试，福斯特是门门全优的实力派，不是靠某一两手绝技而惊艳的明星派。

马什是个好同志

伦敦的雷蒙德大厦（Raymond Buildings），一座古老的高级公寓。据说狄更斯在这里当过听差。但我感兴趣的是这里的5号住过爱德华·马什（Edward Marsh），英国现代诗歌的领军人物。正是因为他主编了五卷《乔治诗集》，英国文坛上才有了乔治诗派，算是英国最早的现代派诗歌群。其实这些诗人各有追求，并没有统一的诗风和纲领，仅仅因为聚集在他麾下，才有了这么一派。马什还是社交界名流，在伦敦的政界和文艺界长袖善舞，呼风唤雨，十分了得。

马什是高品位的诗歌和绘画鉴赏家，私人赞助了无数的诗人和画家，早期对劳伦斯非常欣赏，也因此劳伦斯成了“乔治诗人”。在劳伦斯潦倒的时候他经常援助他，特别是劳伦斯要写《哈代论》时，马同志热情地提供了全套的哈代作品供劳伦斯阅读，从而助劳完成了这部划时代的文论，使其奠定了自己独特的批评家基础。

马什赞助了这么多诗人艺术家，其中几个与他成为龙阳密友，如神童诗人布鲁克；但他对劳伦斯似乎仅仅是朋友，没有此方面的嫌疑，应该说是“无私”。但我相信这主要取决于劳伦斯的洁身自好和独善其身，才让马什止乎于礼。

马什在军事和政务上也是天才，竟然一度成为丘吉尔的高级幕僚，辅佐他赢了第二次世界大战，之后又一直在政界服务，业余依旧私人赞助文学艺术，当然也因此结交不少龙阳君，经常是连人带画一起收入囊中，一箭双雕。去世后获得英国最慷慨的“私人文艺赞助人”光荣称号。

所以有时我们听说文学艺术里这个派那个派，其实往往就是生活上联系密切的一批好友，兴趣和性趣相投，未必真有什么统一的主张。但这些人的结帮确实推动了英国现代主义文学和艺术，这是不言而喻的，马什同志功不可没，是个好同志，现代英国文学和艺术上应该记他一笔。

深度粉丝女画家布莱特

当年布鲁姆斯伯里文人圈各色人等，大家熟知的经济学家凯恩斯和哲学家罗素等就不说了，我要说的是一位鲜为人知的女画家多萝西·布莱特，至少中国读者对她知之甚少。但此人很有故事，可以说是伦敦文人圈里深度打酱油的画家。

估计中国人里唯一见识过布莱特的就是徐志摩。他 1922 年逗留伦敦期间风驰电掣地遍访英国文化名人，几乎把布鲁姆斯伯里圈里圈外的名人一网打尽，真是辛苦。他的回忆文章里对这些人名大多用英文记载。这给编辑他散文集的中国人增添了不少麻烦，害得他们去搜刮一番，为他们做注解。但他提到布莱特时甚至连名字都没听清，就随便说“不知是密司 beir，还是 beek”，其实都不是。幸亏他对这个人的描写很具体，我得以认出是多萝西·布莱特（Dorothy Brett），这是中国学者唯一没能写出注解的一位，我给补上吧。

他去访曼斯菲尔德，在客厅里偶遇布莱特，方知曼斯菲尔德和丈夫默里是租住在布莱特家。布莱特进得屋来，先是让他误以为是他仰慕的曼斯菲尔德，便细心观察一番，日后记录了下来：“她一头的褐色卷发，盖着一张小圆脸，眼极活泼，口也很灵动，配着一身极鲜艳的衣裳——漆鞋，绿丝长袜，银红绸的上衣，紫酱的丝绒围裙——亭亭的立着，像一棵临风的郁金香。”

志摩记录下了布莱特手里握着的像个“小发电机”似的东西，那是失聪的布莱特的常备武器，当年的高灵敏助听器，布莱特给它起个爱称“托比”。

这位多萝西老小姐父亲是位子爵，有绘画天赋，还是英国最著名的斯累德美术学院毕业的专业画家。但父母去世后只靠少量的遗产过生活，没有出大名，画也卖不出去，因为失聪，一直待字闺中，虽然衣食无忧，还有自己的房子，但日子过得不是很舒心。亏得有布鲁姆斯伯里文人圈可以混迹其中，交往的都是名人，还让默里夫妇住在自己家里，经常宾客不断，都是来找默里夫妇的，她也因此不寂寞。后来她干脆近水楼台就在曼斯菲尔德眼皮底下与默里成了情人。曼斯菲尔德那时已经病入膏肓，也就由他们去，每日由他们照顾着熬最后的日子，不久后就撒手人寰了，彻底成全了他们俩。

但默里内心里是不想长期与多萝西苟且的，但他想不到的是多萝西也没太高看他。不久后劳伦斯从美国陶斯回英国短暂逗留，跟老朋友们重逢，其中就有几年前就暗恋他的多萝西。劳伦斯号召大家随他去陶斯，说是那里地老天荒，空气清新，是艺术家的天堂。大家都没响应，只有多萝西欣然跟随而去。她真是心甘情愿奉献自己，宁可住在劳伦斯家外面只有一桌一床的小木屋里，给劳伦斯的作品打字，帮他们做家务，还时常忍受弗里达的冷言冷语。但她为了自己心中的偶像，全忍了下来。这个三人世界颇给朋友圈增添不少话题。

最终劳伦斯也很难为情，就让她离开了。但执着的多萝西几年后还是去卡普里与劳伦斯团聚几日。劳伦斯死后她毅然迁居陶斯，加入了美国籍，终老在劳伦斯农场附近。劳伦斯去世后她出版了一大本回忆录《劳伦斯与布莱特》，从头至尾用第二人称冲劳伦斯独白，通篇的深情厚谊。这故事也算可歌可泣了。

我的“非虚构”经历

此次诺贝尔文学奖授予一位以重大现实题材而著名的纪实文学作家，随之纪实文学所归属的“非虚构”这个文学类别得到了最大效应的普及，这个词不胫而走，其英文non-fiction也因此跟着得到了普及，这似乎是诺奖的一个巨大副效应。

对我个人来说，我立即本能地想起“非虚构”在30年前我考上研究生时就成了我的专业，我后来也是靠翻译研究劳伦斯的非虚构作品起家的，我最早成名的作品《哥们儿姐们儿奔西德》等也是纪实文学。当时导师组安排入学考试成绩最好的两个人去研究虚构文学，也就是小说戏剧类，其余的报了虚构方向的人就要分流到非虚构。我那是第一次知道非虚构即non-fiction这个词。随后导师告诉我我的上届师兄在研究美国作家卡波特的著名非虚构作品《冷血》，我可以先调研一下确定自己的研究方向。当时的选择对象首先是美国作家里德记录十月革命的长篇报告文学《震撼世界的十天》。但我似乎更应该选择“3S”（斯诺、史沫特莱和斯特朗）或其中的一位。这三位以报道中国革命而闻名世界的左翼大作家确实值得我们研究，好像那前后中国还成立了“3S”研究会，研究他们的纪实作品应该是顺风顺水，拿学位了无问题。但此时我们的美国教师给我介绍的在西方更为著名的非虚构作家是爱玛·戈德曼，这位“红色爱玛”的一系列政论和自传风靡西方，是无政府主义思想先驱，巴金先生读了她的作品深受感动和震撼，给她写信向她致敬，称她是自己的“精神之母”，爱玛回信鼓励巴金：出生地不可选择，但生活地可自由选择，她把巴金看作是一个有为的革命青年。我也深深被爱玛的言论和身世所打动，就准备研究她了。结果是因为她的无政府主义先驱身份，这个选题被否定了。而我又不想回头去研究“3S”，因为他们在中国过于家喻户晓，研究者众多，怕是难出新意。

我想到我本科时期最爱的萨克雷，发现他没有什么非虚构作品。就又想起大四时昙花一现的劳伦斯，记得很受其作品震动，就查他有什么非虚构作品，结果令我大喜，劳伦斯著述颇丰，除了大量小说和诗歌，还有一半的作品是散文、游记、文论和杂文，按照非虚构的定义，这些虽然不是重大题材的纪实文学，但也是“非虚构”。我的选题报告从而拓宽了非虚构的领域，不再只局限于纪实类报告文学了。发现劳伦斯的非虚构作品后我立即心生鬼胎，企图暗度陈仓，在研究文论和散文随笔时联系其小说作品，证实他的文学理念在小说中的实践。其实我研究的是非虚构的非主流类作品，非虚构真正的支柱当然是纪实文学。

待我摆脱了非虚构才开始注意非虚构。奥威尔的《通往维冈之路》和《向卡里多尼亚致敬》应该是纪实文学的杰作。索尔仁尼琴的《古拉格群岛》更是触目惊心的非虚构作品。在西方较为有名的有关中国的非虚构作品应该有很多，如项美丽的《宋氏姐妹》，维特克的《江青同志》和前些年出自中国人之手的英文本《鸿》《上海生死劫》和巫宁坤的《一滴泪》。这些多是传记文学，似乎比斯维特兰娜·阿列克谢耶维奇震撼世界的非虚构还是逊色。

置身两个世界中的迷惘

近得吴兴文兄赠其典雅的布面新作《书缘琐记》，随手一翻，首先映入眼帘的一篇是写我关注过的罗大冈先生逸事，这让我感到甚是亲切。聊起来方知，我们都是因为喜爱读齐如山，才由此拓展开去，发现齐如山的女儿是北大教授齐香，而罗大冈是齐香的丈夫，或者说以前我们都仰慕罗大冈，也听说过齐香，但从来不知这两位名人是夫妻。这都是因为研究齐如山的额外收获和惊喜。

兴文兄欣赏罗大冈学生时代的风度，说罗先生换着笔名发表文章，践行的是施耐庵的名言“不求人知，人亦不知”，罗先生当年还崇尚古代诗人黄仲则“独立市桥人不知，一星如月看多时”那种悠然自得的姿态。

吴兄这段评论却不期然令我走神，勾起一些莫名其妙的个人反思。

自己当初用笔名发表作品，当然没有罗先生那样高远的境界，仅仅是追求一种名士派头，其实还是想让笔名精练好记，使作品获得更多的读者，也想在没有出名前瞒着亲朋不暴露，最终目的还是想让他们有朝一日发现我“成功”后发出赞叹，总之还是俗。

于是自己就让自己置身于两个世界中了。一个是日常的真名实姓的作为某个单位英文翻译的我，一个则是在文学创作和劳伦斯作品翻译研究领域内以笔名著称的我。这让我避免了很多实际生活中的麻烦，但也给我带来很多别的麻烦。

很多年里我在我的两个母校的校友们视野中彻底蒸发了。有一次几个留校工作的同级校友去我的单位人事部门了解我的情况，是因为听说了我在这个很著名的机构工作，估计会颇有作为，可以算“著名单位”的人给他们申报211大学时增色，据说著名毕业生越多，申报成功的可能性就会大。我很惭愧地告诉他们我在这个著名机构里只是个普通翻译，职称是副译审，相当于副教授，但在非学术单位这个副译审技术职称基本与食堂服务员区别不大，仅仅是个工种。估计这个结果令他们感到失望，我业余从事的文学成果属于不务正业，对他们来说无用，也就没再理会我。而我另一个母校的某个晚我十年毕业的同专业学者在微博上关注了作为劳伦斯学者“黑马”的我一阵后发现我们竟然是同系同专业的前后毕业生，惊讶地问我是不是正宗的该系毕业生，怀疑我是那种在职混得学位的，原因很简单：我在那个系里杳然无痕，无人知晓。那里不会在意一个毕业生成了业余文学家，业余或许令人不齿。

可我就是在任何方面都业余着，用一个诗人朋友的话说：我们甚至是业余地活着。世俗的世界和专业的文学界都把你看作是业余的文学工作者，而你在工作和生活中感觉自己是业余人间一员，做起文学来还不忘自己业余还得工作挣工资。里里外外你都是业余。对两个世界都是无用的，甚至对自己也无用。

更多的麻烦则是，时不时会有人认为我有用，会找我翻译各类资料，因为我的职称是副译审或者说是“学英语的”。有的学者就会出钱雇我把他们的学术论文或摘要翻译成英文或中文并且要得很急，他们手里有科研经费，可以雇人翻译，就雇到我，我婉拒了。有一次还是千字 80 英镑的稿费标准，估计他们感到我很不识抬举，竟然连这么高的稿酬都不挣，真是懒惰。还有个家产上亿的同学的孩子写的什么文学小品，想翻译成英语，不是去雇翻译公司的人翻译，而是发给我催我赶紧给翻译，理由很简单：你是老翻译，应该比一般学英语的翻译得好。我说我很忙，翻不了，人家很不高兴，感到我很不识相。其实这些已经属于我业余的业余之事，更无暇顾及。但他们都认为这是我最不业余的正业。

朋友聚会时会有人带陌生人加入进来，猛听介绍我所供职的那个声名显赫的机构，两眼放光，热情地与我结识，但几句话交流后发现我不过是这个单位的老翻译，立即为自己刚才激动的表现感到后悔，马上就会失望得痛心疾首，甚至还会自言自语：你太老实了，在你们单位出名多容易啊……你怎么就没有……

我就是不能告诉他我不想出这个业余的名，我已经在另一个业余领域出名了。

看来“不求人知，人亦不知”和“独立市桥人不知，一星如月看多时”的自我陶醉有时会在现实世界中惨遭挫败，自己选择了生活在两个业余世界里，身份不一，心态迥异，由此引发的所有误解和麻烦也就要幽默地接受，这是自己酿的苦酒一杯，随时要喝上一口。

写出来与写“出来”

那天拉着几包自己的新书过东四十二条街口，就想起当年毕业进这里的中国青年出版社工作后不久，作家和翻译家这个光荣称号在我心目里就变成了一个手工业从业者的代名词，那种祛魅的速度着实快。听和看编辑们在作家进出门前后的言谈态度，就明白：如果你只是写出作品来的人但还没有写“出来”，你基本就是一个小商贩来叫卖的形象。我就暗思忖，估计以后要当作家，就得准备好在相当长的历史阶段内能写出来但就是写不“出来”，当编辑们的笑柄。

编辑们桌子上堆着不同发展阶段的作者和译者送来的签名本著作，我也去时不时翻翻，但真翻进去的不多。有一次我发现某不小不老的女作家都出版了好几部长篇小说了，可还是属于没有写“出来”的那一类，就表示惊讶，如此不著名，她就不打算歇手吗？多少年后我又查了一下，她已经进入老年行列了，还在写，又出版了几个长篇，但还是没写“出来”，估计此生是写不“出来”了。

这个行当与其他手工业行当一样，就是这样悲催无奈，歇不歇手完全在于自己，只要你能坚持得下去，你才能写出来，至于能不能写“出来”那真得听天由命甚至还得搭上诗外的功夫。所以我真是佩服那个到现在还没“出来”的女作家，但无论如何她还在写，在出版，她就是作家。任何人只要你写，出版，你就无愧于作家的称号。

其实也就中文里管这些人叫“家”，弄得有了这个称号的人要么自视甚高，要么骑虎难下。英文里不过是在写的动词后加个表示“者”的 er 或 or 而已，就是写作者和译者，writer, author, translator。

记得叶君健先生就曾写文章试图改变这个称号，称自己是写手和译匠，但终归是无人响应，就偃旗息鼓了。想想也是，那样作家协会就成了“中国写匠协会”，光荣感就丧失殆尽了，作家们不会如此自贬身价。不过，中国翻译家协会还是很有魄力，现在改叫“中国翻译协会”了，去了那个“家”，虽然还是副部级组织，但姿态确实放低了。

我就想起张爱玲说的话：成名要趁早，晚了也无趣。张爱玲就是这么没遮没拦地说大实话。谁都想早早功成名就，早得早幸福。虚荣心及早得到满足自然是吉人天相，再能将势头一直保持到老，更是上帝的宠儿，如杨绛先生。

但不那么有天分或幸运的大多是一直没走红，但一直在慢悠悠蠕动，能蠕动到老还能保持固定的势头稳步行进，这样的幸福也难得，不是谁都有这等骆驼功的。翻译界我那些老前辈大多都是这样的，他们年轻时都没有红得发紫，但一直在淡然地缓缓熬过，渐渐写译双栖。当然从有趣和刺激的角度讲，自然是会受到张爱玲们不屑的。这个行当熬到“宝刀不老”一切基本就成了习惯动作，如清晨起床必须做的几件事一样，按部就班，从容淡定，确实不那么有趣，但不做这个就更无趣甚至无聊。任何路径都是自己的选择与命运巧遇的偶然，英文里有 the long arm of coincidence（偶然的长臂牵扯人）一说，那还是顺其自然，让你的命来碰你的运吧，“出来”与否，你都一直没有脱离那偶然的长臂，也许一个不留神就成了，也许努力一辈子吐了血还是不成。

淘书淘出我一个人的故乡

从小就对故乡两个字感觉异样。父母来自不同的异乡，他们过年和学校放寒暑假都急着各回各的老家去过，不是说去“老家”，而是说“回家”。于是这里成了我一个人的故乡，因为我在这里落地生根，这个地方叫保定。

所以我一直就觉得自己是没有故乡的人。尤其经历过60年代末不幸的童年，故乡观念就更为淡漠，令我一直以某种异乡人的心态生长于斯。

从一个异乡走向另一个异乡，直到我而立之年开始写一本以中学时代生活为背景的小说时突然发现那个背景地似乎比我的故事更重要，写作的这几年中小说里的人物竟然成了我最亲的“故乡的亲人”，我更愿意生活在我的小说人物中间，他们活动的场景竟然都是我最熟悉的一个个青少年时代的街道和院落。鬼使神差中有一种不可遏止的冲动将我推向国家图书馆，去查找有关故乡的书籍，我了解到了我的“亲人”活动的那些老建筑和老街道的历史，还查出了我从小居住过的院落旁那座高门大宅是吴佩孚的公馆。可等我回去要用相机拍下那些童年的老房子时，正赶上推土机刚刚把老城推平！那一刻我知道了什么叫曾经拥有和永别。

从此以后对这个故乡的探索就成了我翻译和写作之外又一个研究领域，到处淘多年前出版的与故乡有关的旧书。最有价值的是 80 年代出版的那些没有书号和出版社名的内部资料如《保定地名志》和《地名资料汇编》，那里有每一条街道的历史和典故，那些去同学家串门而熟悉的街道院落和建筑竟然都有 200 年的历史。这座老城只有三里长，三里宽，足以让我小时候把每个角落都跑遍，所以说起故乡我的脑海里就会有足够细致的整体图像，闭上眼睛，似乎每个大门洞儿都栩栩如生，连整个城市的高低错落地形都尽收眼底如同鸟瞰一般。每拿起书就开始梦游，似乎人也变小了，开始在街道上疯跑。文学的魂必须附体在一个具体的地方吗？

这样的写作是不是太过非文学呢？怀疑多年后我采访到乔伊斯的侄子，他告诉我乔伊斯在写《尤利西斯》时经常会写信到都柏林的亲戚那里，询问某个街角的店铺是否外景依然？因为他小说里的人物要走过那个地方。这样的信他写了很多。于是我就明白，那可能不是爱，但更刻骨铭心，是精神超越时空的附体，即使那个具象的体已经消失，我们仍然会努力去寻觅构建一个要附体的体。也就在这个时候，又一套重构故乡形体的书出来了，书名是《保定古城街巷史话图说》，一位年逾古稀的老人竟然在古城被拆毁后凭多年的记忆画出了很多院落的平面图！我如获至宝地不断研读这两册书，我想这位老先生这样做肯定出自内心深处的挚爱，这里是他几辈人的故乡，比我的附体欲望要高尚纯粹得多。而我还在不断地通过淘书研读来构建一个我一个人的故乡。落地生根发芽抽枝长叶的地方叫故乡。

河北的四座省图书馆

从北京坐高铁去石家庄的河北省图书馆做讲座，风驰电掣过保定时我不禁想到40多年前我还是个孩子时，曾经有机会进入当时设在保定的老河北省图书馆（后改称保定图书馆）帮工并学习过。这个从直隶改称河北的省先后有过四座省立图书馆。我童年的那个是其中一座。

随之目光越过百年，遥望到1908年，河北还叫直隶的时候，这个省有天津和保定两个总督府城，可简称春夏府和秋冬府。在洋务运动影响下，直隶提学使卢靖在两个城市各建了一个“直隶图书馆”，为了有所区别，就称“直隶省立第一图书馆”和“直隶省立第二图书馆”。保定那座是在著名的莲池书院旧址上建立的。以后直隶改河北，它们就成了河北省立第一和第二图书馆。

民国时期省会在北平、天津和保定之间数度倒手流转，最早省政府在中南海西北角的摄政王府里办公，最终民国溃败前森严堂皇的段祺瑞执政府做了河北省政府驻地，兵荒马乱中却没人顾得上在北平建个省图书馆。不过那里现在成了人大报刊资料中心，似乎也算与书有关。新中国成立后才开始在省会保定动工兴建崭新的河北省图书馆，将旧河北省第二图书馆的藏书搬迁至此，成为新省图书馆的第一批藏书。可惜，新馆刚刚落成，省会又搬迁到天津，这个美丽的新娘就被抛弃在保定城外的路边，开始还挂河北省图书馆的牌子，到我识字的时候，省图的牌子就已经摘了。但奇怪的是省会搬到天津后虽然并无兵荒马乱，但没有人将那里的直隶第一图书馆旧楼恢复为河北省图书馆，估计又是顾不上吧。60 年代后期省会又迁回保定，旋即又迁去石家庄，二十多年里一个泱泱大省竟然没有省图书馆。直到 80 年代末人们笃定估计省会不会再搬迁了，才开始在石家庄兴建第四座河北省图书馆。

今天我能来到石家庄这座现代化的省图讲点外国文学，心里总把当年保定那个老馆的景象与它叠印在一起。那座苏式楼宇被一圈高大的白杨树包围着，在我眼里高不可攀，也很壁垒森严。我只是去游泳池的路上累了，喜欢躺在图书馆门前光滑的水泥地上在杨树下乘凉休息，那排大杨树似乎总在哗啦啦地扇着风，特别凉快。但从来不知道我也能进到图书馆里去。后来一个偶然的机会让我得以进馆，是一个发小的邻居介绍我们去图书馆帮着贴补油印的《三字经》和《千字文》上的错别字，然后发给全市各单位供"批林批孔"运动用。能进图书馆工作很令我兴奋，图书馆里宽敞得很，过堂风呼呼的，让我有了在"知识殿堂"的感觉。一边挖补错字，一边就学了这两篇古文，还能在里面随便翻阅报刊。长大以后寒暑假就常泡在那里了，尤其在20世纪80年代，大学生进图书馆读书写东西成了一种时髦的艺术行为，是一种姿态，在文化贫瘠的年代它成了我的一根精神支柱，我心里永远珍藏着它，我感觉我一直在那几棵大白杨树下乘凉，顺着树干在长满书的大树上攀爬。那个老图书馆让我第一次知道图书馆这三个字的含义，从老省图到新省图我竟然走了40多年的路，在我心中总算完成了一次对接，不由得感慨万千。

一条潺潺流动的文脉

国外的劳伦斯专家向我求证最早的劳伦斯作品中译文发表于何时，我无法肯定，就请教芙蓉国腹地衡阳师院的廖杰锋教授，他对民国时期的劳伦斯中译文和报刊评论很有研究。他告诉我徐志摩翻译的劳伦斯一篇散文《说“是一个男子”》发表于1925年，目前看是最早的劳伦斯中译文了。在那之后徐志摩又发表了两篇劳伦斯随笔。徐志摩的译文发表竟然是在劳伦斯在世的时候，这可不易。

英国同仁高兴地回信告诉我这个译文的出现在全世界都算早的。原文是1924年在美国和英国杂志上发表的，一年后就翻译出了中文，估计是这篇文章的第一个外文本。这让我想起徐志摩在英国追求林徽因未成，林回国后徐志摩拜访英国女作家凯瑟琳·曼斯菲尔德的一段佳话，仅仅交谈二十多分钟，徐志摩就为曼斯菲尔德仙女般的神韵所倾倒，表示要翻译她的小说，果然回国后他翻译出版了不少曼氏小说。那段时间里他还与曼的丈夫、评论家默里有过长谈。这对夫妇其实是劳伦斯的亲密朋友，三人交往甚密，合作办过杂志，一起到康沃尔荒地上比邻而居，他们之间也发生过口角和感情纠葛，可以说是吵吵闹闹又密不可分的情人般的朋友。真正理解劳伦斯的也正是这对夫妇。我相信他们对徐志摩详尽地谈起过劳伦斯，这才是促使徐志摩翻译劳伦斯作品的主要原因吧。

民国期间劳伦斯作品的出版情况，确实要仰仗有中国现代文学研究背景的人们去挖掘了。现在看来最早的译文和评论都出自那些暗通英文的中国现代作家和诗人，如徐志摩、林语堂、郁达夫、邵洵美和赵景深等自由主义文人，估计鲁迅那一派的作家就是读到了劳伦斯也不会译介，他们在忙着翻译“被压迫民族”的文学，不会注意到劳伦斯是殖民主义大英国里“被压迫”的作家，这样的边缘人从内部写英国人和不列颠民族的心理其实更振聋发聩。当然因为时代的局限，那个年代劳伦斯到别的国家，首先被看作是殖民主义者遭到白眼。如他在澳大利亚，至今被一些人看作是代表英国殖民主义价值的作家遭到斥责。在中国，直到20世纪80年代初，我们还把他当成是颓废的资产阶级文学作家。这些都是历史的阴差阳错。

但也有例外，那就是廖教授发现茅盾先生在劳伦斯在世时就用别的笔名发文肯定劳伦斯，而且是把劳伦斯当作无产阶级作家来肯定的。这就大大拓宽了我们的视野，畅想还有哪些大文人用不为人知的笔名写过文章评论劳伦斯。

我想说的是这个问题也应该是中国现代文学研究的一个侧面，看中国现代文豪们对当初外国文学的喜好和译介，也能从中看出他们的价值取向和性情。还有我又想起巴金先生收藏过劳伦斯死后出版的第一版书信集，扉页上盖了他的藏书大印。这本1932年出版的书信集巴金先生捐献给了国家图书馆，偶然被我借到了。这似乎也说明了推崇无政府主义的年轻巴金对阅读之物的取舍嗜好。我甚至猜想巴金是否用其他笔名评论过劳伦斯作品呢?

更有故事的是，在劳伦斯研究和翻译中断了近半个世纪后于1981年写出第一篇劳伦斯研究论文的中国社科院研究员赵少伟先生，他竟然是赵景深先生的堂弟。少伟先生早年的实名是赵毅深，西南联大的高才生。他在文艺方面受到了赵景深的影响，估计在闲谈中也听到过赵景深对劳伦斯的议论（或读到过赵景深20世纪20年代写过的劳伦斯评论）。赵少伟在中国大百科全书上撰写的劳伦斯词条也是充分肯定劳伦斯的艺术价值的，为劳伦斯在20世纪80年代重新进入华文世界铺平了道路，可谓功德无量。这与早年赵景深的影响应该说是不无关系的。

而朱光潜先生回国后在北大讲授劳伦斯作品更是一段佳话。有学者甚至通过研究朱先生的回国途径并通过大数据分析朱先生的词汇，推断朱先生很可能是翻译《查泰莱夫人的情人》的译者饶述一，因为朱先生的写作与这个译本里的词汇上存在很多的重合之处。

从这些零零散散的故纸中我感受到了现代文学一些名家对劳伦斯的共识性关注，他们的阅读嗜好为我们留下了一笔值得借鉴的文化财富。因为之后的战争灾难，现代文学研究不幸止步过一段时间。之后大陆一直到 20 世纪 80 年代才开始重新研究这些人，顺带发现了些他们与劳伦斯文学的关联，因此也让我感到有一股涓涓文化血脉苍白地从 20 世纪 20 年代流到 80 年代并延续到如今，这道潺潺细水让我们接住了，是我们做劳伦斯研究的意外收获，委实有趣，同时深为感动。因为多年的中断而忽然发现，反倒让我觉得他们是我的同时代人似的，有这样的感觉是一个学者的幸运。

陶尔米纳的文学之最

5月底某一天，一个地方的一个事件占据了世界所有媒体显著位置，那就是为期两天的七国集团峰会在意大利西西里小镇陶尔米纳开幕，研究的是安全与反恐问题。但冲击我们眼球和撩动我们心扉的电视画面不是那七国首脑，而是他们活动的背景：透过山巅上古希腊风格的老剧场断壁残垣，是幽蓝无垠的爱奥尼亚海，葱茏的果园，起伏跌宕的红瓦屋顶，还有，还有烟雾蒸腾的埃特纳火山。简直是旅游胜地的大片。七国集团峰会等于给这座半悬在山崖上的小镇做了个绝好的广告。

如此云岚出岫的仙境，原来这是我在书中与之神交多年的Taormina，但仅仅是老照片里百年前的那个古镇。现实中我们会与很多美好的事物和人失之交臂，同样我们在读书过程中也会与更多的珍宝在神交中错过。陶尔米纳就与我在书中几乎如影随形多年但却也失之交臂多年，未曾探究。倒要感谢这个七国集团的峰会，我神游多年的它以如此震撼的面目浮出水面，令我浮想联翩。

歌德曾游历此地，将这里称为“天堂”。他更是在《意大利之旅》中将这个经典的剧场背景评价为“最伟大的艺术与自然作品”。莫泊桑说：“这个小村庄只是一个小小的景观，但其中的一切都能够让你的视觉、精神和想象尽情沉溺，享受其中。”这里还留下了王尔德、大仲马、法朗士、米开朗琪罗、勃拉姆斯、瓦格纳、达利、格里高利·派克等一代又一代的文艺天才的足迹。

近百年前的1920年劳伦斯饱受迫害后挥别英国，第一站就在这里落脚，一住就是近三年。那个陶尔米纳在我印象中仅仅是个叫Taormina的山上小镇而已，而且穷困潦倒中的劳伦斯连镇上的房子也住不起，是租住在镇外半山腰上一座名为“老喷泉”的农家楼里，那名字用意大利语念很优雅，叫芳坦纳·维绮雅（Fontana Vecchia）。劳伦斯称西西里岛“像一块色彩斑斓的宝石，又似一块璀璨的火蛋白石在阳光下闪烁……埃特纳火山这个凶恶的女巫顶着皑皑白雪，雪山顶上滚动着橘黄色的烟雾，希腊人称埃特纳为擎天柱”。

但那个年代的西西里岛是意大利最贫困的地方，贫困与美丽同框，几乎令劳伦斯对此地爱恨交加。他发现了这里生活的悲惨，“野蛮而贫穷”，农民几乎沦为奴隶，而公爵府邸却“流光溢彩，铺张奢华”。因此这里的人阴郁紧张，警惕地提防着所有人。但他敏感地发现，这黑暗野蛮之地，那些有着希腊气质的人单个儿看上去都很美，都像《奥德赛》中的流浪汉，“自命不凡而又内心纤敏”。他独特的审美情趣令他竟然在此翻译了西西里作家维尔迦的长篇小说《堂·杰苏阿多师傅》和几个中短篇小说，认为那是最接近西西里人灵魂的作品。他认为西西里人最接近古希腊人，“今日希腊，找不到一个古希腊那样的人，最像的在西西里，在西西里东部和东北部。”这里正是陶尔米纳附近了。所以他说“我有生以来顶浓郁的乡愁是为西西里而怀的……那儿的美浸透了血液，太明朗，太美了，就像希腊人肉体的美”。

就是在这原始的自然大美景色与中世纪般阴郁的人间生活对比的调色板上，劳伦斯三年中不仅翻译意大利文学，还修改完成了在英国和德国时期开始创作的小说《迷途女》和《亚伦的仗杆》，写了以自己和弗里达婚恋生活为素材的小说《努恩先生》及游记、文论、中短篇小说，并收获了最著名的诗集《鸟·兽·花》，其中《蛇》是不朽的名篇。毫无疑问这些作品共同的特色都是对人的肉体意识的深刻探索，而且大多有意大利背景，应该是他在意大利的调色板上恣意选取心仪的色彩，绘制他的英国故事。这种艺术的努力是他为几年后重返意大利，写出压卷大作《查泰莱夫人的情人》所进行的一系列操练。可见任何名著都不是凭空产生的，都有无数的前期准备和冥冥中的因缘际会。更为重要的是，就是在陶尔米纳期间，劳伦斯外出去佛罗伦萨旅游时邂逅了一位朋友的女友，在她家里两人发生了浪漫的爱情，这个女人的外形和气质，活脱儿就是查泰莱夫人康妮。

所以无论从数量还是质量上，我们都有理由说，陶尔米纳的文学皇冠明珠之最非劳伦斯莫属。

被湮没的那些英国作家和作品

近些年谈起英国现代文学史上的优秀女作家，似乎还局限于教科书和文学研究注重的那几个，简·奥斯汀、勃朗特姐妹，最多再有个爱略特，还经常把她的名字写成著名男性诗人艾略特。其实对英国的女作家群乃至英国的现代作家群，我们待重新发现的还有很多。

比如，我们文学史里只学到著名的盖斯凯尔夫人描写产业革命的长篇小说《南与北》，感觉作者似乎是个高不可攀的男性化作家，其实她还写过一本村民生活的小说《克兰福德》。乔治·爱略特至今还是属于需要重新发现的实力派女作家，从大气磅礴的《米德尔玛契》到小村镇里家长里短的爱情故事，都运笔娴熟，其中描写村民的小说有《弗洛斯河上的磨坊》《亚当·比德》和《织工马南》。还有我们从来没有听说过的玛利·罗素·米特福德（Mary Russel Mitford），她出版过一部五卷集的乡村生活特写《我们村》。亨利·伍德夫人的《东林恩庄园》更是曾经风靡整个文化界，竟然写的是维多利亚时期中产阶级的家庭危机，内容是离婚、通奸、谋杀，所有现代小说扣人心弦的情节都具备，现在已经被列为英国的经典文学作品了。我们熟悉的电影《蝴蝶梦》的原著作者达芙妮·杜穆里埃竟然有17本爱情与阴谋的小说，一度称霸英国文坛，风采比现在的罗琳毫不逊色。

还有一位需要重新发现的重量级女作家是伊迪丝·西特韦尔。事实上一次大战前后曾主导英国文坛潮流的不是乔伊斯和伍尔夫夫人等，那是后来的事。那时的乔伊斯寂寂无名，还等着某个书店女老板加粉丝扶助。那时的弗吉尼亚·伍尔夫也刚刚小有名气，还是靠着对她有过性侵行为的同父异母哥哥达克华斯（出版人）出版了最早的作品，后来因为与姐姐瓦妮莎的朋友组成了布鲁姆斯伯里圈子才渐渐声名鹊起，但也仅限于小圈子里。劳伦斯更是出了点名就被封杀而流浪国外。那个年代称雄一时的是贵族之家西特韦尔姐弟三人，他们是著名的诗人和作家。其中姐姐伊迪丝才华出众，其诗歌华美绮丽，风靡文坛多年，她还是文笔犀利的评论家。似乎至今中文世界里还没有翻译过她的作品。对这个家族的文学研究似乎一直是空白，原因似乎很简单，他们无法被列入什么流派和什么主义的话语中。这是非常可惜的事。如果文学研究只限定在某些文化研究的话语中进行，成为对文学研究的研究，这类作家永远不会得到研究，大家就总是陷在自设的批评话语中自说自话，高处不胜寒地脱离作品为研究而研究。那样很多曾经熠熠闪光的珍珠就永远会被遗弃。但当我们与英国人谈起英国文学来就会显得我们视野很狭窄，有时甚至感觉是本末倒置，因为很多应该知道的作家作品我们一无所知。当然这样的情况同样发生在国外的“汉学研究”界，人们都盯住几个主流作家翻译和研究，真正中国的作家群对他们来说其实是非常陌生的。这或许就是文学研究职业化的悲哀吧。

之所以我们现在开始进行这样的深挖，是因为这些年文学研究经历了层出不穷的观念的涌现，大大开拓了文学鉴赏的视野，也令我们对文学研究和研究文学有了更加开放、包容和人性的理解，审美的情趣化、个性化渐渐与学术圈子的话语化并行不悖，从而我们开始渐渐发掘出正统的文学研究和批评话语之外被湮没的很多优秀作家和作品，重新审视这些被这个主义那个主义的学术话语无法概括的非主流作家和作品，实在令人欣喜。这些作家作品是我们把文学研究当成读书趣味活动时重新发现的遗落在文学长河中的珍珠，认识并且欣赏这些珍珠的成色和品位需要更加闲适的读书心态。

最早开始重新审视的对象就是劳伦斯。20 世纪 80 年代我们对被苏联教科书定位为“颓废作家”的劳伦斯的态度开始有所转变，那就是在思想解放的大环境中人们抛开传统的写实主义观念，认真全面地阅读劳伦斯的大量作品，充分同情理解他对人类肉体意识开掘的努力，带着鉴赏的眼光欣赏其深度的性心理叙述，从而发现了劳伦斯对传统现实主义的崭新贡献。这是个从人性角度和深度审美情趣出发捡拾文学珍珠的绝好例子。人们的阅读和审美不再受传统的和学术的文学研究批评的专业化禁锢，获得了更为广阔自由的审美空间，不断地注意在文学长河中遗落的各色珍珠，很多发现都令人惊艳。比如对前面提到的一些在观念上被固化了的女作家需要重新发现，有些根本“不入流”的女作家作品，现在读起来甚是情趣盎然。这应该被视为历史的进步。

英国《狐狸》与人民剧场

毫无炒作，基本只靠微博和微信预热，2016年4月6日根据劳伦斯小说《狐狸》改编的同名话剧就在北京上演了。这也是劳伦斯的作品以话剧形式首次进入中国和华语世界。这个重要的历史性时刻连导演和剧组成员自己一开始都没有意识到，因为他们仅仅是引进一个百老汇的经典剧目，并没有将此举与劳伦斯在中国的传播和研究联系在一起。直到开演前他们才意识到他们其实无心插柳，创下了劳伦斯作品进入华语世界的一个第一。

《狐狸》发表于1922年，是一部探索性的中篇小说。在那个年代对女性同性情感的表现应该说是有先锋意义的。受制于时代和情势的掣肘，这篇小说的表达和结局都给人一种不确定性的感觉，激情的表现是隐忍的，但也因此更为细腻，情节的发展与铺陈也因此更为悠缓微妙。

从现实层面上看，班福德和玛奇两个女人生活在一起，在第一次世界大战后的艰苦生活中合作经营农场，撑着日子，这样的情境是合情合理的，她们似乎很像一对母女，对话中不乏一个母亲对女儿充满忠告的唠叨。但她们的关系从一开始就给人一种暧昧感，而一个男人的介入，又使这两个女人的暧昧关系发生了动摇。

一个叫亨利的年轻军人闯入了她们平静的生活，他就像那只经常骚扰鸡窝的狐狸，这种象征将小说引入了某种动物性本能的欲望氛围中。很快我们就看到了班福德的妒嫉及由此引起的类似情敌的争夺，她和亨利在争夺玛奇。这种种微妙的关系都是通过象征和暗示来获得传达的，这样看似自然主义的叙述是由一系列连续暗示组成的，作为小说读起来节奏缓慢，但也因此等于设置了悬念。

玛奇自始至终没有获得自己的终极意义，她的身份终难确定，一方面她与班福德形同夫妻，另一方面亨利唤醒了她对于男性的向往，可她又对自己的选择难以确定，夹在两人之间难以确定自己的立场——或许这本身就是她的立场，她注定是游离于两性之间的，也只有这样，故事才会有展开和继续的缘由，否则《狐狸》很快就会有个明确的结束。故事终以班福德被树砸死成全了那一对有情男女。但事情远不止这样简单。玛奇为班福德的死感到难以名状的忧伤，无法释怀。另外，她一时还不能适应新的“爱情”方式或者如书中暗示的那样，是新的性别角色。从根本上说，她对未来感到心里没底。

劳伦斯小说中痴男怨女们的结局大都是这样的不确定，从《虹》到《恋爱中的女人》到《查泰莱夫人的情人》，从《牧师的女儿们》到《太阳》到这篇《狐狸》，都难得“大团圆”。当然还有更可怕的，那就是小说中一对男女生活了一辈子，临到女人向男人的尸体诀别时，竟发现两人形同陌路。“不确定”发展得如此极致，足见劳伦斯自己对爱做出的逻辑上的艺术处理是多么悲剧！

几十年后人们将这部小说改编为话剧，在忠实于原著的基础上对主题的揭示似乎更为直白，戏剧冲突更为激烈，挖掘的自然是作品中的后现代意义。正如福柯所说：“如今，性是古老的布道形式的支柱。”对于性、性别角色和权力的行使的关注是后现代生活的一个重要方面。恰恰劳伦斯的很多作品与后现代生活和审美理念有超前的契合，这使得劳伦斯几乎成了我们同时代的重量级作家，可与当代作家媲美，而且因为劳伦斯对未来人类精神生活的洞悉隔着百年的时空，他作品的后现代性没有受到这个时代雾霾的污染，反倒显得更加纯粹，似乎是上苍过早地把我们的一个同时代人降生在百年前，让他用今天的眼光看百年前的人类生活，从而培养了后现代性的纯粹胚胎，而且不仅将后现代提前了100年，还令他在百年后大放异彩，劳伦斯作品的生命力之强似乎就得益于这种超越。或许这才是真正理解劳伦斯为何在他的时代如此受到压制和贬损的切入点，这其实是文学的眼光是否能超越时代，是否对生命和生活的本质抱以尊重的问题，就是对复杂人性有无见微知著的深刻敏感的问题。劳伦斯在100年前做到了，但超前了，因此不见容于那些囿于时代的局限，极度偏激狭隘的人。时代发展到今天，我们惊异于他在百年前对人性的复杂竟是如此“洞幽烛微”（伍尔夫语），仍然富有先锋特质，对当代人的观念有所启迪。

事实上劳伦斯自己也是一位产量不高的剧作家，生前创作了好几部话剧，其中有几部上演过，逝世后他的话剧还被搬上了银幕，它们是《儿媳妇》和《霍家新寡》。而劳伦斯小说被改变成影视剧后成功者不在少数，如《查泰莱夫人的情人》都四次改编成影视剧了，还获得过恺撒奖。《恋爱中的女人》获得过奥斯卡最佳女配角奖，《儿子与情人》获得过奥斯卡最佳摄影奖。但《狐狸》改编成话剧并在百老汇常演，这是个新奇迹。

我去护国寺新天地西区剧场看《狐狸》彩排，下了平安里地铁拐进护国寺街就发现，新天地对面是那种民国式建筑的人民剧场，庄重大气。这让我想起劳伦斯生前写话剧时，就怀揣一个英国梦，那就是建一座“人民剧场”，英国的人民剧场！那个时候英国人观话剧还是高档的消费行为，普通老百姓看不起，更不会有艺术家到他的故乡伊斯特伍德镇“送戏下乡”。因此劳伦斯就幻想有一座人民的剧场，理想很简单，座位要朴素，票价要便宜，让劳工阶层看得起话剧。因为他是劳动阶级出身，就希望让这个阶级的人民有条件享受到优质的文化艺术成果，可谓心系民众，善莫大焉。巧合的是，他的话剧在中国首演的剧场对面就有这么一个规模浩大、赫然写着“人民剧场”四个大字的典雅剧场。劳伦斯的梦想在中国得到了表面上的实现。中华大地上有很多冠之以“人民剧场”或“人民影剧院”的地方，我小时候中学边上就有一座。我也一直觉得那是“人民的”，可爱的木头活动椅子，动听的开演铃声，几百人同时观看一出戏和电影，是我们最美好的审美方式。散场时几百人起身，木头座椅乒乒乓乓纷纷自动向后折回的撞击声满堂作响，现在想起来是那么悦耳动听，而非嘈杂。散场后满大街的人四散而去，一路高声谈论着刚刚看过的节目，一路上不断有人到家了，拐进小胡同或进了小院门，人流越走越少，热闹渐渐飘散，回到正常生活。

这些可爱的人民的地方今夕是何年了？作为当年观剧的“少年人民”的我很久不进现在高大上的剧院了，out 了，就 out 了吧。

《查泰莱夫人的情人》的影视缘

2015年10月，英国广播公司播出了最新版的《查泰莱夫人的情人》电视剧，这是这部世界爱情名著60年中第五次被改编成影视作品了。2015年10月正逢这本小说在英国解禁55周年，9月11日是作者劳伦斯130岁冥寿，3月份是他逝世85周年的月份。这个时候上演新版电视剧，是纪念劳伦斯的大年，向经典致敬。

第一次改编的电影是20世纪50年代法国版的黑白片，体现了法国人对性爱题材小说的情有独钟，在这本小说在英国还是禁书时，法国不仅出版了英文和法文的全本，还由法国文学精英马尔罗亲自撰写序言，而后是法国第一个将小说搬上了大银幕。到80年代又是一位法国知名导演推出了英国版的电影，成为雅俗共赏的一部情色电影。直到1993年，英国广播公司才推出了一部纯英国版的电视连续剧，应该说这一版达到了一个新的艺术高度，堪称经典。但出乎所有人意料的是，2007年第32届法国电影恺撒奖爆出了大冷门：最佳影片、最佳女主角、最佳改编、最佳服装和最佳摄影五项大奖的获得者竟然都授予了法国导演法兰改编的三小时法语故事片《查泰莱夫人》。这是劳伦斯作品影视改编58年历史上最为辉煌的一次记录。在此之前的两次辉煌分别在60年代和70年代，与小说同名的电影《儿子与情人》和《恋爱中的女人》分别获得奥斯卡最佳摄影和最佳女配角奖及多项奥斯卡奖提名。

如果说前几次的改编基本都沿袭了劳伦斯小说中的故事发展线索，多少都突出了查泰莱夫人与猎场看守麦勒斯的几次幽会，呈现性爱的美感和诗情画意，这一版则不再将男女主角的裸戏作为重头戏。据报道，该片导演称“劳伦斯的激情并不需要裸露来展现”，就像《卫报》记者所写：“我跳过一段，再跳过一段，到头来发现了一些可怜的细枝微节，向我证明这就是那本著名的禁书。”对此英国《独立报》的专文是这样说的：这部电视剧更多讲的是英国经过第一次大战的毁灭性打击后从废墟上站起的故事。文章引用劳伦斯小说开头的话说：“大灾大难已经发生，我们身陷废墟，开始在瓦砾中搭建自己新的小窝儿，给自己一点新的小小期盼。”也如郁达夫在小说刚刚出来的30年代所评论的那样，男女主人公是在国破山河碎的大时代背景下要努力为自己寻找一个圆满的归宿。这就是爱情，是废墟上的爱情。

但最终他们的爱情还是没有圆满，因为这场战争之后很快更大的破坏又开始了，劳伦斯谴责的工业主义重振旗鼓，肮脏的煤矿重又开始开采，人性的悲剧又开始上演。所以有评论说：任何人如果只看到《查泰莱夫人的情人》中性爱带来的愉悦而忽视了故事背景里煤矿上卷扬机的噪声都是对劳伦斯原著的背离。劳伦斯小说原著中就是这样注重现实与激情的平衡的，当这对恋人享受了爱情的高潮后被矿井上的汽笛声唤醒，警示他们：早晨到了，苦难又开始了。最终他们还是无法在英国生存，只能考虑移民加拿大。这是劳伦斯能给这对激情恋人指出的最现实的出路。

这次改编特别强调了以往影视剧中那个瘫痪了的矿主查泰莱男爵，把他塑造成了一个有着复杂人性的角色而不是一个传统影视剧中的纯粹“反派”人物，完全把他描绘成大战毁灭了的一代英国精英的缩影。这样做应该说不是创新，而是对劳伦斯小说本意的高度忠实。查泰莱男爵的扮演者这次是一个文雅的美男子，而非以前比较恶的反派造型。他在战场上受伤残疾了，拖着半残的病体还开矿，还写小说，他本是牛津的高才生，不应该为了抬高那对激情恋人就贬低他。如果不是因为大战让他瘫痪了，他绝对是目前流行语中的

“高富帅”。

有趣的是，就在这部电视剧开播后，英国北部唯一剩余的一座露天煤矿宣布彻底关闭了，英国从此再也没有煤矿。报纸上就有评论说，以后的英国读者再读劳伦斯的《查泰莱夫人的情人》估计理解上会有障碍，首先他们得先知道什么叫煤矿和挖煤工。如果不懂得采矿业对英国起飞阶段的意义，不懂得煤矿工人与矿井的爱恨情结，劳伦斯的小说似乎就失去了传播的基础！因为劳伦斯的作品是深深扎根在英国的煤矿中的，那场激情的风花雪月戏剧离开了刺耳凄厉的矿井汽笛声就没了意义。

英国小说中的庄园豪宅

英国是一个由无数乡间小镇组成的国家，小镇上的乡绅或稍有社会地位的人大都有自己的大宅第，不少甚至是豪门大宅，赫然矗立乡间如同城堡。或许这样的社会环境导致很多非都市小说的背景都是小镇大宅。稍早些的19世纪女作家们如勃朗特姐妹的《简·爱》和《呼啸山庄》，伍德夫人的《东林恩庄园》，奥斯汀的《傲慢与偏见》《曼斯菲尔德庄园》和爱略特的《米德尔马契》就是如此。男作家也不例外，如哈代的《德伯家的苔丝》、福斯特的《霍华德庄园》、劳伦斯的《查泰莱夫人的情人》和伊夫林·沃的《故园风雨后》。直到近年的热播剧《唐顿庄园》，这类乡间豪宅为背景的小说与影视剧可以说达到了极致，成了英国文学的一大特色。

英国中部的诺丁汉、达比和约克郡等典型的英国乡间风景如画的地方点缀着不少豪门大宅，气势非凡。这是很多贵族的遗产，很多都有几个世纪的历史了。它们现在多被开辟为旅游度假区和博物馆，成了游客必看的地方，在此可以缅怀老英国的荣华富贵，欣赏老英国的田园风光，令人瞬间产生历史穿越感，不知身在何方。

本来英国乡间这样的高门大宅比现在看到的要多得多，但到20世纪40年代因为国内政治的变故，短时期内一下子就消失了很多。这是因为英国工党取得大选胜利开始登上政治舞台后制定的法律颇为激进，遗产超过多少万英镑的部分就要交很高的遗产税，最高要缴80%的遗产税。于是英国大地上那些豪门大宅的主人们就犯了愁。那些大宅子基本上是别墅加邸园，甚至还包括林地和湖泊，被评估一下值几亿英镑，要继承，就得交几亿的税。其用意似乎是良好的，即富人的财产从此被再分配，也防止贵族们的子女不劳而获。很多人继承不起，就老老实实充公。所以那个法律颁布后，英国每天都发生贵族家庭自己爆破自己家豪宅的壮举，很多城堡一样的大宅就呼啦啦崩溃。

我曾经去过的查沃斯庄园和别墅据说就启发了劳伦斯写《查泰莱夫人的情人》，那是一片山峦起伏的林地公园，里面点缀几座豪宅，我为其壮美的景色所震撼，无法想象贵族之家居住在这样的风景区是何等的奢靡。劳伦斯肯定是去参观过的，因为他的画论里曾提到过德汶郡公爵家著名的绘画收藏，查沃斯庄园就是历代德汶郡公爵的宅邸，几代人的绘画收藏价值估计与那庄园等值了。有趣的是电影《傲慢与偏见》据说就是在查沃斯庄园里取景的。

后来又去了拉福德庄园，那里的牌子上明确写着此地是《查》书的背景地，那座豪宅废墟倒是真让人想起劳伦斯书中唤起的文明荒原上废墟的感觉。

类似的宅邸和庄园在这方圆几十里地上比比皆是，估计说哪座启发了劳伦斯都可以吧。劳伦斯的朋友、著名的布鲁姆斯伯里文化圈女赞助人莫雷尔夫人家族在达比郡的威贝克庄园或许也可算其中之一。这样的豪宅加邸园的浓重氛围估计不让劳伦斯写出一部小说来都难。回想起来，我在达比旅游时，时不时就与这样的山间豪宅邂逅，感觉像是在广东开平那样，满地都是那种华侨建的炮楼式豪宅，令人目不暇接。但开平是平原，那些豪宅能尽收眼底，而达比是丘陵地带，那些豪门大宅掩映山间，给人以柳暗花明、起伏跌宕中忽逢奇观之感。

这两年热播的英国电视剧《唐顿庄园》以情节取胜，以特定历史时期的大背景取胜，同时也是那个时代的一部小小教科书，更是对贵族庄园生活的活生生图解：一次大战前的英国乡绅生活的真实写照。然后是一次大战爆发，彻底改变了英国的社会结构，那个由贵族大家庭和仆人组成的乡间世界慢慢衰落。唐顿（Downton）其实是downturn的谐音，就是衰落。而劳伦斯写的也是这种贵族庄园的衰落。唐顿是侯爵之家，比劳伦斯笔下的准男爵拉格比府更为气派辉煌，这样的大庄园在一战后消失了很多。唐顿庄园的取景地位于约克郡，与诺丁汉和达比毗邻，那一带可以说是英国贵族庄园的露天博物馆。

根据英国现代作家伊夫林·沃的小说改编的电视剧《故园风雨后》（原名应该叫《重返布莱德兹海德庄园》）虽然重点是探索英国贵族家庭的宗教信仰危机问题，但吸引人眼球的则是那座豪华恢宏的贵族乡间别业，其建筑风格与气势令人情夺神飞。这部小说叙述的是第一次世界大战时期的故事，因此与《唐顿庄园》和《查泰莱夫人的情人》都有相似之处。

莎士比亚的斯特拉福德小镇

今年是世界戏剧大家莎士比亚逝世400周年的年份，应该说是莎士比亚的大年，我们应该好好纪念他，特别是我们这些英语专业出身的人更应该感恩他，因为我们从开始学英国文学的启蒙教材里就有莎士比亚的戏剧和诗歌，可以说是沐浴着莎士比亚的阳光雨露成长起来的。所以，只要有机会到英国，去他的故乡“朝圣”就是我们的专题旅游。

英国中部有三大名作家故居，两个在中东部的诺丁汉，劳伦斯故乡伊斯特伍德镇和拜伦故居新斯戴德修道院，第三个在中西部，是莎士比亚故乡斯特拉福德小镇。我在诺丁汉安顿下来后才发现莎士比亚故乡竟然离诺丁汉很近，英国的公交系统便宜又方便，随时坐火车和大巴都可以去，而且可以早去晚归。我以为这种旅游热点的车票一定很难订，就提前许多天去旅行社订，但人家告诉我不用那么早订，随时都可以。

我从诺丁汉出发，要在伯明翰转火车，心想估计上了车得站着，而且是如同坐地铁一样人挤人。可没想到上了车车厢还是空空荡荡，乘客很少。当地人告诉我英国的火车只有上下班时间和周末乘客多，很多人住在一地，在另一地工作，每天往返；而稍远点的，就在工作地租个房间住，周末回家。我在诺丁汉的那栋楼里就有一位南安普敦的中国学者租了我们楼下一间，每周住四天，周五回家，周一早晨回来上班。所以英国的火车多用作上班通勤车，上班时间外很空。而去莎士比亚故居的外国游客都是坐专门的旅行社的车，英国本国人则会开车去，只有我们这类外国学生学者才坐火车或公共巴士旅行，看来我们是最绿色出行的人了。

在那座简朴而雅致的小火车站下了车，没有我想象中的人山人海和车水马龙。那就是个乡村小站，也没人检票，大家都是自觉买票上车。四周除了漂亮的小门小户住家和小店铺，就是美丽的田野乡村。不用坐车，就跟着人们往城里走，不远就是我们要瞻仰的莎士比亚故居小镇斯特拉福德，事实上这火车站就是小镇的一部分。英国的小镇都是有机地镶嵌在田野中的，站在小镇高处都能看到农田，没有我们熟悉的那种肮脏丑陋的城乡接合部，很多人家的前门是热闹的商业街，房后就是农田，后院就连着田野。

斯特拉福德城真是有福之城，由于多年的保护性开发建设，仍一派都铎时期风貌，时光在这里几乎停顿了500多年。要知道镇上的小学校就在一排几百年历史的老石木结构的房子里。除了几处新房子，这座美丽的小镇子里真的没有一点现代气息，黑草顶的老房子随处可见。莎士比亚出生的房子、其女儿女婿和孙女孙女婿的住宅得到了完整的保护，他母亲和妻子的家也得到了保护，唯一可惜的是莎翁从伦敦剧团告老还乡后居住的房子早早拆除了，只留得花园里半堵墙基供人们瞻仰。

若论气派和富贵，谁的故乡也比不得这座小镇。镇外清澈的爱冯河畔矗立着高大的皇家莎士比亚剧院，其规模之庞大，似乎令那娇小的镇子和纤细的爱冯河难以承受，这是我感觉唯一有点不和谐的景物。但这座小镇是将文化和商业结合得最为成熟的地方，那些满街的铺子和餐馆一点也不令人觉得与古色古香的镇子不和谐，估计是那些建筑比较讲究的缘故，很多铺子本身就是古老的文物，而不是拙劣的仿制品。这座镇子本身就是文物。

这里是购买英国文学名著的天堂。所有的古典名著包括全套的莎士比亚戏剧集，每本价格一律一英镑！

这座世界最著名的小镇里，除了与莎士比亚有关的地方显得热闹以外，更多的地方还是原住民的栖息地。离开热闹的镇中心，我喜欢到普通居民区里走走，反倒引得居民们看我，因为游人一般不会来居民区逛。这里没什么风景，但有居家过日子的氛围。百姓们住在排屋里，也就是我们说的town house，家家敞着门出出进进忙碌着做家务，晒衣服，修理车子，坐院子里喝茶聊天，似乎与莎士比亚什么关系都没有，与游客也没关系。有的房子就在爱冯河边，按说是住在风景区了，路的一边是风景区，另一边是他们的住家院子，两者截然分开，又互相映衬，他们过的就是这样普通而美丽的日子，风景区和他们的住家都是风景，甚至连那里的居民也成了风景呢。

比较这三个距离不远的作家故居和故乡的境遇，真让人感慨万分。劳伦斯是穷工人的儿子，他的故乡小镇完全是19世纪朴素的普通人聚集地的模样；拜伦是口衔银匙而生的贵族，他的故居堂皇大气；而莎士比亚则是小镇上大商人的儿子，日后其家族和姻亲联手成了小镇首富，他的故乡小镇则是典型的英国中产阶级的生活地，雅致，有品位，甚至有点像童话小镇。但这里实实在在生活着现实中的人，他们没有因为故乡成了文物而被“拆迁”，他们一直和莎士比亚在一起，确实令人艳羡。

夕阳西下时分，小镇染得一片金灿灿的，更像童话仙境，我的一日游也结束了，走几步到了火车站，坐上空空荡荡的火车，在金黄色夕阳辉映下的绿色田野中穿梭，感觉是坐着玩具火车离开了斯特拉福德，谁能想到这个莎士比亚故乡游竟然花费这么低廉，交通这么宽松，没有喧嚣拥挤，平常到如同从一个村到另一个村看亲戚那么从容轻松，可我去的是世界上最著名的小镇。

译书品书

在灰色与常青之间

歌德曰：理论是灰色的，生命之树常青。这句话用在文学翻译理论与实践上也颇为形象贴切。老翻译家傅惟慈在他送我的一本译作扉页上题词，引用唐弢先生的谈话“文章这潭水要多深有多深”，说只须把“文章”换成“翻译”就能说明翻译也是一潭深水。傅老把一生的翻译体会浓缩成这么一句格言，善哉，妙哉。

自严复老祖宗立下翻译的“信、达、雅”三原则，翻译理论一直在这个基础上翻来覆去求证论证，水越来越浑。改革开放后又有西方翻译理论汹涌而来，翻译理论的研究又开始了一轮又一轮的推陈出新，很多新名词已经远非早期的“信、达、雅”那么容易被广泛接受，越来越成为象牙塔里的高谈阔论，如郑州大学黄为葳教授尖锐地指出的那样：我们经院式的翻译理论研究与翻译实践是绝缘的。那些“玄之又玄”的理论仅仅在封闭的理论场里自我循环，无法指导翻译实践。

这些听起来确实是令人匪夷所思。我多年来正好置身其中，耳濡目染，已经见怪不怪了。经常有人问起我遵循哪家翻译理论，我回答很简单，一个信，一个达，雅不雅要看原文而定。严复说的“雅”应该指的是理论著作和美文的翻译，而非要求小说戏剧对话必须雅。如果那样，《红楼梦》里薛蟠的话该怎么翻译？莫言的《丰乳肥臀》怎么“雅”得起来？杨必翻译的《名利场》就是极好的例子。萨克雷的尖酸刻薄如此传神，19 世纪伦敦小市民的恶俗语言如此逼真。如果这样的小说里没有俚俗，只顾文字高雅，就背离了原著，甚至算是失败的作品。译者应该像个性格演员，有高超的模仿能力，如同写中文小说一样，写到什么人什么情境就该用符合那个时空和人物性格的语言，该破口大骂时绝不能吴侬软语，该之乎者也时绝不能有俗语夹杂其中。这就是信和达。

有趣的是，我们的老一辈学者们几乎都像严复那样对翻译理论采取了大而化之的写意式简洁论述而非西方人浓墨重彩的写实式论证。钱锺书先生关于翻译有过“化境”和“得意忘言”理论。经请教盛宁教授得知其典出自《管锥编》，而最早出自《庄子·外物篇》：“言者所以在意，得意而忘言。”钱先生还有一句高论：“翻译的最高境界是让原作‘投胎转世’，躯壳换了一个，而精神姿致依然故我。”赵萝蕤先生生前曾轻描淡写地对我说：翻译嘛，中外文俱佳，花时间翻即可成好译文。萧乾先生干脆说：能写就不翻，因为翻译对他来说就是那种中外文俱佳后的费功夫之事，哪里有什么理论。倒是杨绛先生因为有大量的翻译作品问世，从实践的角度谈过翻译技巧，最精华的部分就是“点烦”——翻译完后要进行一次次“点烦”，去掉啰唆的词句，使句子凝练隽永。这绝对是经验之谈。

当然我最能感同身受的还是我的老师劳陇先生的理论，他的理论来自他的实践，他翻译了无数联合国文件，又翻译了很多文学作品，写作古体诗，所以他的翻译课总是讲得有声有色。他的这些常青之树上的理论终于在逝世后结集出版，我得以经常温习，终身受益。

跟劳陇学翻译

著名翻译理论家、实践家劳陇（许景渊）生前四十多年间所发表的几十篇翻译理论论文终于在他身后结集出版了。这本《劳陇翻译理论论文集》的电子稿件编辑成书时我曾经浏览过，但出版后看到成书，发现还不到300页、23万字，还是感觉有些“薄”，似乎无法用巨制来形容。但因为我在1979年就拜读过他发表的第一篇论文，其间小四十年老师每发表新作我都会拜读，每次去看望他都发现他在书桌前钻研，在写新的翻译理论论文并聆听他用浓重的无锡口音向我介绍新论文的新观点，我的感觉是他写了至少有100万字了。可结集出版后发现这些就是全部。这从另一方面令我感慨：老师多年埋头研究，可谓皓首穷经，不求数量，而求字字珠玑，掷地有声，这样的论文是他多年研究心血的高度浓缩精华。我们这些后辈，唯有逐字逐句反复诵读，方可理解老师的良苦用心。所以我决定将这本书慢慢复习，认真咀嚼，体会新意，因为这些论文恰恰是指导我青年时代从事文学翻译的圣经，老师的言传身教都凝聚在这些论文里。还有教我们汉译英课程的黄为崴老师，也是这个路数，让我们翻译很多文章，亲手批改作业，通过对比用心体会和感悟。我们那个年代的做法可能现在看着很笨，但翻译是手工活儿，既不能太程式化、机械化，也不能空学理论不实践。

1977 年恢复高考读大学的我们是幸运的。事实上我们遇上了长我们四五十岁的一批老师，他们在“文革”中蹉跎多年后重新走上讲台焕发学术青春，处在他们学术水平的顶峰并且继续向纵深地带拓展。听他们的课，读他们的论文，由他们亲手批改我们幼稚的作业，就构成了我们学习的全部内容。本科毕业后我换了一所大学读研究生，又遇上了著名翻译家许崇信等一批老学者，耳濡目染，耳提面命，也是这种师徒之间口传心授，手把手修改译文的教育方式，课余则能找到他们发表的论文加深理解。所以我觉得我的求学历程是艰苦但也幸福的。劳陇先生自己在教书之余，翻译了很多联合国文件和社会学、文学著作；许崇信先生是翻译马列著作的大翻译家。这批老先生都是理论与实践的高手，他们讲课都注重实践，所举的无数例句都来自他们亲自翻译的书稿，向我们演示同一个句子的多次修改过程。许崇信先生知道我二外是俄语，还特别在课堂上举俄语的翻译例句。这批老先生在大量自己翻译的例句基础上总结他们的理论，令我们心服口服，从感性到理性，从效法到独挑，是润物细无声的作坊式教学。

现在打开劳陇的书，第一篇就是1979年他发表在《中国翻译》上的那一篇被我奉若圭臬的《“No context, No text”》（现在可以翻译为：无语境则无文本或语境决定文本），这也是他给我们上课内容的总结。这个 context 可不是如今高深莫测的“语境”，在当年没有“语境”这个词，它指的就是上下文的关联。一个 run 字，在不同场合有多重意思，能有二十种翻译法，非常活灵活现。他从实践中提炼出某些指导性的方向理论，但还不是国际上通行的那些理论，那些理论是西方语言互译基础上总结出来的，西方语言很多都是语音中心语言，而汉语是表意文字，而且如杨绛所说，西方语言词序“胡语尽倒”，我们汉语与西方语言互译不可能从根本上遵照他们的那个理论去翻译。他们的理论可以借鉴，部分实践，但根本上还是要以中文表达为目的，翻译成地道的汉语，尽量不要很多欧化长句子。

因此说，我在两个大学英语系学翻译，学得很快乐。任何难句子，我们都是从实际出发，找到最佳表达法或尽可能通顺的“人话”，而非故弄玄虚云山雾罩，有时那么做恰恰说明你没弄懂原文的意思，是胡编乱造，误人子弟。记得有首歌叫《我把我的心留在旧金山》，听着很不错，但是照着英文字面顺序翻译的，应该是“心系旧金山”或“思念旧金山”的意思。

幸运的是我研究生毕业后得到了劳陇的提携，第一本《劳伦斯传》是我和别人合译，全书由劳陇审校的。记得最清楚的是一章的标题，我按照英文直接翻译成“被世界拒斥的人”，劳陇给改成“世界的逐客”。由此可见，他给我们改动了多少看似没错，实则没有文采的平庸句子。可惜那个手稿没有向出版社要来保留，否则就是十分精彩、细腻的翻译教材了。至今我还记得我是一字一句将老师改的句子与原文对比的，可以说翻译了这半本书，老师修改的量比当年读书时修改的作业要多好几倍，应该说是毕业后又跟老师上了一遍翻译课。从此就对自己的翻译道路有了信心。后来我跟老师翻译林语堂的《朱门》，老师不再改我的译文，而是他自己翻译前面大部分，我翻译后两章，翻译时我就会主动将他的译文与英文原文对比，从中深刻体会他的翻译路径，以此来指导我自己的翻译。

后来我又从劳陇的文章中读到钱锺书先生关于翻译的“得意忘言”之说，还有“翻译的最高境界是让原作‘投胎转世’，躯壳换了一个，而精神姿致依然故我”，还有化境之说等。这些都是高屋建瓴的方向性总结，但还是感到过于虚化。怎么化，要看杨绛的翻译实践。劳陇非常推崇杨绛的翻译，估计这也是我在翻译的较早阶段就开始学习杨绛译文的动力之一。

时过境迁，现在的大学外语学院都开设专门的翻译专业了，对学生的训练似乎更加系统化、专门化，甚至开始有些普通对话都可以用机器自动翻译了。但具体到高深的文学翻译，我想我们当年那种师徒口传心授，师带徒的作坊式训练方式是不应该淘汰的，不仅应该保留，还应该发扬下去。这令我想起林语堂先生十分推崇的古希腊漫步式教学（peripatetic），师徒几人，在课堂上讨论，时而走出课堂散步交谈，再回到课堂面对面批改作业，如童年时大人握着儿童的手学写书法。可能我是享有这样温馨学习氛围的最后一代学生了，也因此回忆起来更觉得宝贵。

翻译后成为我们的莎士比亚

莎士比亚的杰作从20世纪初开始风靡中国文学界，经历了数十位文学大家前后相继的移译和诠释，已经深入人心，一些经典名句和戏剧形象甚至已经进入了我们的文学批评和日常话语中。这样美好的现象用旧的词汇称之为莎翁遗风、余韵或幽灵，听着很是感性，而如今文学批评科学的词汇称之为“共鸣”或“互文”，总之表达的是一个朴素的基本意思，就是莎士比亚作品翻译后已经完美地嵌入了我们的文学与文化中，成为我们文学表达有机的一部分，成了“我们的”莎士比亚。文化的融合就在翻译家和学者们的努力之下水到渠成，可说在润物细无声中完成了。

最为个人的例子是，在将老舍《四世同堂》最后十六章英文稿回译为中文时（中文遗失，幸亏英文译稿还在，通过回译总算可以差强人意地了解《四世同堂》的真正结尾），我看到了一个长句子，美国译者浦爱德一边听着老舍的口授，一边写下了这样的英文：the most highly developed of all created creatures。我立马本能地想到了《哈姆雷特》中的著名句子“宇宙的精华，万物的灵长”。我就猜想老舍先生那个时候应该是读到过朱生豪先生或别的译者的译本，看过当时戏剧舞台上的莎剧演出，因此他很可能就是用“万物的灵长”来称呼人类的。当年莎士比亚在将人比喻成万物的灵长后，悲叹人枉为“尘土中的精华”了，实则在命运面前渺小无力。老舍先生说的也是人这种万物的灵长却忙于发动战争、自取灭亡的愚蠢行为。于是我就暗自遐思，老舍讲了“万物的灵长”后，估计翻译者浦爱德需要他解释，然后听了老舍的解释，按照老舍长于那五个字的解释写出了这串啰唆的英文。如果浦爱德那时脑子里出现了与莎翁的共鸣，联想到了莎士比亚的 paragon of animals 的简练说法，或许会直接引用莎士比亚的话，于是就有了莎士比亚在老舍作品英译本中的“共鸣”。可惜，她写下的英文太长了点。那么现在这个简练的“共鸣”就由我回译后在中文本里来完成吧。即使老舍当初口授时没说“万物的灵长”，那么我现在用莎士比亚的话回译那个冗长的英文句子，听着是地道的中文，也算是朱生豪的莎士比亚共鸣在我的译文中，也是一种文化共融。当然，如果按照浦爱德那句英文同样冗长地翻译成“所有生灵中最为先进的造物”也非不可，但我感觉那应该是老舍向她解释“万物的灵长”时说的话，老舍的原文不应该这么拖沓。至少我用莎翁的“万物的灵长”来替老舍表达还是更为贴切。当然也正如刘小磊给我留言说的那样：“万一老舍的中文稿找到了呢？”我希望能找到原始的老舍中文稿，以此来看我的“猜译”对了几分，实则考验的是我看着英文能如何与老舍隔着一道墙产生共鸣。还有，如果找到了原文，那样我现在所做的一切就成了“无事生非”或“多此一举”（Much a do about Nothing，这是另一个莎士比亚戏剧的剧名的中文译名，已经完美地将传统的中文与英文原名对应上了，可以说是完美的双向互文与共鸣）。

由此我还想到莎士比亚戏剧在英语世界的作家作品中该是获得了无限可能的传承，从这些人的作品中寻找莎翁的幽灵与回响共鸣应该是俯拾皆是，几乎如同国人动辄无意识地拈出一句半句的唐诗宋词吧。福克纳的一本小说就是用了莎翁的一句话为《喧哗与骚动》，而在我熟悉的劳伦斯作品中这种直接间接的引用甚至是家常便饭了，仅“活着还是不活”那一段话里的词组就被劳伦斯信手拈来重复使用，不断讽刺当代英国人选择了“不活”（not to be, non-being）。“Mortal Coil”（“尘世烦恼”）干脆成了他一篇小说的篇名。而“以一把尖刀解脱自己”（with a bare bodkin）则直接用在了他的名诗《灵舟》中。

在《人民剧场》一文中，劳伦斯重新设计了《威尼斯商人》的情节，替夏洛克出主意战胜了伶牙俐齿的鲍西娅，颇显一个小说家与剧作家的想象力。在《陀思妥耶夫斯基》一文中劳伦斯这个著名的反传统斗士多次赞美莎士比亚对传统的叛逆，向莎翁致敬，惺惺相惜的溢美之词倒像是暗自赞美自身。

说不完道不尽的莎士比亚，真是人类艺术的宝库和富矿，一直赐予我们灵感和力量。希望更多更新的莎翁译文成为经典，有机地进入我们的中文表达中。

译诗的锁链之美

古语曰："诗无达诂，文无达诠。"翻译外国诗歌经过一道过滤，更是如此。美国大诗人弗罗斯特的一句话将这个翻译之难推向极致，曰："诗歌就是那些在翻译中失去的东西。"这样说来我当年英国的导师算客气的了，他听我说研究劳伦斯的最终目的是为了翻译好其作品，大惑不解道："翻译可是锦绣的背面啊。"他的话是有根据的，因为他自己曾经将一些德文文献翻译成英文，德文与英文还是亲属语言，翻译度相对翻译成东方语言要低很多，但估计即使如此他还是感觉到了翻译难以达诂达诠，所以对我这个东方译者提出了善意的告诫。可我还是凭着某种冲动和对外国诗人的同情心逐渐开始飞针走线绣这个"锦绣的背面"，尽量保住那些"在翻译中失去的东西"。

说起"失去的东西"，估计要从苏曼殊和郭沫若先生翻译诗歌说起。两位大师算早期翻译诗歌的杰出代表了，文采斐然，自然杰出，但用现在的眼光看，失败之处也算杰出。他们翻译外国诗歌基本上是目前人们说的“归化法”，吃透原诗精神后，基本上不再理会原诗，用中文的格律诗形式重写，毫无形似，神似也无从谈起，读者读的是他们传达的原诗大致的意思和情绪，欣赏的是他们根据原诗再创作的中文格律诗歌。

20世纪80年代初我在外文系读他们的杰作，第一遍如入诗歌圣殿，第二遍顶礼膜拜，第三遍对照原文，顿觉迷惘失落，随之束之高阁。原因很简单，那不是翻译了。但不知该称之为什么。雪莱的《致云雀》被郭老翻译成“高飞复高飞/汝自地飞上”。诸如此类，美则美矣，但对着英文看，那不是雪莱。

再后来读了不少各类翻译的诗歌，各路高手自然都懂得不能再学郭老的方法，开始各自的苦苦探索，直译、意译、形似、神似、以顿代步等等，充分表现出我们的诗歌翻译者殚精竭虑，力图找到最佳出路，能让汉语读者读了译文不仅获得“意思”，不仅欣赏译文的美，还要借译文洞悉原诗的肌理。

这就是翻译的根本：戴着锁链跳舞。那个锁链绝对不能抛弃，否则就不是翻译。我们要做的，首先是自虐地戴上那沉重的锁链，姑且笨拙地舞起，那就是要有“众里寻他千百度”的笨功夫，去吃透原文的神与形，最终“蓦然回首，那人却在，灯火阑珊处”，算是摆脱了真实的锁链。但这个锁链仍然不可抛弃，必须随时戴着那个意念中的虚拟锁链，那就是永远不能忘记我们是翻译，不是原作者开口讲中文了，要像杨绛先生说的是“一仆二主”，不能辜负原作者的灵魂“附体”，也不能让中文读者知其然而不知其所以然，这当中如何最大可能地在传达原诗的形与意上做到双美，是最为难得的事。

似乎在中国已经家喻户晓的爱尔兰诗人叶芝的《当你老了》都有七八个版本了，可以说无论优劣，甚至无论译文如何美妙绝伦、感人至深（晚会上很多人在朗诵，其实那首诗不适合在大庭广众下当成文艺节目高声诵读），从中能看到英诗中译的所有问题，可以说是一首译文涵盖了从郭老到现在译者近百年的各个发展阶段的问题。感谢这些译者，无论名家还是普通文学爱好者，留下了这些可供商榷的标本。有的根本没摆脱原文的锁链，意思都没懂就开始用美妙的中文演绎一番，美得令人不忍心去对英文了。还有的干脆忘了那个形而上的虚拟锁链，顾自且歌且舞，为了中文的音美意美而丢三落四，甚至恣意添油加醋，舍弃原文的基本形式。这些都会令叶芝难堪的。

记得鲁迅先生当年对随意歪曲原文的所谓意译提出过严厉批评，甚至说“宁信而不顺”，提倡有的难以传达其意的地方可以“硬译”。当然这不是万全之策。特别是诗歌，是文学王冠上的明珠，如何形意音韵皆为恰当地表现原诗，尤其是翻译的最难命题。努力的结果当然要好过弗罗斯特所说的完全失去原诗，但必要的丧失是不可避免的。戴着锁链的舞蹈最终是达到一种对“二主”的适度亏欠，但在一个较高的水平上尽量将“锦绣的背面”绣成正面的模样。那种看上去美不胜收的译文或许是可疑的。过于生硬的肯定是被锁链压垮的。此事古难全。

关于《四世同堂》回译的回忆

2017年，我有机会将老舍先生杰作《四世同堂》中文稿佚失部分的英文稿翻译回中文准备出版，这是可遇不可求的幸运。这几个月的翻译过程，可以说是“一场游戏一场梦”，做的是字句替换和寻觅可能的老北京话的游戏，也做了一个回到80年前的老北京生活的梦。我“扮演”了老舍，也与书里的老北京小羊圈胡同的人们朝夕相处了一段时间。

《四世同堂》命运的一波三折

年初在网上看到消息云，《四世同堂》这部小说在没有完全出版中文版前已经在美国全部翻译成了英文，是老舍先生口授、美国译者浦爱德在打字机上打出的英文译稿。除非作者本人有能力亲自将自己的作品翻译成外文，老舍与浦爱德这样的合作翻译应该是文学翻译的最佳典范。相信翻译过程中他们会有所切磋，达成默契后才定稿的。这等于作者最大限度地参与了翻译，对英文译文了如指掌，还能在一定程度上对英文译稿有一定的把控，从而保证了翻译对原作的忠实度。这个模式甚至优于杨宪益与戴乃迭的合作翻译模式，因为他们合作翻译的是别人的作品，而老舍与浦爱德翻译的是老舍本人的作品。

但不幸的是，整部《四世同堂》在美国出版时都被严重删节过，书名也改成了《黄色风暴》（*The Yellow Storm*）。这样的翻译版本应该说是很令人遗憾的。很多作品在翻译成外文时都有这样的遭遇，特别是大部头的作品被删节更是常事。还有的译者甚至改写原作，据说《骆驼祥子》英文版的结尾就是美国译者加上去的。严格说删节会给小说造成很大的损失，而改写则是有违职业道德的行为，除非原作者同意译者改写。也就是说英语世界里的读者读到的《黄色风暴》是经过删节的《四世同堂》。

更为不幸的是，老舍先生生前一直没有将中文稿的后十六章拿出来发表。“文革”爆发后，这尚未发表的十六章原稿竟然在抄家过程中遗失了，随后老舍先生含冤投水自尽，稿子再也没有找到。之后出版的《四世同堂》结尾最后三万多字是根据美国出版的英文节译本回译的，就是将这十六章十万多字压缩而成的，看上去颇似一个故事梗概，因此小说是个残本。如果能找到那十六章全部的英文稿翻译回来，无疑其价值要远胜于这被删节的支离破碎的三万多字译文。但过去70年里英文的全译稿并未出现，似乎出现的可能已经微乎其微了。

而这样的奇迹竟然真在最近发生了:《四世同堂》的完整英文译稿在美国的大学图书馆被发现了。从而完整的后十六章英文译稿被复制后带回了国内，翻译后替换原来的三万多字节译本的回译译文会使《四世同堂》终得完璧出版。因为这是老舍亲自参与翻译成英文的，所以说这是最接近老舍原作精神的英文翻译稿。除非将来找到老舍的后十六章中文原稿（似乎这也不是完全不可能的），这样的补译本与原有的老舍中文稿接续出版，应该是目前最理想的全本。

领命进入“老舍状态”

看到这样的消息，我这个老舍作品的爱好者心里自然十分高兴。在这之前几次的报纸的荐书活动中，我都是把老舍列在我最喜欢的中国作家第一位，我也思忖，谁会获得这样的机会为老舍做翻译呢？我也盼望着读到这后十六章，从而完整地欣赏和学习老舍的作品，还能研究一下美国译者的汉译英技巧。但我根本没有想到回译的光荣任务会落到我肩上。所以当有一天人民文学出版社的马爱农女士代表出版方电话询问我是否愿意承担这个重任时，我既惊讶又感到荣幸，不假思索就本能地答应说“行”。

说行，并不是一时冲动之举，也不是仅仅是因为热爱老舍作品，而是在热爱的基础上我认为自己有这个学养和实践经验的充分准备。我翻译出版了几百万字的英国文学作品，自己又从事长篇小说和散文创作，与北京有关的就有《混在北京》和《北京的金山下》这样的京味文学作品，以这样的资质，承担这个工作应该是称职的。

但具体到翻译，这次翻译与以前的英译中是不同的。用老前辈杨绛先生的话说，翻译是一仆二主，译者既要对原著忠实，充分体会原作者的用心，理会其叙事风格，做到“信”，还要对目的语读者负责，使译文顺畅通达，也就是做到“达”。但这次“回译”则在一仆二主之外，又增加了第三个“主”，那就是将译文的叙事风格向老舍先生前面的大半部小说靠拢，而人物语言更是要遵循老北京话的风格。这就需要首先正确理解英文原文，正确传达英文稿件的意思，英文理解不能出错，然后在译文准确无误的基础上，在英文本意思的框架内，译者要“扮演老舍”，尽量用自己理解的老舍的口吻讲述故事，用自己熟悉的北京话传达各色人等的对话。

当然这不是说先翻译出一个正确的普通话底本，再进行北京话的润色，这两步并非是截然分开的，真正做起来时应该是两步并作一步走的，随时都要进入“老舍状态”。

于是我抓紧时间把《四世同堂》复习了一遍，画出里面富有老北京特色的言辞供自己参考，这才开始翻译。

还原成语俗语　保持京腔京韵

原本以为按照传统小说的做法,《四世同堂》的结尾会有几个故事情节的高潮，最终或许会有十分震撼人心的故事。但我没有想到的是，最终是以遭到日寇二次关押、受尽折磨、妻离子散的老诗人钱先生的一封长信作为结尾，这在长篇小说中是很少见的，而对这部时间跨度长达数年的战争题材小说来说，其结尾如此平淡、意蕴如此深远，就更是少见。而且其他章节也没有轰轰烈烈的战争场景，写的是小羊圈胡同里普通的北平居民在战争中的遭遇和从事地下抗日宣传工作，还写了一些汉奸或中间人物的丑陋表演，叙述语调从容不迫，表现底层人民的感情真挚细腻，讽刺汉奸洋奴入木三分，最终以钱诗人情理交融的谈论战争与和平理念的公开信结束。这样的结尾或许对老舍研究者提出了新的挑战，在长篇小说的作法上也有新的独到之处。这样从容不迫的叙述风格与前面已经出版的部分是一致的，那些老北京人包括反面人物的日常言语也应该是老北京话的表达，从风格上说这十六章是可以与前面保持一致的。

有了这样的总体风格的感觉和把握，作为译者，我的任务是前面所说的那两个层面：英文译本是唯一依据，因此要把英文本吃透，不能把表面上看似简单的句子想得过于简单［比如目前传播比较广的一个故事情节，说老舍写那时的北平肉铺供应紧张写得很细致，商人把肉藏在纸盒子里一点一点出售，可这样说的人肯定是读英文原稿时看错了字，把橱柜（cupboard）想当然当成了纸盒子，这就歪曲了小说的基本情节］，更不能想当然随意发挥和“改写”。在正确理解的基础上，再考虑小说的京腔京韵，使译文有老舍的韵致。

英文本令我感触最深的是很多中文的俗语和成语都采取的是直译法，看上去一目了然。只要你熟悉这些俗语和成语，还原为中文则轻而易举。这让我想到老舍之所以与译者采取直译的办法，是不是有老舍特殊的用心在其中呢？那就是让这些有中文特色的表达法原汁原味地进入译本中，让英语读者明白中文的表达，从中领略汉语的风采。这种方法后来被教科书解释为翻译的“异化法”，就是部分或完全的直译，给目的语读者以强烈的直观感觉，从中感受异国色彩和情调，甚至久而久之这样的词汇能逐渐进入英文中。如现在很多直接翻译的中文表达法都成功进入了英语词库中一样，比如“人山人海”就直译为people mountain, people sea；“不作不死”则是No zuo no die；甚至“折腾”干脆就是zheteng。估计老舍当年是有这样的考量的。朱光潜先生给老舍写信评论老舍翻译的《苹果车》时就说过老舍的译文有些地方“直译的痕迹相当突出。我因此不免要窥探你的翻译原则。我所猜想到的不外两种：一种是小心地追随原文，亦步亦趋，寸步不离；一种是大胆地尝试新文体，要吸收西方的词汇和语法，来丰富中文”。朱先生的猜测是有道理的，在具体翻译实践中我们很多人也尝试过适当保留原作的原汁原味，以此来丰富目的语的表达。具体到老舍将自己的作品翻译成英文时使用了很多直译法，与他将英文翻译成中文的方法是异曲同工的。

这样的例子在后十六章中比比皆是，当然这也考验回译者的功夫，是否能看到英文反映出对应的中文成语或俗语，反应不上来或缺乏中文这方面素养，可能就会翻译得比较冗长啰唆。比如：...your bowels to burst and your brains to be scattered，应该想到是“肝脑涂地”而不是“脑断肠裂”。a woman of the world，应该想到“阅人无数或饱经世故的女人”，而不是“世界的女人”。like a body and its shadow是

"如影随形"，而不是"像身体和影子"。both courageous and intelligent，应该是"智勇双全"，不能翻译成"既勇敢又聪明"。

还有一些句子是彻底的直译，相信这些英文能让我们一眼就看出中文原文来，这样的直译应该说对英语母语的读者来说是直观而新鲜的表达方式，可以从中领略中文的意蕴，如：We cheat ourselves and cheat others，自欺欺人；...palaces with their ancient colours and fragrances，古色古香；...seemed to have crossed out with one stroke of the pen，一笔勾销；to turn the rudder when the wind changed，见风使舵，等等。

至于叙述语言和人物对话里的北京话还原，我会保留前面老舍的一些表达方式如"迎时当令"，"电影园"和"呜哝着鼻子"。更多的时候是依据我所熟知的北京话表达方式进行表达。如"绿不叽的脸"形容蓝东阳那张脸色发绿的脸，满口黄牙直打得得（在《北京口语词典》里这个字是哕的构词法）表示牙齿上下打战。此外，"打着哆嗦""没法子""拡血的勺子""窑姐儿""活脱儿""你的小命儿在我手心儿里攥着呢""这要是搁从前""踅摸""衣裳都溻了""舌头好像都木了，动活儿不了""硬硬朗朗儿"等，这些都是日常的一些北京话表达，用它们代替那些四平八稳语法正确的普通话，至少是有京味特色，让读者感到这个文本与北京的紧密联系。虽然老舍未必当初用的是这些词汇，我这只是在“京味”上做一些努力，而不能仅仅满足于把英文翻译成语法正确的普通话文本。

总之，这样的翻译历程是十分宝贵的，回译的过程等于是用北京话进行写作，这对我今后的京味文学写作也是一个很大的促进。为此我要感谢这次宝贵的机会，确实是可遇而不可求。

从“信达雅”走向“语境”

早年间翻译课堂上老师强调没有上下文就无法正确理解和翻译原文（no context, no text）。这一个小小的 context（上下文）到如今的国际学术界就扩充其外延，变成了一个高蹈的词叫“语境”，而且使用频率十分之高，随之派生出 contexualization（语境化）这样含义丰富的词汇。这是英语词汇不断变化发展的一个鲜明例子，如果某人80年代就昏迷了，如今醒过来听人们东语境西语境的，说的跟那个老词儿 context 意思大变，会感到莫名其妙。直到前年我诺丁汉的保罗师兄在剑桥出版了他主编的《语境英国文学史》（*English Literature in Context*），才令我不得不对这个渗透语言学和文化研究的关键词重视起来，开始痴迷“语境”。

在翻译研究领域里，流芳百年也莫衷一是的“信达雅”三原则由于变得几乎尽人皆知甚至都流传到了翻译界之外，由于它过于朗朗上口，百年间下来近乎产生了负面效应甚至变得有害。这样高度概括性的大而化之的“座右铭”其实无助于人们真正理解其深奥的内涵。用时髦的词汇来说，这个家喻户晓的词儿其实是个高语境词汇，完全靠意会和约定俗成的领悟得到传播，因此反倒充满歧义，最终是一知半解甚至无解。这正应了大诗人蒲柏的警句“A little learning is a dangerous thing”（浅尝辄止的学问实则害人）。

问题是至今对何为信、何为达与雅仍存在争议。而我们在文学翻译的实践上竟然言必称信达雅，以此来指导自己和衡量别人的译文。这就是这类高语境词汇的可悲境遇。

同样，大家学习钱锺书先生关于翻译的寥寥数语高论如“得意忘言”“投胎转世”和“化境”说，奉为圭臬。还有学习杨绛先生相对接地气但也是大而化之的傥论如“一仆二主”“胡语尽倒”从而翻译成中文需要“翻跟头”并要对译文进行“点烦”，甚为佩服，但仍然感到时而迷惘。

当我们进入21世纪，在“语境”研究的领域里畅游一番，或许我们会恍然大悟，我们不朽的前辈翻译家和理论家的高深莫测或深入浅出的那些“语录”，是他们翻译实践的总结，他们犹如数学解题大师，把那些繁复的公式推导和演算过程都优雅地省略，留给我们的是金字塔上最耀眼的几颗明珠照耀我们，而我们或许是在把这些奉为金科玉律时，过于将它们世俗化了，因此反倒让它们成了我们的“a little learning”，这是可悲的。

我们要做的是将大师他们的结论一点点还原，其实发现他们说的都离不开“语境”或“语境化”的理论，只不过在他们的时代或没有语境这个说法，或是他们对这样过于科学的词汇不屑一顾，坚持用中国文化的表达方式来表达。

我的理解是：信为根基，忠实于本意；达为信之传达与通达、晓畅、流利的目的语表达；雅为信与达基础上的高度复杂的变数，或流丽，或典雅。有时将“丑”的话语活灵活现表达到极致，也是“雅”的内涵，如用地道的北京方言或土语灵活真切地表达狄更斯笔下的伦敦底层阶级的方言或英国乡村方言，也是“雅”，是审美的艺术，如同《茶馆》里那些老北京方言土语的典型再现一样。当年严复说“雅”，应该是特殊语境中的产物，那种半文言半白话文中应该是难有俚俗之声的，市井粗口还无法进入高雅的文学。

但信达雅都要根据原文本所处的语境而定，这包括历史背景、文化背景、言语对象和言语者的身份之间的变换关系等。一切都要回到最初的那个“No context, no text”的原则，只不过，此时的 context 不仅指上下文，还是更为深广的“语境”了。

语言学大师纽马克认为“语境在所有翻译中都是最重要

的因素，其重要性大于任何法规、任何理论”。文化学家霍尔也说：“语境所承载的意义是有变化的。离开了语境，代码是不完整的，因为它只包含部分信息。”所以我有了一个戏说：如果说以前的外语专业是鹦鹉学舌专业，估计以后的外语专业要叫语境学专业了，这比什么“国际文化”听上去来得更为接地气。

徐志摩开启的幻觉式翻译法

当年多情浪漫的徐志摩诗人与英国女作家凯瑟琳·曼斯菲尔德匆匆一见就难忘其花容月貌，闻其死讯后痛心疾首作悼亡诗，确是哀感顽艳，或许因此国人才得知英国当代竟有如此凄美才女。那首诗题为《哀曼殊菲儿》。事实上这是一个错误：徐诗人一多情浪漫就忘了“曼殊菲儿”本是凯瑟琳她爹的姓氏，不能随便给弄成女性化的中文。徐诗人从此误导国人一个甲子，直到80年代末才被纠正过来，她的姓应该是“曼斯菲尔德”。后来发现徐诗人对翻译基本上是持玩票态度，很不可取。他虽然是中国第一个翻译劳伦斯作品的人，可他竟然把劳伦斯的散文《论人》给翻译成《说“是一个男子”》，荒谬到极点，怕是喝着白兰地醉眼迷离中给报纸赶的一篇文章。

到50年代，翻译外国女人的姓氏时，大家似乎又都受了强大的俄语影响，想当然以为西洋女人的姓氏都该是阴性词尾。这是因为俄国女人的名字传统上都是名字+阴性词尾的父名+阴性词尾的父姓，婚后把父姓改为阴性词尾的夫姓。于是俄国女人的姓氏结尾都是什么卡娅、娜、娃和耶夫娜之类。听上去确实婀娜动听。如妮娜·巴甫洛夫娜·米哈尔斯卡娅，又是娜又是卡娅，其实后面两个都是男人的名字改了阴性词尾，前一个是她父亲的名字巴甫洛夫变的，后一个是她丈夫的姓米哈尔科夫变的。

但即使这么有规律的俄语，翻译起来也会出问题。托尔斯泰的名著早期译名是《安娜·卡列妮娜》，后来人文版译本就把妮娜改成了“宁娜”为“卡列宁娜”，因为安娜的丈夫姓卡列宁，她应该随夫姓卡列宁，改成阴性词尾自然是卡列宁娜。以前给弄成“妮娜”估计是一犯浪漫毛病，忘乎所以造成的。这类问题竟然多年没人意识到，大家都视之为自然，以至于现在我在文章里写成“卡列宁娜”后还被编辑改回为“卡列妮娜”，我又去邮件说明再改回“宁娜”。估计这个问题与列宁夫人克鲁普斯卡娅没有随列宁的姓叫列宁娜有关。设想，如果她叫列宁娜，翻译时人们绝不敢翻译成列妮娜，那样卡列宁娜也就不会给弄成卡列妮娜了。

徐志摩式翻译加俄语的影响使得外文语种里女人姓氏的中文翻译更加幻觉化。只说著名的《简·爱》，“Eyre”这个姓氏给翻译成“爱”当然很美，但估计就是考虑到这是个女人的姓氏所以给美化式翻译成“爱”了，严格说应该翻译成“艾尔”最合适。

多年前我们都自然地管萨特的妻子、《第二性》的作者叫波芙娃，几乎没人认为这是错误的。多少年后才有人如梦初醒说这是人家的姓好不好，给改成了“波伏瓦”。但最早翻译成“娃”的肯定也是通法语的专家，不会是把“面具”翻译成“裤裆”的那样的人。但估计就是受了多少年俄文姓名翻译的影响，一看是女人就把人家的姓氏往动听的阴性表达上靠，结果忘了只有俄语里女人的姓才改阴性词尾。还有一个早期著名的诺贝尔文学奖得主意大利女作家戴莱达，一直被翻译为“黛莱达”，用了中文里女性化的“黛”，不能说错，但肯定也是受了这种影响要强调她的女性身份吧。

刚强者身上绽放的柔弱花朵

我刚工作后结识大作家的起点很高，先是给严文井先生当了几回翻译加跟班，后是澳大利亚学者介绍我去叶君健家联系什么事，就顺势采访了叶老。这两位都是中国儿童文学界巨擘。但他们那时就是让我没有感觉到他们的“童心”，很是令我惊诧。

跟严老去的都是国际场合，他以中国文学界领导的身份指点江山，自然气度非凡。他送我的书首先是散文集和长篇小说，只有一本童话。采访叶老本是想好好写写“童话爷爷”的慈祥，却出其不意被他引向他刚在英国出版的长篇小说三部曲《寂静的群山》英文版，他慷慨激昂地谈的是“中国革命的根本问题是土地问题”并点名说当时的某国家领导人也未必明白。我时而迷惑，这样的两大文学强人与“童心”和“慈爱”这些传统上形容儿童文学作家的词儿有什么联系？

后来发现我们的童话奶奶冰心当年也是笔锋尖锐地讽刺

过京城另一女性名人。冰心自己曾是民国政界和知识界社交名流，后来以带刺的玫瑰形容自己的杂文随笔。于是我就暗自感慨，中国的儿童文学界竟然是这样一批强人和铿锵玫瑰领衔啊！而他们的儿童文学作品却呈现出了与之全然不同的柔美、温婉和慈爱的一面。这是多么奇特的组合体啊。

“没有流出的泪水 / 这些柔弱的乐句 / 正在悄悄流逝”，这是严老散文集前的“自我题照”，旁边是他青年时代文雅俊美的照片，可与明星媲美。他最早的散文集和长篇小说都是现代派风格的冷峻灵异之作。直到前些天他的百年诞辰座谈会上，人们开始谈论他的成人文学作品具有很高的文学价值，但被忽视了。又谈到他是一个多么慈爱的长者，一片慈爱之心滋润了他优美的童话。还有人提到了严老“柔弱的心”。于是我的思绪又回到了 30 年前结识他与叶老的那些印象中。我更加坚信，能写出最优美童话的人，他们该对成人世界的黑暗有多么深刻的洞察和痛恨，有着多么刚强的性格去对付现实世界的丑陋，他们有多么刚强，内心的柔弱和柔美就能释放到多么极致，他们的刚与柔是成正比的！

现实生活中我还颇了解几位很著名的儿童文学作家，多是扮演强者角色的大老爷们儿，也都有两幅笔墨，写成人作品很出色，其犀利程度与学术性并不比其他名家逊色，但一旦写起儿童作品来，那般柔情似水，那般童稚天真，令人惊叹。他们是用这幅笔墨释放自己最美的爱心吧。

这不得不让人联想起儿童文学大师安徒生来。他其实写了很多成人作品，他忍受了爱情的无情折磨，最终用童话的方式塑造了“美人鱼”的爱情形象。

还有那个塑造了小飞侠彼得·潘的作家巴里，更是经受了长期心理痛苦折磨。他心灵深处一直思念的是早逝的哥哥，最爱的是母亲，妻子被秘书勾引走后一直孤身一人生活，最后把大部分资产赠送给自己的女秘书。她是伦敦城里的大美人，似乎是理想中母亲的替身。他同样早期是在成人文学世界里闯荡，靠写舞台剧和当记者谋生，最终以《彼得·潘》功成名就，晋爵，当了大学校长。他是个集柔弱和刚强于一身的典范，也只有这样的人才能写出流芳百世的童话来。

小编真不小

30多年前毕业进出版社当编辑，感觉是神圣的。入职不久去日本，是严文井和陈伯吹的随员翻译，入关盘查时一位上年纪的安检人员看着我护照上职业一栏里写的是编辑，好奇而狐疑地盯着我略带稚气的脸看了几秒钟，用浓重的日本口音英语问我："你是编辑？"我骄傲地回答："是的，当然。"就差说"why not？"了。后来明白，在日本编辑是个很受人尊敬的职业，加上英文里编辑时常是主编的意思，所以他看我那么年轻，不免就会产生怀疑。那个年代编辑这个词确实很令我感到风光。

可到了网络时代一下涌现出无数的各种媒体，编辑人数不知翻了多少倍，编辑们就都自谦叫"小编"了。但小编其实责任并不小，甚至作为给图书把第一道关的人，责任甚至是重大，不小心犯一个或几个错误能把主编给害了也未可知呢。比如把蒋介石英文拼音回译为"常凯申"，孟子回译为"门修斯"，这样的笑话如果不是那些自谦为小编的人迷信译者是名牌大学教授而就在第一道关加以放过，怎么可能印成书？作者译者无论什么大牌，都该交稿时鼓励编辑多多质疑，编辑更要主动作为。

翻译作品任何人都不会不出问题。20世纪80年代有人挑出傅雷先生译作里一些错误，开始翻译学术杂志都不敢登这篇论文，还是请杨绛先生确认确实是错了，文章才得以发表出来。更早的年代里，有的赫赫有名的文化官员的翻译其实错误很多，年轻的英若诚、沈昌文先生都被抓差给他们校对改正过。记得英先生接受我采访时说他简直气疯了，很多段落是替他们重新翻译的。最好的例子是周扬先生从英文转译的《安娜·卡列宁娜》，老编辑谢素台对照俄文推敲修改了很多，最终这本译作署的是他们两个人的名字，不明就里的读者还会问周扬的合作者何许人也。当人们表扬周从谏如流时，别忘了这样的“小编”是多么伟大，还有当年的“小英”和“小沈”们面对大人物的译文就敢大卸八块地改动，才气横溢，勇气可嘉。我们小编就是要有这样的底蕴和底气才能保证出版物的品质。

20世纪80年代劳陇先生为北大某名师的博士生译稿作鉴定（那时博士生稀少），惊讶地发现其错误令人发指，其中一个错误是居然把damp翻译成水坝，然后将错就错乱编中文句子，越编越离题万里。他私下对我抱怨这样的名师招收这样差的学生，实在是“文革”之后人才青黄不接的无奈之举。我对了原文才敢相信那是真的。老人家就告诉我，翻译问题上没有什么圣人，再有名的人也不能保证没问题，大家必须要有存疑的基本态度。

因此有媒体让我推荐书，遇到翻译书，我就老实声明没有对原文，只就中文说中文而已，否则就容易贻害读者。看到有“著名”人物自己和出版单位大张旗鼓地自我表扬译文如何完美，对上几段发现其实是绣花枕头，便立即感到悲哀又滑稽。他们还没有明白翻译是多么神圣又多么容易被亵渎。任何翻译作品，我们可以说原著多么伟大超凡，但只要涉及译文的质量，没有核对过原文就不能信口开河赞扬。译文一般有这样几个层次：中外文完美对应者最佳，但寥寥可数；译文忠实原文流畅舒展且无大的错误，这已属难得；外文理解无误，但中文表达晦涩费解，情有可原但吃力不讨好；中文看似妙笔生花，一对原文发现其“创造性背离”程度偏高，此乃害人害己；外文理解不到位，中文还捉襟见肘，此乃垃圾也。

这些问题其实把第一道关的就是我们“小编”，真不能小看自己。我还记得我 24 岁初当编辑，就果断地退了某个有来头的人的译稿。那稿件属于中文通顺但一对原文漏洞百出的那种，但组稿老编辑不懂英文，就接受了。还好我的老主任看了我的退稿报告还表扬了我，令我感到了小编的光荣。所以我现在交稿给出版社时总是鼓励那些“小编”别懈怠，为大家都好，多质疑吧。出版前看出毛病改掉总比出版了自鸣得意时被人看出大问题当头一棒砸晕了要好吧。

从没有童话和童谣的年代走来

我有个很大的遗憾，就是该读童话时却背诵的是那个小红本语录里的“革命是暴动”；该唱《让我们荡起双桨》时唱的都是《我是公社小社员》。等到读大学学英文时才用英文学习安徒生童话，那时人已经苍老，根本读不进去了。很多童话原型都像《圣经》故事和莎士比亚故事一样进入了人们的言谈中，一涉及这些我基本就卡壳，就得去查书。而有些都进入日常用语了，查都查不出来。估计这就是“没童年”“没文化”。

项美丽那本好看的《中国故事绘本》出了中文版，她用儿歌似的语言描写那个年代中国的事物，朗朗上口，书里还附了英文对照。其中讲到中国北方农村人睡的大火炕，画中是炕上睡了一群孩子。可下面的歌谣里却说孩子们就像烤馅饼里的一群黑鹂鸟儿。这么一读就读出“不懂”来了，甚至真心接受不了，怎么能活活儿地烤小鸟儿吃呢？这要是在“文革”时期，还不被当成“毒草”批判吗？

大人读不懂的，孩子却能懂。我的一个英文极好的小侄女告诉我，这个烤馅饼里的黑鹂鸟儿典故出自古老的英语歌谣《六便士之歌》，还把英文原文发给我。里面就有“Four and twenty blackbirds, /Baked in a pie.”（二十四只黑鹂鸟 / 塞进饼里一起烤）是有点恐怖。

这下我突然想起我翻译劳伦斯的小说《虹》时，翻译过这首歌谣中几句如“馅饼一切开，鸟儿开始唱”，那时还以为是鸟儿想吃馅饼，其实是鸟儿从馅饼里站起来歌唱！全文还是现在才读到。劳伦斯 100 年前出版的小说里就有孩子们唱这首歌谣了，可见这个歌谣在英语文学里很是深入人心。后来项美丽写中国的火炕时就自然地把这个意象融进去了，没有读过《六便士之歌》的外国人无论如何也不会懂炕上的孩子与馅饼里烤着的小鸟的关系，就会一头雾水，甚至以为项美丽在乱写。其实她根本不是在写，而是把自己童年读过的歌谣像成语一样随意就化进自己的歌谣里去了。对她来说自然而然的事，对我们外国人简直就如读天书。我就想起萧乾当年在剑桥读《尤利西斯》，读得昏头涨脑，在书上挥笔写下对此天书顶礼膜拜的话。而我问爱尔兰学者，这样的天书爱尔兰人看着难受吗？他说，怎么会是天书，我们读着读着就放声大笑，他写的全是我们爱尔兰人的语言。

我没研究过西方童谣，但有限的知识告诉我他们的童话歌谣就是这么任性，没有说教不算，还胡开心，乱逗乐儿。从《小红帽》开始就这样了，好好的小姑娘让狼吃了，吓死人，然后她自己又用剪刀剪开狼肚子冲出来了。《六便士之歌》歌谣里也是，二十四只鸟儿成了馅儿，烤熟后人们切开馅饼，鸟儿们却从馅饼里跳出来放声歌唱！安徒生童话《精灵山》里，国王吃的烤蛇，蛇肚子里塞满了小孩的小手指头儿！人们为了给菜肴弄个花边儿，就用很多老鼠的嘴巴摆了一圈。前些年被抓差翻译一本英国鬼怪童话作家李尔的《一本荒唐书》，有个老头儿掉进火山里还说不烫，有个老头儿吞吃十八只活兔子后浑身变绿，等等。这些年大家很是读了些《哈利·波特》和《魔戒》等鬼怪魔法故事，慢慢就明白西方童话是怎么回事了。如果从小就读这些长大，你也就顺其自然了，就像我们中国大人逗孩子说：你看那边有鬼，孩子们早习惯了，还要装作害怕地抱住大人哈哈大笑。仅仅是寻开心，无关道德，有人戏称这叫非道德。

“国家”一词里的身体与政治

英文里“国家”的另一个词是 body politic，这个词不常用，可有的文人爱用这个词。这个又有身体（或团体）又有一个极像“政治”的组合词（politic 加个 s 就是政治，但没有 s 则是精明、深思熟虑的意思），很容易让不求甚解的译者信笔错翻译为身体政治。

虽然是学英文出身，但有译本的书还是喜欢偷懒读译本。省时省力，能一目十行地获取最基本的信息，发现译文字句可疑时再去查原文。那次读一本有关布鲁姆斯伯里团体的书，读着读着发现不清楚，然后去查原文看。如讲到劳伦斯和罗素在第一次世界大战爆发时感情甚笃，一起要干点革命，要改变英国，这决定和气魄听着像英雄，没想到劳伦斯和罗素还能合作得这么默契。但后来两人掰了，掰得无比彻底。原因是罗素以为他找到了一个完全不同于自己气质和出身的天才，可这个天才却不喜欢罗素和他的圈子里面的人们，都是大家，包括凯恩斯和斯特雷奇等。这让常人看来是劳伦斯这个穷工人的儿子不识抬举，甚至是笨。但他们的关系确实破裂了，这要留待以后再表。关键是这段译文麻烦，说他们要闹革命，以清除“机体的许多疾病”。这个“机体”是什么呢？读得模棱两可，查了原文发现就是 body politic，其实指的是国家。如果翻译成“国家”就明白了。我不知道译者到底是懂不懂这个词。看到 body 就翻译成“机体”并非不可能，还好没有翻译成“肌体”。于是劳伦斯和罗素们要闹的那场大革命的英勇意义就被这个轻描淡写的“机体”译文给基本上消解了。罗素与劳伦斯当年的少年革命气质很强，他们是要发动文化革命，以改变英国这个国家及其子民，而不是什么“机体”。

但我们也会觉得这个词的组合真很接地气。国家可不就是由无数个有思想的身体的人组成的政治群体，身体肯定是第一位的，没有有血有肉的身体就不会有政治，因此也就不会有国家。这个词让我们感到那个纯政治的词有了温度，当我们谈论国家时应该首先想到一个个血肉之躯，想到骨肉同胞，想到青山处处埋忠骨这样的词汇，会让你觉得国家不是冷冰冰的法律词汇。当然这里的 body 应该是“团体”的意思，但第一眼肯定想到的是身体，英文的一词多义有时也会歪打正着。

而这个“国家”一词偏偏又与目前时髦的“身体政治”一词仅差之毫厘，也是有趣。这个词的英文就是body politics，就是“国家”后面加个s而已，意思就全变了。西方的文化研究学者有人提出世界进入了福柯时代，性开始取代宗教。估计这种学说在东方难以有共鸣。但谈到性学，就不能不谈性政治和身体政治。不管什么身体和政治吧，有趣的是身体政治这个词与国家这个词仅差一个s词尾。翻译时可得看清楚才行。

这么说，身体与国家和政治的关系看来是剪不断理还乱的关系。至少我们看到如今贪官们的腐败案揭发出来后最后一项多是通奸或与多名异性保持和发生“不正当关系”，贪腐官员的政治和身体是高度一体化的，因此经常是身陷“身体政治”（body politics）之中并影响到“国家”（body politic）。

一样的月亮不一样的月光

收到三十多年前同级跨系校友发来的某班友通讯，猛然意识到那些校友不少其实是“民国”人，即 1949 年前生人。因为年龄和社会背景相去甚远，如不才这样的在校高中生与“民国”生那批久经风霜的工农兵出身校友，基本无法沟通，甚至连话都说不上。但我们确实算是同学。就想起张爱玲的小说里说过类似三十年前的月亮如浅黄的铜钱的话。是的，同一空间里的我们，三十年前共沐同一个月亮，那月光绝对不一样。

还想起几年前出版界如同着魔一般出了几本书，书名都用“X 十年代生人”来命名，有的“文化盛事”也是打着这样的标志举办的。似乎是说那一个“X 十年代”里出生的人应该大体上经历、感受和情操都相同，因此有共同语言。我就觉得这至少是半个伪命题。人是心理和精神的动物（当然首要的先有肉身），除了对最震撼人心的重大历史事件的框架的记忆相同，其余对于历史的记忆都是个人化的，他对人或价值的认同往往取自自身经验和自身的心理体验，这种体验因人而异，千差万别，决不因为在同一年出生就成为一类，更何况十年呢？比如对于“文化大革命”，除了公认的十年动乱，也许某个孩子记忆中的只有他/她的父母被哪个红卫兵打死的镜头，他们或许不会理性地痛恨更多，而只是痛恨哪个凶手。

反之，出自这种个人记忆的不同，我倒愿意看些不同的作家写的有关某个时代的特定群体的记忆文字，就是为了补上我的“差异”造成的历史记忆的缺失，让自己记忆的时代感更强烈些。如我读杨宪益先生的外甥女赵蘅回忆杨先生的书，我边看边折页，最后折得一边都高耸而起了。她描述的人，有许多我也在大致同一个时期采访和接触过，如叶君健等。我就乐读她眼中的那些人的印象包括一些细节故事，完全与一个记者的我看到的不同。这样的记述的确不可或缺。还有李辉著《绝响，八十年代亲历记》我也是做这种折页读，过一遍后再专门读一遍折页以加深印象并掩卷遐思。我们都是77级，经历了同样一个叫80年代的时间段，可经历的不同和体验的不同，心目中的80年代月光色泽就相差许多，甚至连那同一个月亮似乎都不同了。

我的80年代里明灭着的基本是草根知识分子的微暗月

光，离他们接触的知识界中流砥柱们其实很远。加上我一出校门就开始做外国文学，一边对付筒子楼的乌烟瘴气生活一边大半个脑子用在20世纪初的英国文学上，文化和文学界的重大动向和变化甚至界别的斗争我基本一无所知，所以人家说起80年代多么辉煌，我基本表情茫然，就更显得辜负了那个文化的黄金时代似的。所以我就觉得，任何时代和时光的回忆都不会是"绝响"，这些时代的绝响只能是不绝如缕，历久弥新。

有趣的是，李辉这本书的序言是大学者孙绍振所写，这枚文化大月亮其实有三年时间就在我身边闪烁。可我是外文系研究生，我们的导师都自成一家，基本不与外系的教授交往，更无学术交流，所以我竟然从来没有登门去拜访中文系的孙老，但与他的弟子们同住一楼里，谈笑打闹在一起，也常听他的弟子传颂他的各种文化"绝响"之音，深受鼓舞。但直到我离开福建师大，这个大月亮终归是没有直接照耀到我的。

所以当我们说时代时，我们其实可能仅仅说的是自己的时光。得多少时光才构成时代的月亮啊！

书写我们的第二故乡

英国“文化研究”伯明翰学派创始人理查德·霍加特从联合国教科文组织副总干事的位置上退休后回到英国，选择了一座不是自己故乡的小镇法恩海姆居住，据说是因为那里出了两位著名的社会主义理论家和活动家科贝特和威廉斯，他认定他们是他所信仰的英国式社会主义的先驱，住在那里感觉与他们有灵魂上的呼应。这位文化学家把这里当成了自己的第二故乡，居住了20年后，他为那座小镇写下了一本《小镇风物》(Townscape with Figures)，详尽地记述下了那里的一街一景和风景中活动的人，笔触温润，感情内敛，但无言的爱充满字里行间。看了他几本文学、语言学和文化学的理论书，猛然读到这本大散文，很是感动。一个默默无闻的英国小镇就因为霍加特这样一个客居者的书写而成了文化研究的一个标本，实在难得。外来者的书写有时因为其移植的身份而更能揭示本地人所忽视的家乡的价值。

我就想到自己少年时期爱上文学，有个切身体验的原因，那就是读过几本写故乡保定的小说如《红旗谱》和《野火春风斗古城》等。当时不懂什么文学，但因为那些书里写到的街道名都是我居住的地方和稔熟的场景，感到十分亲切，就觉得故乡魅力不可抵挡。后来发现作者梁斌和李英儒都不是保定城的人，是外县人，但他们从青年时代开始到保定读书工作，保定城自然成了他们的第二故乡，所以他们写起小说来就自然地把这座城市当年的风貌和风土人情也写了进去。或许当他们写作时，眼前浮现的都是栩栩如生的这座城市生活场景和人物形态。这样的写作会唤起本地读者对家乡的热爱和骄傲感，虽然这并非他们的写作目的。反之，不能不说这座城市对他们的启迪令他们欲罢不能。

更为令我感动的是后来读《三家巷》。据说50年代这本以革命为背景实则浓墨重彩书写老广州城风物人情和小资爱情的小说曾经风靡羊城，在晚报上连载，洛阳纸贵。因为我对广州老街很熟悉，我在读这书时经常要查对地图甚至跟着书中人物漫步那些硕果仅存的老街。如今的中山五路当时叫惠爱街，人民公园就是广州人趋之若鹜的第一公园，还有大南门、维新路、红花岗，等等。男主人公本是个普通的铁匠，可他却喜欢穿小巷回家，一路感受着小巷里的人情温暖，由衷地发出自己多么热爱这些街道的感受。那分明是作者欧阳山在抒发自己对这座城市的热爱吧。而他其实是湖北人！恰恰是这个湖北人写活了老广州的市井民风，可见这个第二故乡对他有着怎样的魔力。欧阳山的这部作品是对他的第二故乡最好的感恩回报。如同梁斌和李英儒唤醒了很多保定读者对故乡的热爱，欧阳山不仅激发了广州人对自己城市的热爱，还影响了以后本地作家对老广州风物文化的书写吧。

由此我想，我们对自己的第二故乡都应该有这样的情愫，如果我们碰巧是作家，那就应该责无旁贷地书写这座城市。爱和感恩是美好的，但也可以出自挥之不去的铭记、情结，甚至仅仅是最普通的情绪，都是对这座城市的回报。对我来说这个第二故乡自然就是北京了，当然我还有第三故乡福州和诺丁汉，我今后都会发自内心地书写这些地方。

外省青年迷惘时

小时候读外国小说遇上“外省青年”这类的词，就明白，仅仅是生活在首都之外的地方的人还不算外省青年，你仅仅是某个特定地方的青年，只有这些人移民到首都来，尚未融入首都主流时，才被冠以“外省青年”的称号。20 世纪 80 年代初我从首都之外的大学研究生毕业，分配到北京工作，住在单位的筒子楼宿舍，以此为背景写了长篇小说《混在北京》，不久这本小说被德国汉学家翻译成德文在法兰克福出版，出版前大家为德文书名很伤脑筋，因为德文里没有现成的“混”字，看到著名导演何群根据小说改编拍摄的同名电影片名下的英文名是 *The Strangers in Beijing*（《异乡人在北京》），他们也不太认同，觉得就是外省人在北京生活的意思，没有翻译出神韵来，就问我有没有更好的英文名，这样德文书名也可以拿来借鉴。我就请教我的外国朋友，他们看了小说简介说，倒是可以借鉴英国作家奥威尔的一本小说名《巴黎伦敦落魄记》（*Down and Out in Paris and London*），给《混在北京》起名为 *Down and Out in Peking*。

那时我的第一反应是我的小说不能套用一本外国名著的书名，那样虽然有利于传播和销售，但会令业内人士诟病，认为缺乏想象力；还有，更为重要的是,《混在北京》与奥威尔的《巴黎伦敦落魄记》内涵完全不同，它的“混”字是北京话里的一种幽默调侃，并非是消极的，甚至还有不服输，积极向上的意味，暗含着早晚要混出个人样儿来给大家看的意思。还有，它写的不是外省青年在北京穷困潦倒的生活，而仅仅是大学毕业之初创业和成家立业阶段的艰辛与苦乐，因为他们从根本上说不是后来人们熟知的没户口没房子住地下室的“北漂”，也与奥威尔写的穷困潦倒的文化人生活完全不同。我小说里的这些外省青年在北京根本不穷困潦倒，他们都是大学和研究生毕业后正式参加国家分配的“国家干部”编制人员，他们有固定的工资收入，有稳定的生活，有自己的事业和岗位，仅仅是因为家不在北京，没有根底，缺少“关系”，住房窘迫，但他们那份人人一样标准的工资足以让他们生活得不错，还因为是初出茅庐的作家、翻译家和画家而有一些外快可赚。在那个平均主义的年代，他们的基本生活还算高于普通的首都青年的，因此谈不上“穷困潦倒”。他们的问题是新外省青年与扎下根的外省老年们因生活方式和思维方式的不同产生了矛盾，是论资排辈和漠视新人造成的这些青年知识分子生活上的窘迫与怀才不遇。而更多的是这些人之间为了走捷径早日升迁或为了利益相互倾轧以及在逼仄的筒子楼内生活有些人损人利己的各种丑陋行为。这些其实在各个时代都是司空见惯的事，并不新鲜，大家都觉得筒子楼仅仅是一种过渡，不出几年大家都能迅速升迁或改善，成为有根基的“老”北京人，因此还没有一本小说专门写这些人的群像。这本小说一经出版，更多的筒子楼出身的“老”北京人或许感到好奇：那种纯属过渡的筒子楼生活以前没人当回事的，怎么还能写成小说呢？甚至觉得不可思议。

估计就是以前的作家对此都“见怪不怪”甚至视之平淡无奇而我却把自己的北京生活第一站看得无比重要，或者说因为我的职业是翻译，我没有更广阔的生活视野和更重大的题材，才捡起了别人无意中“丢弃”或“忽视”的身边事，把它写成了小说。对我这样从小学一直念书到研究生毕业不谙世事的纯洁青年来说，那样的生活就是一个很大的世界了，令我眼花缭乱，觉得很值得一写。但因为我有固定的生活保障，还有源源不断的翻译和报刊文章的外快，我的写作生活是有保障的，我不用把自己的全副身家都寄托在一部小说的成功上，所以我写得十分放松，十分惬意，甚至尽情调侃和铺陈，整个写作过程是快乐的。可能正因此小说传达出了很多快乐的正能量，改编成电影后还得了百花奖。因此，我更不能套用奥威尔的小说书名了，那会引起读者直观上的误会。

所以我既不喜欢电影的英文名字里那个“异乡人”的沉重，也不喜欢套用奥威尔的“落魄”。因为我根本不落魄，也不觉得自己是异乡人，我们有铁打的北京户口，是堂堂正正的新北京人，我们无比热爱自己的这个新生活之地，甚至爱得有点发疯，看到它的缺点就像看到自己的缺点一样忍无可忍要数落一番，但归根结底还是出于热爱，爱之甚，其言也苛，无奈之时，就调侃嘲弄或自嘲，仅此而已。

所以至今我还找不到哪个英文词来翻译我笔下的这个“混”字。因为这个字不是我的发明，是无数人的口头语，不同的人说“混”那意味完全不同。最后德文版书名是 *Verloren in Peking*，即“迷惘”的意思，十多年后这本小说又在德国再版，是列入二十个世界大都市（包括伦敦、巴黎、莫斯科、洛杉矶、开罗、布宜诺斯艾利斯等世界名城）小说系列里出版的，后来再版也仍然用的是这个书名。从内容上看说迷惘似乎也对，新来乍到的新北京人，能不迷惘的又有几个呢？过些年他们就不迷惘了。事实证明了这一点，再过三十年，这些人里出了知识精英，出了叱咤风云的商界大鳄，也出了各级贪官污吏，没有迷惘的人了。北京不相信迷惘，迷惘就歇菜。但迷惘的那个纯真的阶段还是很值得纪念的，那是我们的青春，也是世界上很多类似青年的青春故事。

“握了一把光”

在这霏霏细雨、滴水贵如油的北方城市里，开春翻译点劳伦斯诗歌，干涸的心灵感觉润泽了许多，在字里行间我仿佛又看到了那个文艺青年的我，不羁的思绪忽地就飘了很远。谁说翻译是单纯文字的转换？情感的琴弦随时会被译文的手指拨动，诗里诗外就这样应和着一首天然的协奏曲。

这首《米开朗琪罗》似乎是诗人移情米开朗琪罗塑像的雕塑师发出的感叹：“是谁握了一把光 / 揉了一个圆球 / 捏紧它直到捏出美妙的黑色光焰 / 赋予你黑色的眼睛？ / 哦，天啊！人们都 / 透过这道闪光看到你心里面。”

那雕塑师在这尊雕塑中会融入自己对米开朗琪罗的想象和热爱，塑造的是他 / 她的那一个米开朗琪罗。但他们无论如何要受到对象外形上的实际制约，还是无法完全塑造出自己的米开朗琪罗，他们心头还是会有挥之不去的哀凉吧。

我就无端想到我们每个人一生中都要按照自己的理想在塑造一个自己，你握的那把最初的光是那么纯净，你要让这光糅进你的肉身，令肉身成道。这种塑造就是你的所作所为，你的每一步向着理想的艰难蠕动，中途会有无数的掣肘，无数的渊薮，但你还会筚路蓝缕朝着那个方向挣蹦，只要还有可能就不会放弃，最终可能离自己的目标很远，于是你带着雕塑师的遗憾和哀凉看着自己。无论满意与否，你没有放弃，就该满意。

随之耳畔开始萦回李商隐那首《锦瑟》，因为今年年底就是1977年恢复高考的第四十个年头，本科时期的77级甚至之后的“黄埔早期”同学们每次聚会都或慷慨或哀伤地“思华年”，回望四十年漫漫辛苦路，看着纷纷在微信群里传上来的老照片又恍若昨日，更多的是“只是当时已惘然”的感慨。

一位功成名就的同学对我说：你毕业时考研中举逃过了残酷的毕业分配一劫，算你强，但你没有勇气投入那场人生的竞争，躲了，就缺了一课。你想，大家高高兴兴四年求学，最终毕业分配却为了一个好单位而明争暗斗。当初要是能像现在的学生自己找工作多好，那样四年的结局就会非常纯美，不留阴影。

可现在的学生还羡慕我们那时包分配呢。真是两个时代，历史就是这样弄人。我就想我之所以那么幸运，不是因为我是强者，而是因为我当时并不“惘然”，我从上大学的第一天起手里就攥着自己的初心没放，那是我的光，这就是我要从事文学事业的梦想。我从中文系落榜，进入外语系从零开始学英语的第一天起就没有忘记我其实是要学习文学，将来有机会还是要去实现从事写作的最初志愿。这样我完全是以一个中文系学生来进修外语的姿态进了外语系，一边念英语，一边还在写小说，与现实若即若离，还一门心思要考英国文学的研究生，好心人忍不住提醒我赶紧找门路避免分到县里去。但我置若罔闻，依然埋头自己的那点文学的事，浑浑噩噩中考上了，也躲开了噩梦般的毕业分配。

这么多年下来，与当年读书时一样看似超脱其实是一根筋地做着很赔本的文学，没有发达，但也躲过了很多人生的厄运，因为不争。我对人们说我不是安贫乐道，也不是感觉不出稿酬低，但我是在按照我最初手里握着的那把文学的光塑造着我自己，那把光我不能辜负，那把光分明穿透了我暴着青筋的手背，这双光明的手依然按照40年前的信念塑造着理想的我，我因此有了雕塑师的快乐和忧伤，也同时有被塑造的塑像的感伤与满足。从这一点上说，我比诗歌里那个米开朗琪罗的雕塑师要幸运得多。

手里那把光今安在？

“大雪”之日吟旧雪

“大雪”这天自然盼大雪，盼来的却是一个难得的晴空艳阳天，打开阳台暖气，启动日光浴模式，不知道这是不是人生的意外甜点。但望穿霞光盼雪的心情还是没有融化，就在阳光下想起法国诗人维庸（F.Villon）的诗句：“去年的雪今何在？”（也可以自由点，翻译成“去冬雪泥今安在”，而且更像中文诗歌了。可见翻译最终还是意思不变的基础上中文的游戏。只要不改变原文的意思，译文的高下取决于译者的中文文学偏爱。）

这种想起，其实是非常偶然而难得的附庸风雅，因为关于维庸这位诗人的一切，我只知道这一句诗，但却是小三十年中与它多次相遇，赶上盼雪，才又想起。这样的缘分实属罕见。

弱冠之年翻译《美国经典文学研究》，那是暴虎冯河的80年代，根据的英文本注解全无，全靠自己辛苦查书查字典给有知识点的句子和段落做注解，凭的是一点朴素的信念：

我不懂的地方多数读者肯定也不懂，自己懂了再写个注解，肯定对他们有帮助，翻译书注解多点总是好事。

中途遇到一句法文，就请懂法文的朋友代为翻译成了中文：去年的雪在哪儿？也没有追问劳伦斯何以在文中穿插这么一句法文，估计就是文字游戏，有时是小小的“显摆”。

二十年后拙译再版，这时剑桥大学有英文注解本了，对我重新修订旧译大有裨益。修改到这一句法文时，方知劳伦斯在这里不是玩文字游戏，是掉书袋子，而且秀的是法文原文。估计所有外语中他法文最好，因为他坚信自己的祖父是法国移民。但给我印象很深的是英文注解里的英文翻译：“Where are the snows of yesteryear?”“去年”用的不是 last year，而是 yesteryear，感觉一个字点石成金，看似散文的句子就成了诗。原来这位译者是拉斐尔前派大画家和诗人罗塞蒂。

再看英文注解者多么用心良苦，专门注明这句罗塞蒂的诗最早出现在劳伦斯的书信里，按图索骥找到了劳伦斯书信集，发现那是劳伦斯去伦敦当小学教师时甩了诺丁汉故乡所有的正式与非正式女友们，开始试图追求伦敦女教师海伦，给她的信中引用的罗塞蒂英文译文。小年轻的劳伦斯时不时给海伦献诗，写情书时自然要酸文假醋玩情调，劝说心情阴郁的海伦出来接触外界，不要用“去年的雪”隐藏自己。事实证明劳伦斯的追求是有眼光的，海伦是那个时代难得的女性先锋，她和劳伦斯有同样的文学追求。最终海伦也算成功，出版了自己的小说《中间地带》，是20世纪初英国为数不多的女作家。当然她的书名《中间地带》也暗示着她的性取向，因此她与劳伦斯断了也是好事。但他们的短暂恋情启发了劳伦斯一部小说《逾矩》(或可翻译为《出轨》，又一个翻译的灵活实例)，或许这是两个作家恋爱的最好副产品。

多年后劳伦斯写美国文学批评系列文章时，不知怎么又想起了早年读的维庸这句诗，这次干脆直接引用法文，说明这句诗对劳伦斯这样的功成名就诗人都很有感染力。

前些天读《书摘》上宗璞的一篇《人老燕园》，说到《人间词话》中“君看今日树头花，不是去年枝上朵”，她就联想到维庸这句“去年的雪今何在”，我吃了一惊，因为宗璞说这是维庸的名句。却原来我一直在与这一名句打交道却浑然不知这是名句。我很幸福吗还是悲哀？古代哲人云：人不能两次蹚进同一条河，我却蹚了不止三次，还不知它是著名的河。

为此我在“大雪”这天在洒满阳光的阳台上检索了一下维庸这位因为雪而名垂青史的诗人，再不了解似乎太过于无知无畏了。这位13世纪最著名的法国诗人年轻时酗酒斗殴，还盗窃，因命案而逃亡，被判处绞刑又减刑为流放，所写诗歌诉说自己的身世，集抒情、讽刺与哀伤于一炉，表现下层人的情感，也算独树一帜。据说这个名句之所以誉满全球，完全归功于大画家和诗人罗塞蒂的翻译，部分因为译文优美，部分因为罗塞蒂的名气，这句诗就成了经典。最近维庸行市大涨，英国出版了他的诗歌全集。不过很多人望文生音，把他名字 Villon 按照英文拼写翻译成维龙，是错误，按照法文发音应该是维庸。

清明的墓园浮想

有时抱着非文学的目的读小说，似乎是对小说的不公和不恭，但这样的阅读又怎么免得了呢？尤其是读有浓重地域特色的小说更是这样，因为小说有了人物的血肉之躯活动其间，本来是读人物命运的，不期然人物的背景却成了阅读的前景，这种创造性阅读也是读者的自由和福气。

最近又读起老舍的《四世同堂》，因为早就读过，故事早就稔熟于心，耳畔还回荡着电视剧的主题歌“千里刀光影，仇恨燃九城……”，可谓有声有色，甚是享受。这次复习似乎是重点研究其京味特色。可读着读着赶上了清明节，正好读到里面对北平当年的城乡格局的描写，就忘了研读京味儿，想起了北平城外的坟场。这种阅读用老舍先生的话说，也算“迎时当令”吧。有趣的是老舍这个“迎时当令”被美国译者浦爱德女士翻译成英文也逗，是“according to the seasons”。我又出神儿了，想象当年老舍在美国和浦爱德合作翻译他的小说，老舍读中文，浦爱德听完口译成英文，然后与老舍商量，讨论达成一致后浦女士啪啪啪在打字机上敲出英文来，是怎样的情形。他们最后定下的“迎时当令”就是这样的英文，如果不知道老舍的习惯用法，回译成中文可能就成了“赶时令儿”呢。

老舍描述北平这座几百年的“帝王之都”跟城外的农村连着，可城外的农民们并没从这城得到什么好处，城里城外天壤之别，多年下来城里的达官贵人和有钱人在这里买地作自家的祖坟，很多农民就租种坟地兼管看坟，而且那些坟四周都没有树木遮挡。难怪北京很多地名都是什么“公主坟”和“八王坟”呢，只是口语里加个儿化音令这地名听着不阴暗了而已。可以想象现在的北京二环路之外当初什么样，简直是孤坟遍野。20 世纪 80 年代前城外还能看到很多这样的坟包，顺铁路出城，铁路两边到清明时节就能看到很多祭拜时供奉的贡品、布满纸花的土坟。后来城市大发展后，这样的景象就很少见了。但京郊的田野河滩上还是有很多这样的景色。有时去郊游，也时常赶上人们扫墓烧纸。

当然这并非京郊特有的坟景，几乎各处的乡野都有，多少年下来一直没有改变。有时看上去很是令人黯然神伤。记得 90 年代听说某处建了郊野公园，兴冲冲赶去，一片青山绿水，鸟语花香，登上山远眺，却发现山下一片烟雾弥漫的坟场，狂风吹过，各色塑料袋和纸花、纸钱飞舞，令这本该肃穆的地方变得惨不忍睹。那时我就在悲哀中畅想我们的“坟”文化何时能有改观，能让生与死的阴阳两界成为和谐的景观。

正好那时李辉出版了他的瑞典游记《人在天地间》，我读到了徜徉于墓地的优雅描述，感受一种与我们完全不同的墓地文化。从那之后，我出国时也会注意以前从来不屑或惧怕关注的国外的墓地。而在英国的那一年游历，则更是彻底体验了英国城乡的墓地，经常是城区居民区里就有大片的郁郁葱葱墓园，与居民区仅一墙之隔，人们在墓园里散步休闲，完全是在公园里的悠闲状。而每个教区的教堂周围都是墓地，布满了长满青苔的墓碑和巨大的雕花石头棺椁，偶尔会有几束鲜花摆放墓前，有人在沉思默念，没有混乱，没有烟火。而人们的各种礼拜和包括婚礼在内的仪式都在教堂举行，欢乐的人们从墓地穿过，甚至就坐在墓地中休息，墓碑与教堂塔尖耸立，很多举行婚礼的人他们的祖父母和亲戚就葬在教堂外的墓地里，如此之近地观看他们的幸福美满，那样的场景早就成为人们生活的常态。

一个晚上我们在圣艾维斯海边漫步，沙滩上支着很多小帐篷，很多人就在大西洋畔听涛过夜，弹着吉他唱歌跳舞。

走出人群上岸，蓦然抬头看到的是一面高耸的山坡，那儿有布满墓碑的一座墓园，墓园与旁边的居民区甚至没有围墙，只有一条小路。家家户户灯火通明，安详地度过自己的夜晚，这个海滨旅游胜地的喧闹与肃穆就是这样和谐相处。

于是你不得不想起瓦莱里那首著名的《海滨墓园》来：白色的屋顶如白鸽展翅，一望无际的白色墓碑在阴魂上颤抖，波涛汹涌拍岸，松树的清香弥漫，诗人在宁静的墓园里眺望神明。这样的海滨墓园我们在电影中看到无数次了，但这样瑰丽雄奇的诗歌却只有瓦莱里这一首，荡漾，荡漾，在阴阳界上空。我还不敢向往，但如果我碰巧又路过这样的海滨墓园，我不会不欣然走进去亲近无数个涛声中的灵魂。

同一时空里

为三十年前的一本美国畅销小说的再版写序言时我惊讶地发现：书中放浪、暴力、狡黠而又内心善良的男女主人公应该是卡特和老布什总统的同龄人，而被作者写成玩世不恭的下一代人则是小布什和克林顿的同龄人。我最近开始对研究视野中出现的虚构或非虚构人物之间是否有时空交集开始特别注意起来了，不期然有了额外的收获。

前些年为突发疾病英年早逝的赵少伟先生续写其仅写了两段的一本劳伦斯性爱小说的序言。令我惊喜的是，赵文开篇就引用了恩格斯论性爱文学的话："性爱特别是在最近八百年间获得了这样的意义和地位，竟成了这个时期中一切诗歌必须环绕旋转的轴心了。"当时不求甚解，仅仅是照抄不误。多少年后我查这篇文章的出版时间才发现，恩格斯这段话竟是发表于劳伦斯出生后第五年，而且他们彼时都生活在英国，相距百十英里。一个在伦敦为全世界的无产阶级解放事业殚精竭虑，一个是中部矿区穷苦矿工家的孩子。可英国的穷人们并不知道在伦敦有这样一个德国有产者一边领导着世界无产者的革命运动一边还在研究欧洲文学中的性爱表现。他们在同一片地域生活了些年，恩格斯逝世，后劳伦斯就在伦敦南郊成了作家，出版了一系列小说散文作品，性爱也成了他的写作“轴心”并且在这个“轴心”主题上一路执着地深入探索挖掘直到写出了《查泰莱夫人的情人》。

也就是当劳伦斯在意大利呕心沥血构建他的这部巨制的1926年，在离他不远的法国诞生了一个男孩，叫米歇尔·福柯，他后来成了闻名世界的哲学家和社会学家，写了《性史》一书，从性开始切入人类的生活，审视人的本性。他关于性的著名言论是：“如今，性是古老的布道形式的支柱。”言外之意就是当宗教无法为人类的爱情和性行为提供道德表达时，就需要有世俗的表达，艺术家就取代了牧师。可以说劳伦斯的性爱文学恰恰与这种牧师的地位有了契合，而且，天知道，劳伦斯在写作初期就声称自己要成为“爱的牧师”，对他来说，小说家就是新时代的牧师，性爱就是他布道的场所。

劳伦斯在法国去世时他的同时代法国大作家马尔罗风头正健，为这本小说的法文译本挥毫作序，指出：“它揭示了色情文学划时代的历史意义。因为色情……已成为人的一种心态，一种生活方式。”由此可见劳伦斯和马尔罗都提前多年表现出了后现代时期的福柯式风范，那时福柯还是个四岁的孩子。

再回到恩格斯，他当年在《家庭、私有制和国家的起源》一书中对私有制条件下为财富占有而产生的权衡利害的婚姻进行了激烈批判，称其往往堕落为粗鄙的卖淫。对比之下《查》中康妮抛弃巨额财富与麦勒斯结合，麦勒斯准备用微薄的退伍抚恤金养活她，这样的爱情是多么有文艺范儿，多么纯。似乎到了所谓的“福柯”时代读者们才开始注意到劳伦斯为何关注的就是“性，性别角色，权力的行使”（英国劳伦斯专家沃森语）。从恩格斯到马尔罗，从劳伦斯到福柯，这些看似毫无关联的杰出人物都曾不同程度地专注于同样的主题，而在时空上他们居然都有过交集，想想也是令人沉醉。

春来说花花非花

三月的北方莺飞草长，繁花似锦，这个时候不说点儿花与书，似乎是辜负了这个花季。就忍不住从书架上抽出从英国带回的《英国野花实地指南》（*Field Guide to the Wild Flowers of Britain*），那是20世纪80年代初英国出版的精装画册，当时标价就只八英镑，实景照片配以精美的标本解剖彩图，拉丁文学名与英语俗名并列，详尽描述每一种英国的野花，可以说是自然教科书，也可以说是一本艺术画册，美不胜收。

大老远背这本书回来，就是在英国生活的一年中终日与闲花野草亲近，就想到一册在手，等于把自己喜爱的英国野花全带回国了，可以从此朝夕与之相伴，宛如身临其境。当然也与自己的翻译专业有关，翻译英国文学，经常遇到各种花名，在互联网不发达的年代，只能翻字典，但查字典经常费时费力还不得其解，经常是囫囵吞枣，将字典上很科学的译名抄下来，拗口费解，总感到那些花名跻身我的译文之中显得突兀隔膜，似乎那不是译文的有机成分，是强行安插进去的异己之物。即使后来又买了拉汉英三种语言的植物词典，那上面的科学译名还是令我蹙眉。

比如有一种很普通的野花，早晨绽放，到中午就闭合，英语俗名很形象，叫“午睡花”（Jack-go-to-bed-at-noon）。这个英文俗名在英汉词典里是查不到的，幸亏有拉丁文注释，根据它查出来的中文就是“草地婆罗门参”，上帝，这哪有午睡花听着顺溜？而且根本不像花名，放在译文里如果说“漫山遍野绽放着草地婆罗门参”，简直刺耳又刺眼，就得在参后面加个花字才说得通。但感觉又成了参花，不知所云了。这让我想起中国也有类似的野地小黄花儿，早晨开，中午就合上变成花苞，学名竟然叫“白茎鸦葱”，简直是葱而非花了，可清晨这些小黄花儿带着露水开得朝气蓬勃的，怎么能称之为葱呢？倒不如称之为“午睡花”为好。

翻译到英国野地里俯拾皆是的一种金黄色野花，恰似金盏一片，可查英汉词典，其名竟然叫白屈菜。令我无语。就想到在互联网时代，遇上这类情况，一定要仔细搜寻一下中文的俗名，让这些拉丁文译名和学名本地化，以求与中文译文和谐相处。经查，白屈菜的俗名是地黄连！多么地道的中国话呀。如果译文中说“白屈菜金盏摇曳”，这与白屈菜的“白”似有视觉落差，因此我采用了其中文俗名“地黄连”，既呼应其“金盏”又令中国读者感到亲切。后来查到30年代旧的中文名为黄燕疏，感觉还是很温馨的。但可惜，我们现在的字典里已经没有这类表述了。

最有趣的莫过于忍冬这个花名的翻译了。看到woodbine这个花名，查字典叫“忍冬”，也就随手写成忍冬了。还为其做了注解，说忍冬是金银花属，这样忍冬看上去就像花名了。

后来在老翻译家傅惟慈老先生家喝茶聊天的时候，忽然就有花架子上的小黄花落入杯中，花香袭人，我才知道那细长的小黄花叫金银花，很是喜爱，这花属凉性，败火，可泡茶喝，就把落杯子里的花顺嘴喝下，感觉很美。

直到我要把我译文里所有花名都“民族化”，要把那些生硬地出现在我译文里的那些带有学术色彩的花名都找出中文俗名来时，我发现忍冬其实就是金银花！这才与傅老师家花架子上的花对上号。金银花当然比忍冬听着可爱，读起来也觉得顺口。你想，“园子里绽放着忍冬”怎么能比“园子里绽放着金银花”听着舒服？于是我再版小说时就把忍冬改成了金银花。只要是中国也有的花，有中国俗名的花，我都采用中文俗名。这样的译文才会将花的视觉和听觉都自然融汇。此乃我的春花闲话，与另一篇《一样的月亮，不一样的月光》组成春花秋月闲章。

赫得孙河谷的史诗

《富人，穷人》，三十多年前读书求学时曾经为之眩惑的鸿篇巨制，在紧张的专业课和考试的空隙读这本美国当代小说既是一场艳遇也是一次强烈的心灵震撼，以至于我都没顾上注意那些译者是谁，也忘了小说里人物生活的年代。就是在课余的图书馆和集体宿舍的蚊帐里时断时续地、激动紧张地读完了，只感到是看了一部绵长的电影大片，心中留下了无数个性爱、拳击、豪华游艇、酗酒、斗殴、家庭暴力、豪宅生活的镜头，但这些对我来说都意味着什么，作为一个刚刚从十年“文革”和长期禁欲清教的贫穷年代走过来的中国小城市弱冠青年，我几乎是瞠目结舌，根本无法用当时学到的那点现实主义小说理论去解读这样的小说。隐约觉得这是和20世纪初美国批判现实主义作家德莱赛的《嘉丽妹妹》《美国的悲剧》有一脉相承之处的作品，也有杰克·伦敦小说的影子，甚至想到了左拉的自然主义小说，但似乎又与这些老前辈的作品有根本的区别。那时还是太年轻了，刚刚吹起改革开放春风的国度里一切都与那个最发达的资本主义的美国没有相似之处，小说里那些或华丽或残酷的现实都让我无法展开想象的翅膀去廓清，只能跟着人云亦云，感叹那腐朽的资本主义世界多么光怪陆离，人们几乎都是魑魅魍魉，道德沦丧，然后悲叹这些人是多么不可救药：他们为什么自甘沉沦，为什么不奋起反抗，拿起武器，也“农村包围城市”，摧毁万恶的资本主义？

这些问题随之倏忽即逝，知道那是远隔千山万水的另一个世界里的事，而且那个世界似乎在向我们靠近，从 1972 年尼克松访华开始继而两国建立外交关系，这个被我们看作恶魔的国家似乎并非那么可怕。不久，出国留学潮开始了，人们开始蜂拥扑向那里，大多是腰揣用全部家当换来的几百美元登上飞机呼啸而去，到那里的餐馆里打工挣着学费攻读高尚的博士学位然后再在那里定居工作并开始往这边的家里寄美元，回国探亲时带回我们在电影里看到的冰箱、彩电等电器。再过些年，这一切都不新鲜了，我们什么都有了，包括这本小说里描写的那一切精神沦落和横流人欲。于是我就在这白驹过隙、风驰电掣的 30 多年中匆忙走过，还没来得及弄懂这本让我激动颤抖的小说，就把它忘了。只是说起 80 年代的读书经历，恍惚还记得一本《富人，穷人》。于是当我

2000 年在英国做访问学者时，面对这个老牌资本主义国家里的现实生活，我情不自禁写起了我的英伦见闻录，下笔的题目竟然是《英国人是富还是穷》，这几乎是时代的叩问，似乎击中了奔向富裕的国人的心弦，一时间这文章被各种报刊转载，现在网上还能查到。我知道，那一刻本能地进入我脑海里的就是这本小说给我留下的四个字：富人，穷人。这是我与这本小说的不解之缘，它其实一直在我的成长历程中若隐若现并在冥冥中影响着我，只是我都快看不清它的身影了。

如今这本经典作品要再版，出版社约我来写序言，这真是缘分！隔着三十年的风雨路重温这部小说，我才发现，原来这些译者我在这些年里都有所接触，而且领衔的竟然是我过从甚密的冯亦代先生，还有施咸荣、董衡巽先生和任吉生大姐！他们都给过我很多帮助和教诲，尤其冯亦代先生耳提面命，我深受沾溉。可我不知道的是，在我没见过他们之前的学生时代，我已经通过这本小说的译文受到他们的恩泽了。

更为巧合的是，我在英国写了那篇《英国人是富还是穷》之后，应邀去纽约北部哈得孙河谷的根特地方的一个国际写作坊做为期一个月的访问作家。我从伦敦飞到纽约，坐地铁到市中心转火车一路北上，但见山峦起伏，沃野平畴之间，哈得孙河秀丽壮美，铁路将一座座娴静雅致的小市镇串起，那一路风光果然绮丽，辽阔的河谷地带小城安逸祥和的生活景象与聒噪繁荣的大纽约简直是判若云泥。车上的乘客告诉我他们每天坐近一小时的火车进纽约工作，晚上再回到这里的家来，这里才是休憩养生的地方。直到我在根特小镇下了车，顿时感到那里安谧得出奇，似乎是停留在 19 世纪的田园生活里。那火车继续向北开，一直开到美加边界的小镇奥尔巴尼。那边更加寂寥，也更加干净美丽。直到今天重温这小说，我才发现，其背景地恰恰是哈得孙河谷里通向奥尔巴尼的铁路边的一座安宁的小镇子，这里的人们是与纽约全然不同的人，但他们不断地坐车出入纽约，把时髦的生活带回小镇来。原来我 30 年前就与这里有了神交，可我那时连哈得孙河与纽约的地理关系都不知道，所以没记住这片风景，即使我置身于这片风景中我也没想到我曾经挚爱的《富人，穷人》中的故事就发生在这里，我只记住了小说的情节，记住了残暴的血腥和性爱的放荡，记住了生意场上的明争暗斗和尔虞我诈，记住了小人物向上爬的艰辛，可我却没记住作者对这片美丽旖旎的风光的描写，这里是他心灵的故乡，他应该是多么爱这里的山山水水，爱这里的父老同胞，才能写出那样的传奇剧来！可惜，多年前我都不懂这些，只是猎奇，只是被青春的荷尔蒙驱动着读那些惊心动魄一唱三叹的传奇故事。因为我们那个时候离这部小说里的一切都隔着千万里物理和心理的距离，这样的小说似乎只有在我们对美国有了充分的了解后再读方得其真谛。可在那个闭塞的年代，似乎又只有靠这样的小说打开我们了解美国和美国人心灵的窗口。所以二次阅读很有必要，至少对我来说尤其如此。

繁华褪去，梦醒之后，进入信息时代，我们得以沉下心来重温这小说，才能与小说里的美国人心心相印。

这时我发现，这部带有浓重的编年史色彩的小说，是美国草根人民心灵的史诗，作者的笔触实在太接地气了。

原来乔达虚家姐弟三人不是我们的同龄兄弟姐妹，他们离我们很远，他们在第二次世界大战美国获得世界霸主地位后开始了自己的成年生活。如果要一个参照系，他们就是老布什、卡特总统的同龄人。而他们的玩世不恭的儿女正是克林顿、希拉里和小布什总统的同龄人。作者在 20 世纪 70 年代写这部小说时，卡特已经当了美国总统，老布什正在中国当相当于大使的驻华联络处主任，克林顿和小布什们刚刚结束学业步入社会。显然作者关注的不是这类美国的精英家族，小说没有这种宏大的叙事，对朝鲜战争、麦卡锡主义和越南战争也是一笔带过。如果我们只看到老布什和希拉里们，我们可能会觉得书中的美国人是另一个世界里的人，但他们才是大多数美国草根人民。这就是美国社会的两重天地。

我曾经最崇拜的鲁道夫，恰恰是从底层奋斗实现了自己美国梦的青年才俊。他从肮脏的移民家庭里脱颖而出，靠着聪明才智和纵横捭阖的本事，大学毕业后在商业规则中游刃有余，终于成了富人甚至当了小城的市长。但他不是于连，不是渥伦斯基，也不是马丁·伊登，这小说不是《美国的悲剧》，他是个很有情怀和亲情、家庭责任的人，一边辛苦地构建自己的商业和政治王国，一边对自己苦难的母亲、姐姐和弟弟尽着自己的义务，可谓心力交瘁。这个风度翩翩又长袖善舞的新型美国人，内心却是那么善良纯净，只有这样的人才能通过打拼而实现自己的美国梦。作者并没有一味赞美他，也写出了他内心极度痛苦挣扎的一面和世故狡黠的一面，他最终成为一个有良知的富人，这是个立体的“圆形”人物。

而他的姐姐格丽卿和弟弟托马斯则很是本能地遗传了父亲老乔达虚的生物缺点，性生活放纵，尤其是弟弟托马斯，不仅乱性，还打架斗殴，毫无责任感。但他们本质上又那么善良，终于历经生活的坎坷磨难，开始摆脱那个可咒的乔达虚生物遗传症，开始向理性和良知回归，成为道德完美的青年。格丽卿甚至成了好莱坞的电影剪辑员，托马斯成了游船船主。在这两人曲折苦难的生活历程中，克服父亲的劣质生物遗传几乎成了前二十多年的奋斗主题。他们的母亲似乎永远在用生物遗传这个咒语诅咒他们，这是无可奈何的事情。但鲁道夫帮助他们逐渐摆脱了这种先天的诅咒，让他们的人性复归，或者不如说是让父亲善良的一面战胜了邪恶的一面。这简直是一场人性与遗传的战争。但即使那个杀过人的德国移民父亲，即使他是个性欲亢进的人，他心底深处对鲁道夫的爱竟然是那么感人至深。父亲看出了鲁道夫先天的生物遗传优点，认定他将是家族的希望，从小把他当少爷养，为了不让他劣迹斑斑的弟弟托马斯影响他的前途，这个可怜的父亲倾尽了自己辛苦一生的所有给托马斯洗刷罪恶以保证他不进监狱而影响哥哥的前途。最终这个半人半兽的父亲在孤寂和失落中投入哈得孙河自戕，这是个令人唏嘘的可怜的小人物。但就是他托起了鲁道夫这个上等衣冠。一家人里就出息了鲁道夫这一个，连鲁道夫富有的妻子也患上了酒精中毒症不能自拔，最终还害死了托马斯。成为富人，要有这么多的穷亲人为他铺路垫底，鲁道夫又要为他们做出巨大的牺牲，这几乎是一部普通人家的血泪史。

我庆幸在30多年里两度阅读这部史诗般的小说，在亲历哈得孙河谷后，似乎更懂得这些奋争中的草根美国人了。尤其是我到现在才清楚，乔达虚三姐弟是老布什的同龄人，他们的孩子是克林顿的同龄人之后，我就更懂得这些国家头面人物组成的宝塔尖下那托着他们的庞大的基座，那是千万个有血有肉的不同阶层的美国的灵魂。

寒窗映雪读《雪泥集——巴金致杨苡书简劫余全编》

春雪绵柔丝滑，一扫帚下去，洁白的雪泥下土地已经很滋润，开始散发出凉丝丝的泥土味来。雪被下迎春的枝藤上花芽饱胀，点点紫红，有的苞芽顶端已经龇开一线白。春天的脉搏在悄然跳动。在这样润泽的天气展读《雪泥集——巴金致杨苡书简劫余全编》，首先让我想到的是文学巨匠巴金的作品曾以野火一样的热情、春雷一样的力量激励了他同时代的年轻人，又以深厚的文化底蕴如春雨般沾溉以后几代人，更以其崇高的人格力量春风一般温暖着无数读者。他像常青藤一样活在读者心中，他对中国文学的影响是独特的，在"1949后"的语境下更是独一无二的。吾生也晚，待巴金作品解禁的70年代末才有幸读到并看到根据《家》改编的电影，可作为一个浅薄的少年，我和伙伴们更津津乐道的是电影里黄宗英扮演的梅表姐形象如此令人惊艳。那个电影无疑是优秀的，但它却无形中部分消解了小说的意义。一场"文革”的浩劫，让巴金的文学精神几乎断代，以至于后来人读巴金、看其作品改编的电影更像是在看浪漫爱情小说。“文革”和近年的文学娱乐化，估计是要毁了真正的巴金。让巴金精神回归，让巴金真正以巴金的本质走进读者的心田，这似乎成了“捍卫巴金”的艰巨使命。估计我辈很多人是到以后巴金的《随想录》出版时，才似乎开始领略巴金思想的魅力，懂得巴金“存在”的价值：他是一面旗帜，但这面旗帜无可挽回地离去了，从此再也没有旗帜。一个时代随着他的离去而结束了。

封面是黄裳老人的题签。开卷即看到每封信都与巴金手迹对应，巴金遗墨在一张张发黄的信笺上依旧如新，从年轻时代的力透纸背到老年时格子纸上的一丝不苟，仿佛让读者触到了一个真实的人一生的脉搏，散发着一个文学巨匠的气息。这样的书信集不仅像编者所说的那样是“存一份真实”，还留一抹历史的余温和感动。

见到巴金的手迹，一种特殊的思绪就飘回到1983年的夏天，我在国家图书馆查阅有关劳伦斯的作品准备写论文，资料少得可怜，但却有研究劳伦斯的必读书即A.赫胥黎编的《劳伦斯书信选》。这么一大本绛红封面的书，打开来我惊喜地发现上面盖着“巴金赠书”的印章，感到我是从巴金手里接过这书一样。我就开始浮想联翩：这书首版于1932年，应该大多在西方国家流传，可它是怎么漂洋过海来到战乱频仍的中国的呢？那个年代还有国人有闲心读劳伦斯的英文书信吗？巴金是在旧书店偶然买到的吗？至少由此我们可以断定巴金的藏书应该有多么丰富，连这么一本非常边缘的书信集他都收藏过。他把自己的藏书赠给国家图书馆应该是“文革”后的事了，那么这书在他的书柜里熬过了“文革”浩劫，估计还要感谢造反派把他的书柜都用封条封起来了，否则也许就被焚了，若流落到废品站，这样的英文书估计只能被拿去化纸浆。就是在资料匮乏的年代里，我通过学校的图书馆以馆借的方式把这本书借到福州，如饥似渴地浏览并复印下一些资料，再还回国家图书馆去。赫胥黎寓情于理的序言为我的论文点了题，我的论文就是论证他给劳伦斯下的一个定义：神秘物质主义者（D.H.Lawrence as a Mystical Materialist），并且我在以后这些年里的叙写中一直在坚持这个论点，认为这是对劳伦斯精神及其作品旨趣的高屋建瓴的概括和揭示。无法想象，如果当初没有得到巴金给国图的赠书，我的论文就会是另一个题目，研究方向也就大相径庭了。巴金不会想到他捐赠的一批书中的一本多年后为一个人的硕士论文指出了方向。也就是从那时起，我坚信公共图书馆是图书最终的安身立命处，在那里可以为更广大的人所用，如果可能，我们都应该为图书馆捐书，可能你认为对你并非重要的一本书却能开启别人的智慧生活。巴金这本赠书可能一直在国图里躺着蒙灰，但最终等来了最需要它的人。

这两年剑桥出版了劳伦斯书信全集，平装本出来后我也订购了。这皇皇八大册确实让我的书柜蓬荜生辉，但我心中却没了当年千辛万苦借到巴金赠书时的那种激动了。那才叫物以稀为贵，全国公共图书馆里估计当时就那一册。

赫胥黎是劳伦斯的好友和坚定的追随者，在劳伦斯甫一离世就广泛征集劳伦斯书信，两年后出版了那本书信选。它表达了一个朋友和崇拜者的信念。同样，杨苡从豆蔻之年开始，以一个热情的读者和崇拜者身份给大作家巴金写信，发泄自己在封建大家族里生活的苦闷，竟然幸运地得到了巴金的指点，巴金以一个普通人的口吻与她通信，从此发展出一段长达一个甲子的深厚的师生友谊。杨苡自己也在巴金帮助下成长为一个知名女作家、翻译家和学者，这应该说是一个文学传奇。杨苡们这样热诚、忠实的作家拥趸现象也随着时代的变化而渐渐不再。那个时代一个大作家具有空前的号召力，他们是无数读者心中的偶像。而杨苡这样专业的偶像拥趸最终与偶像成了朋友，以自己对偶像的深刻了解写出非同寻常的回忆文字来，是对名作家研究的巨大贡献。

有偶像的人是幸福的，至少你知道什么是你的“role model”，知道你该向哪个高峰仰视并努力攀登。做拥趸，做粉丝是幸福的，但不是盲目的啦啦队，而应该是A.赫胥黎和杨苡们这样的文学知己，是某种“soul mate”，在推崇自己的偶像、做偶像的传教士的同时，他们也达到了自我完善的某个高度。同样，我从杨苡的散文中了解到，巴金年轻的时候曾经给美国著名的女作家爱玛·戈德曼写信，称她为精神母亲。爱玛的作品热情四射，人也美丽，惊世骇俗的行为也曾风靡一时，巴金视其为精神母亲并热情地写信求教，那是再自然不过的文学青年的行为了。连巴金这样的高山都有过偶像，而且是爱玛。

原本以为巴金的信仅仅是对一个求教者的指导和关心，有些话可能更具有私人性质，可能因具体情境而定不具备广泛的阅读意义。但我发现巴金一家和杨苡一家成为朋友后，特别是“文革”以后的那些信件，就不仅是私人之间的谈话，而是巴金在抒发自己内心的苦闷甚至是愤懑，是真情的流露，有些话甚至在巴金的正式出版物里都难以发现。这样的私人信件就真正有了记录巴金思绪的意义。如第64封信，写于1988年11月，看得出巴金是针对那年的全国文代会愤然而写：我讲了几句，都给删掉了。我讲的无非是几十年前开的“双百方针”的支票应该兑现了。没有社会主义的民主，哪里来的“齐放”和“争鸣”？！花了一百几十万，开了这样一个盛会，真是大浪费，我的确感到心痛。

巴金的离去，标志着一个时代的结束。至少在作家个人书信写作和出版上说是这样的。那个时代的大作家们本身也是 great letter writers，书信是他们生活的一部分，他们的书信收集起来往往都有十几集。他们的书信常常被当作研究他们思想和艺术轨迹的重要线索，有时他们是通过写信来阐述自己的艺术见解的，往往这是他们正式发表的作品的雏形，可从中看出他们的思想脉络，看出某一个思想的火花是怎样被几句寻常语和现实中的微小现象所激发直至星火燎原，发展成某种重大的思想艺术观念。

估计以后的书信研究将被“电子邮件”研究所替代，那些随时发送的短信般的电子邮件到底有多少研究的价值呢？所谓尺素、尺牍、鱼雁、飞鸿，所谓书简，所谓手稿，连这些名词都渐渐远去了，如这场春雪。

在广州雨巷里读《三家巷》

有的书的确是可遇不可求，读它基本靠的就是缘分。对我来说，这本书就是小说《三家巷》。

少年时代曾经一书在手，但看了几页，在其详尽的地域和家族史叙述面前失去耐心，尽管知道是名著，还是束之高阁。后来上学专业是外语和外国文学，对中国文学基本上是挑选几个大作家作品如巴金、鲁迅等浅尝辄止。这本《三家巷》就失之交臂，遗失在记忆远方。最近偶然看了小说改编的同名舞剧，而且身临其境，走访了广州的西关大屋一带的老民居，据说那里是小说的发源地，这才鬼使神差重新拾起这小说，放下与拿起之间，三十多年弹指一挥间一切皆空。

我童年时代体验了老广州城的格局，深深怀念，工作后又多次在广州逡巡，见证了广州城的地覆天翻变化。但越是看到其崭新得陌生的新貌，越是怀念那个老广州，不免找到老广州的地图，寻找些蛛丝马迹，将我的广州与老广州叠印，从中获得点什么莫名其妙的感觉。就在这个时候，《三家巷》被我的非文学的冲动驱使着重回我手中。这种阅读似乎对不起这小说，甚至在这之前我分不清欧阳山和欧阳山尊。

读一本小说居然要靠这么隐秘莫测的非文学因素驱动，可以说是缘分，也可以说不读也罢。但就是阴差阳错相遇并且重新读起，所谓奢侈，所以值得纪念。

自从了解到史达尔夫人的文学的“地理环境论”一说，我就开始痴迷于此，对任何有着明显地理环境背景的小说别有用心起来。果然我幸运地遇到了劳伦斯的作品并沉溺其中，每次阅读，都能将故事与其背景地叠印，最终干脆去了诺丁汉他的母校读一年书，一步步丈量他的故乡小镇。劳伦斯有一篇散文名为《地之灵》，似乎就是这类文学的宣言。以后读到乔伊斯，他笔下的都柏林，又是这类地之灵的还魂汤。一个人的写作为一地之灵所弥漫渗透着，这个作家完全是在为一个地域转灵，他对一个地方的爱和恨浸透在字里行间，这样的文学是必得亲临其背景地阅读而不可的。

《三家巷》在我眼里就是这样的小说。隔着历史滤网看它，没了那些牵强附会的革命内容，透过那些旧式的爱情与新的革命的畸形结合的情节，我开始看到小说潜隐着的一个作家对一个城市的深情迷恋。像劳伦斯和乔伊斯那样，欧阳山使用了很多确切地名和街名（估计那些老店铺的名字也是真的），比如如今的中山五路当时叫惠爱街，人民公园就是广州人趋之若鹜的第一公园，大南门，维新路，等等。男主人公本是个普通的铁匠，可他却喜欢穿小巷回家，一路感受着小巷里的人情温暖，由衷地发出自己多么热爱这些街道的感受。这些都让我想起自己童年时多么喜欢在那个生长于斯的古城里穿街过巷，心里时时感到自己对那些散发着古老城池气息的街道和高门大院的由衷热爱。

我不知道据说是湖北人的欧阳山南下广州后在感情上多么融入了这座古城，但让我们相信作品，那主人公的古城情思，绝不会是空穴来风。

当年《三家巷》在晚报上刊出后据说洛阳纸贵，万人争看。我不知道他们看的都是什么。是革命内容吗？应该有人喜欢。是纠缠不清的姨舅表兄妹之间超阶级利益的多角恋爱吗？肯定有更多的人喜欢这个。那整个小说中氤氲的老广州风情和老城氛围，也应该是人们喜欢的原因之一吧。但那个时候主流的阅读似乎更被强调为革命加爱情，这个潜在的老城情结就被主流批评忽视了。

现在看，《三家巷》成也革命败也革命。作者在那个年代苦心孤诣地把一部超越世俗的爱情故事与抒发老广州情结的小说纳入世纪初大革命的框架中，让那个贾宝玉般的铁匠成长为革命者，虽然可能并且也写得天衣无缝，但毕竟是经不住时光的滤读的。当年的成功是因为有了革命的外衣，在“文革”时代遭到批判也是因为管文艺的人要批判一个革命者的小资产阶级爱情。再后来，爱情平反了，但革命加爱情又受到质疑，而且那古典的爱情又在新时代突出下半身的爱情小说观照下相形见绌。时光滤掉了那些，剩下了老广州城里的恋人们的身影，这些身影和老广州的街巷风情难分难解，这些是永恒的。欧阳山据说后来很是“反资产阶级自由化”过，成了保守主义的象征。那是他的另一个人生阶段了，或许那时他已经不算是作家了，就像很多作家发表政见时根本不是一个作家而只是一个社会人一样。但他笔下的老广州，那种一个人对自己的城市之灵的热爱情愫，却在今天还能感动我这个读者。作家可能是任何什么不让你相信的人，但请相信他笔下的故事。

“枕上诗书闲处好，门前风景雨来佳”，在这个雨季，在老广州的骑楼街巷中读《三家巷》，这种阅读是多么奢侈。

像安妮那样写作

——评《安妮日记》

一本《安妮日记》，译者高年生教授从1959年开始翻译出版其片段，1989年出版其全文，直到2009年终于出版了其最新的德文增补版的全译本，这个过程跨越了半个世纪！我们所有的中文读者都该感谢高教授的这场长达50年的翻译长跑，他终于带给中文世界一个高质量的译本。而从1959年到1989年的三十年间，这本世界名著居然一直被束之高阁，居然躲过了十年“文革”浩劫，高教授居然能让译稿一直伴随自己（估计稿纸都发黄了），这不能不说是个奇迹。

话说2002年，当《指环王》和《哈利·波特》以“幻想”和“神话”冲力势不可挡地打遍儿童文学界无敌手的时候，那年的国际儿童文学最高奖安徒生奖却意外地没有授予这两部书的作者，而是授予了他们的英国同胞、写实作家兼儿童文学理论家艾顿·钱伯斯。这个小学教师出身的英国草根作家一贯坚持关注现实，关注当代儿童的心理，虽然未曾大红大紫，但他的创作和理论有着与《指环王》和《哈利·波特》截然不同的文学价值。

令全世界读者都感到意外的是，在安徒生奖的颁奖会上，钱伯斯的获奖感言根本没有谈自己的文学成就和创作体会，有多一半居然是谈《安妮日记》的崇高文学价值，谈安妮在写作中揭示出来的文学创作真谛（其获奖演说词见拙译《长满书的大树》，湖北少年儿童出版社 2005 年版）。

这样的人在这样的场合如此这般地推崇一部二战期间在躲避纳粹搜捕时一个犹太少女写下的日记，不能不让我们站在更高的视界上重新审视《安妮日记》的价值，虽然钱伯斯的话未必句句是金科玉律。

钱伯斯开门见山地发问："当我以儿童的代言人身份写作小说时，我到底以为自己在干什么？你们今天把这个宝贵的奖颁发给我，你们是在奖励什么？"他认为这两个问题是所有儿童文学作家从事创作的实质性问题。而这两个问题在《安妮日记》里都能找到答案，那就是：我们都该像 13 岁的安妮那样去写作，她的作品是"少年儿童写出的最伟大的作品。它以纯真的清晰笔调准确地表现出少年早期的孩子们的所想、所感、所能理解和所能写出的是什么"。并且他还说："对任何以儿童代言人身份写作的成年作家来说，《安妮·弗兰克日记》都是一个估价我们作品的标准。”既然成年人以儿童代言人身份创作出的产物叫“儿童文学”，安妮的日记写作就成了这种文学的试金石。可想而知，在这样的试金石面前，多少“儿童文学”作品和儿童文学作家是应该下课、应该惭愧的。

钱伯斯进一步指出，安妮在日记写作中表现出了“天生的讲故事冲动”，其中一段话触及的不仅是儿童小说的创作实质，也是所有文学创作的根本，安妮的话是这样说的：“我性格里有个特点，谁认识我一段时间后都会为这个感到震惊，那就是我明白我自个儿。我简直就像一个外人那样监督我自己和我的行为。我可以完全没有偏见地看待日常生活里的安妮，不给她找借口，看她哪儿好哪儿不好。这种‘自知之明’纠缠着我。每次我开口说话，不管是说‘那应该不同’或‘那是对的，事实如此’，我都知道这一点。我身上有很多地方让我自责，我简直无法把它们一一指出来。我越来越感到爸爸的话有多么对，他说：‘所有的孩子必须对自己的成长负责。父母只能给他们提好的建议，把他们摆放在正确的道路上，可他们性格成什么样儿那得全靠他们自己。’”她写下这段日记时刚刚十五岁零一个月（1944 年 7 月 15 日，星期六），一个甲子过去了，我们都学会用这种自知之明审视自己了吗？我们比安妮有长进吗？这是阿波罗神庙上镌刻的那一行古代哲人名言的翻版：自知自明。

钱伯斯称“安妮是个了不起的现实主义者”，“她用不着发明什么奇怪的幻想来娱乐自己。她不让感伤破坏她对生活的看法”。这一点对文学创作来说是至关重要的：作家不以一己的处境和遭遇来衡量世界和生活，在创作中保持超然，随时保持住小说天平的平衡，这个问题则被劳伦斯提高到“小说的道德”高度上进行过理论。在劳伦斯看来，世间很多名著由于失去了超然，小说的天平倾斜了，因此是“不道德”的小说，这些小说名著甚至包括了《尤利西斯》《追忆逝水年华》《包法利夫人》《复活》等。

安妮对己对人对事的客观态度甚至到了残酷的地步：一本记录躲避纳粹搜捕的犹太人的日记，如果由一个满怀感伤的成年人来写，或许满本都是辛酸、恐怖、悲伤和愤怒，我们对它的预期应该是“揭发”和“控诉”，或撼人心旌，或催人泪下。但安妮的日记里没有这些元素，它只是一本尊重现实的少女日记，记的是几家犹太人隐蔽在一栋秘密小楼里的日常生活。虽然总体的氛围是纳粹搜捕下的恐惧，但在那个隐秘处得以苟且偷生的时候，小楼里仍然有日常生活的人与人的性格冲突，生活方式的冲突，人际关系的猜忌，母女间的冲突，少女的情窦初开，对情与性的探索，等等。记录者安妮看人的眼光是客观的，也是尖锐的，简洁的人物描述有时是刻薄的，它让读者感到的是生活的真实，对这些灭顶之灾下的普通犹太人，一个小女孩做出了最冷静的描述：他们不是上帝的选民，也不是可怜虫，而是和其他民族一样的人，有自己的过人之处，也有自己的人性弱点。当小伙伴骄傲地说犹太人是上帝的选民时，小小的安妮居然冷静地说但愿不是被选来做坏事的。当大家在为英国人为何迟迟不登陆来拯救纳粹铁蹄下的欧洲弱小民族时，安妮冷静地说：谁也不会为别人白白牺牲自己人的，英国人在考虑最好的时机，减少自己的牺牲。

当安妮的父母和同楼的成年人在为盟军何时登陆来解放欧洲打赌时，当大人们忙于糊口生存时，当他们对孩子们的感情毫无察觉时，孩子们在恋爱，在体验比成人更难耐的孤寂，于是有了安妮这本日记。她是准备把这本日记当作素材，等欧洲解放后写成书当作家的。这样一个早熟的少女，一个写作天才，最终不幸还是落入了纳粹的魔爪，在集中营里病死。她的日记多年来比成人作家描述那场世界大战的小说或纪实作品都畅销和长销，一直到今天仍然在出版，我想其魅力应该是来自安妮天生的这种作家的文学品质。《安妮日记》，是一部优秀的文学作品。正如钱伯斯所说，通过文学写作，“我们或许能最高限度地达到无私的自我意识，无畏地、清醒地认识生命，最终富有想象地理解生命”。

古人云：“以人为镜，可以明得失。”对所有从事写作的人来说，安妮就是一面纯净的镜子。

透过那些陌生的眼睛

观看一部关于著名的西藏废除农奴制的文献纪录片，发现这部片子里所引用的最撼人心旌的那些图片和文字记录均来自几位早期进藏的欧洲学者和记者。这些照片都拍摄于20世纪三四十年代，文字也大都成形于20世纪50年代之前。这些时间节点和这些作者和摄影者就足以让这些记录具有完全客观的说服力。在这个多媒体空前发达的时代，要挖掘早期的历史，还得倚重早年的图书和影像资料。给我的感觉是似乎这样的电视片就是引用那些图书的文字、摄影加当代学者的采访制作而成的，足见这些罕见的资料之珍贵。

最令我感兴趣的是其中两位作者，法国旅行家、作家亚历桑德拉·大卫–妮尔和英国记者斯潘塞·查普曼，尤其亚历桑德拉·大卫–妮尔这位女冒险家的经历，用传奇和惊艳来形容一点都不过分。而查普曼的经历则令人艳羡不已。他们是真正的先锋人物，为全世界留下了最为弥足珍贵的历史记录，现在隔着遥远的时空想象他们当年孤胆英雄般的壮举，除了崇敬，甚至就是想让时光倒流，能与他们面对面交谈，听他们亲口告诉我们他们的初心，他们的在书之外的经历。

大卫－妮尔被引用的主要著作是《古老的西藏面对新生的中国》（*Le vieux Tibet face à la Chine nouvelle*）。其实，这位活到101岁的长寿女藏学家一生中历尽艰辛，多年在西藏度过，多次来中国游历，出版了无数藏学、佛教和有关中国的著作，如《拉萨之行》《西藏的巫术和奥义》《激情与魔法》《在暴风雨乌云下》和《在喜马拉雅腹地》等十几种。她还在欧洲各地发表演讲，她的一生就是一部起伏跌宕的传奇史诗，说可歌可泣毫不过分。我甚至想为什么还没有一部她的传记和电影，估计没人能写得出来吧。仅仅浮光掠影写她的生活是无法再现她超人的神韵的，不懂她的学术激情和深奥的藏学研究，根本无法抵达她那超凡脱俗的心灵。但我依然期盼着有这样的传记和电影问世。今年是她逝世50周年，从出版的角度说，她的著作进入公版期了，估计会有很多有心人想到出版她的作品了，尽管不会是一窝蜂地出版。

英国人斯潘塞·查普曼1936年在西藏拍摄的照片则更是震惊世界。斯潘塞·查普曼是英国记者，1936年随英国古德使团进入西藏，并将见闻撰写成一部名叫《圣城拉萨》（*Lhasa: The Holy City*）的书。这位剑桥毕业生一生从事探险，在马来西亚丛林里从事抗日斗争，九死一生，被称为另一个“阿拉伯的劳伦斯”，似乎是天生的电影主角。可惜他的传记电影也没有出现。他居然在一段时间内成了西藏高层的专门摄影师，跟随他们活动，有机会拍下很多常人无法拍到的真相。再过几年，传奇般的查普曼的作品也将进入公版期，相信会有一个出版高潮的。

以前我们似乎更多了解到的是著名的“三 S”的经历，现在随着时光的推移，更多的富有传奇色彩的人物开始浮出历史的水面，撩动着我们的好奇心。20 世纪 20 ~ 40 年代有多少这样的外国文化精英在中国大地上留下了足迹并且出版了独具特色的游记、纪实作品和摄影作品？把他们的作品逐一翻译出来，让我们重新发现那个战争风云之下的中国，将是一个了不起的工程。透过他们的眼睛，我似乎感到自己像一个陌生人一样在看那个中国，这种感觉是奇妙的甚至是兴奋的。

最近看到李辉主编、深圳海天出版社出版的“寻找中国”丛书的前三种，感到这个我想象中的工程似乎已经悄然启航了。这三本书的作者都是普通的外国人，甚至有的作者找不到他们的生平资料，但他们都以普通游客的眼光观察记录那个时代的风物人情，配有珍贵的黑白老照片和他们自己绘制的温馨水彩画，另一个远去的时代跃然纸上，勾起我们渺远的乡愁。读他们笔下的北方运河乡村、海滨城市，如上海和福州，我感到似乎我就来自那个黑白时代，又似乎与之隔着万水千山，遥不可及，像个外国人，但又分明是个中国人看自己的祖国和祖先的生活。看过后是会做很多很多不切实际但又美丽缥缈的梦的。我们似乎熟知的叙述中国的话语看来要有所改变了，这将是不可避免的。

四十年前念过的那些课本

四十年前的3月份是恢复高考的第一批大学生开学之时。今年很多77级同学会策划返校纪念活动。但我是少数从高中直接考进去的，毫无历史情结，仅仅是换个学校念书而已，居然没有感到必须隆重纪念什么，如果要纪念，最想说的是与我们的学习最密不可分的，那就是课本。

现在看我们那年的考试标准都有点可笑。十年大学停止招生，中小学从1969年开始“复课闹革命”，课基本就是凑合上，革命是主要项目，还有挖防空洞和野营拉练，不断去工厂农村“学工学农”，所以那时的课本应该是十分简化的。记得每次考试我都是花二十分钟就完成卷子交卷，成绩总是名列前三，不禁洋洋得意，我的班主任数学老师就瞪着眼睛说：“别骄傲了，你这样的，在‘文革’前仅仅算个中等，最多考个中专。”听后我就找来“文革”前的数学课本和俄语课本，一看果然水很深，吃力得很。但那个年代大家都没有学习压力，知道中学混五年早晚是要上山下乡的，所以我明知自己是混，但也不觉得惭愧，因为自己毕竟还是名列前茅的。所以我这个按“文革”前标准算中等生水平的竟然在没有复习准备的情况下一把就考上了大学，总分还不低，就说明了那次考题容易，更说明十年中坚持学习的人不多，这样的考题居然很多人都不会做，录取率只有 4%，具体到招生少考生多的文科，录取率据说是 1.5%。考虑到当年考生的实际水平，非外语类考生干脆免考外语。从 1978 年开始，外语类考生干脆免考数学。都免考了好几年。

我中学念的是俄语，高中毕业应该念完十册课本，但我们只学完了六册初中课本，因为那个时期学生学外语没有动力，俄语又难学，如果让大多数人能及格，就根本不能学完十册。所以我是以六册的俄语底子考的大学，可想而知考试题目不会太难。

我们学完字母后就学“毛主席万岁”之类的句子。听说英语课本开始也是这类句子，但学英语的同学把“毛主席万岁”完全标上中文拼音念成“lang li wu qian men mao”，就觉得英语简单又难听。最近看到一个当年的纪录片，是广州一个中学老师教大家逐字逐句背诵“伟大领袖伟大导师伟大统帅伟大舵手万岁”，老师很费力，学生们念得十分吃力。那个纪录片算是真实地记录下了当年的英语课。

有趣的是高考时我阴差阳错考了俄语却被“调剂”到英语专业，不得不从头学我认为难听的英语。拿到的课本印刷粗糙不算，句子居然和初中课本差不多。一段短课文内容是“这是一张地图，一张中国地图。请看中间的红星，那是北京。我们的伟大领袖华主席在这里工作和生活”。那个“Hua”本来是“Mao”，老师让大家用笔改成Hua。原来这是前几年的“工农兵学员”用的课本，他们当中很多人没有英语基础，所以启蒙课本就这么简单。这对我这个连英文字母都不会的人当扫盲课本倒是很合适。但对考英语高分进来的同学就很小儿科，他们抗议说这样读大学等于浪费青春。于是系里很快就给大家换课本，换的是“文革”前的大学课本。但用现在的眼光衡量，那种课本也是比较简单的。记得有一课是马克·吐温的短篇小说选段，很简单，是儿童小说，但还算有趣，讲孩子们怎么粉刷墙壁。没想到这样的课本竟然一用好几年不变。毕业后我读研究生做教学实习，给大二（80级）上英语课，碰巧教的又是这一课，带着学生们蹦蹦跳跳排练刷墙的话剧。足见那时教学的呆板与节奏之缓慢。

大三时的课本录音竟然是50年代苏联专家录的，他们的英语带有俄语口音。问老师，老师说早期中国大学的英语课本是苏联专家按照苏联大学的英语教学标准审定的，一直在用，“文革”后来不及换。于是我明白，我们前几年先是学工农兵学员的教材，然后是重走“文革”前的一段路。

还好那时开始改革开放了，大家不因循守旧死学旧课本了，开始学英国的《灵格风》课程和美国的《英语900句》，各显神通找来很多国外的教材，英文程度高的同学干脆直接读英文小说了。听力和口语练习的教材没什么新意，我们干脆大量时间抱着收音机听英美电台广播，边听边跟读，听完根据记忆查字典，互相交流收听的内容，这等于是活教材。头几年的大学竟然是这样在混乱中匆匆忙忙摸石头过河赶过来的，直到大四才完全用上英美国家的教材。

我念过的那些叫“英国文学史”的书

英国学者保罗·波普洛斯基（Paul Poplawski）主编的《语境英国文学史》（English Literature in Context）是剑桥大学出版社出版的一本本科生用教科书，图文并茂，编排版式新颖，特别强调“语境”二字（如插图里包括披头士的照片，当年辉煌的水晶宫照片，还有报纸上的图书广告等等），封底的推介词是“全面、易懂，是所有英国文学学生的基础资料和参考工具书”。为此我还专门请教了盛宁教授，这个“语境文学史”该怎么翻译成中文更能让中国学生觉得“全面、易懂”些，毕竟这个外来词这些年颇为强势地出现在很多学者的基础词库里，动辄语境这个语境那个，很是曲高和寡，反倒让自己的文章不那么“全面易懂”了。我们做翻译的强调“No context, no text”（脱离上下文则难得文本其意），现在发现那个老套的“上下文”context与现在这个叫“语境”的context虽然是一个词，但现在这个不仅高大上了许多，其意思也与旧式的用法相去甚远，尽管还是有渊源关联。我问可不可简化为“英国文学背景史”之类，盛教授则在微博上回答我说不妨叫“英国文学内外史”之类。看来这又回到了翻译的“上下文”问题上了。如果不知道具体这个“语境”类的文学史写的是什么或是怎么写就，还确实不好在“语境”之外找个词代替它。虽然莫衷一是，但我们的“基础”观点还是一致的，这个 context 如果出现在书名里最好不要直接叫“语境”文学史，那会排斥很多本科生读者，因为这个词不“易懂”。但这本教科书确实给我们读过的几类版本的英国文学史的写法来了一次革新，实实在在地提供了作品产生的时代背景和氛围，除了历史宏大叙事，更多的是细微到日常事件中，如到近代，每一章里都有“文学市场：生产与消费方式”的详细论述。从维多利亚时期一直到第一次世界大战时期，文学作品出版多受制于当时的图书采购渠道，这就是穆迪出借图书馆和公共图书馆。由于图书价格昂贵，普通百姓只能从图书馆付费租书看，出借方往往能成批下单采购书，通过出租盈利。这样一来，出租图书馆对一本书的取舍态度基本上能决定出版社对一本书选题上的取舍。出租图书馆甚至可以明令出版社出什么书，决定出版社的编辑方针。书中自然有穆迪出借图书馆的插画，给人几乎就是一个图书超市的感觉。而到了现代社会，纸张便宜了，印刷术改进了，图书造价就降下来了，教育的普及和收入的增加，都让图书不再是奢侈品，普通百姓开始有能力消费图书，出版社就不再看出租图书馆的眼色，可以自行决定选题了，文学创作渐渐就更加自由了。后来连这种租借方式都消失了，等于一个强势行业消失了，文学解放了。

我就想起我们这三十多年读英国文学史的历程，颇多感慨。

恢复高考后我读英语专业，自然必读英国文学史。但竟然发现中国出版的权威英国文学史不是中国人写的，也不是英国或美国人写的，而是苏联人写的，由中山大学教授戴镏龄主持翻译。多少年后我采访戴老，他说是50年代“一边倒”，他们这些留学英美的学者都被要求专门花时间学习俄文，学习苏联的文学研究方法，学习的结果之一是几个人合作翻译了这本《英国文学史纲》(阿尼克斯特著)。这书一直用到“文革”前，而“文革”后我们进大学自然也只能读这本翻译过来的文学史了。那是人民文学出版社1979年的再版书，老封面，“纲”还是繁体字“綱”。原书名的俄文就是“史”，中文为什么翻译成“史纲”，我不得其解，估计还是译者觉得这本“史”写得算是“提纲挈领”的那种吧。

但是英文专业的人用翻译成中文的苏联版英国文学史

总令人觉得是隔靴搔痒，也不甘心。于是我们总算读到了纯英文的英国文学史，这次是美国人 William J Long 所著的版本，是从我们的外文书店后门进去的“内部书店”里买的影印本。因为版权问题，很多外文书我们不能正式出版，就靠这种办法来满足读者。那位以给高中学生编书著名的作者写的教科书还是相对简单了些，于是我们那位 50 年代留美回来的老师就推荐了《人民的英国史》给我们作为辅助教材来读。现在看，将这两本书放一起学，倒有点“语境英国文学史”的读法了。这次上网查那位作者的背景，方知人家是老牌的英国共产党、马克思主义理论家，写了很多人民的这人民的那之类的普及读物，开启英国人民的觉悟，可谓鞠躬尽瘁也。

70 年代末河南师范大学的中年教师刘炳善写了一本英文的《英国文学简史》，可以说这是中国人用英文写的第一部英国文学史，曾风靡各校英文专业。但该书毕竟是出自实用教学目的的教材类写法，读了感觉不佳，就没再细读。后来很多年方读到刘先生翻译的古典英国散文，文笔老到，字字珠玑，堪称大家。

后来读研究生，就不读文学史类的书了，但看到有新书出来还是会买，就买了一套四本的皇皇巨制《英国文学史》，人民文学版，却还是从俄语翻译过来的。原著是苏联科学院高尔基世界文学研究所编的，1958 年版。不知道中国学者们翻译了多少年才在 1983 年得以出版。那套书一共十多元，花去我三分之一的月助学金，我还是很舍得。

我没有注意到的是，就在我上研究生的 1982 年，商务印书馆出版了南京大学陈嘉教授所著的四卷本英文版《英国文学史》，还配有一套英文的英国文学选读，成为很多高校的英语文学专业教材。这次写作此文，负责的编辑提醒我我才发现这些年竟然不知道这套大作，应该为此惭愧。

一直到 1996 年前后才读到了王佐良先生独力撰写的单卷本《英国文学史》，以及王佐良、周珏良主编，大批北京外语学院教师参与编写的五卷本《英国文学史》（那套书我没全读，只读了劳伦斯部分，发现这一部分难脱编译窠臼）。王佐良先生还同时推出自己独自撰写的《英国史诗》。这个结果确实来之不易。

说到我自己，在 80 年代还差点促成了另一部苏联学者所著的单卷本《英国文学史》的翻译出版。因为我翻译了苏联学者米哈尔斯卡娅的《1920—1930 年代英国小说的发展道路》中的劳伦斯论述部分，作者就送我一本她丈夫米哈尔科夫所著的单卷本《英国文学史》。我抽看了里面的劳伦斯部分，发现该书作者看待劳伦斯的角度是我们当时所不具备的辩证角度，就请人写了选题审读意见，把它列入了我所组稿的一套给青年学生读的“外国文学史话”丛书中。但那时正赶上 80 年代末的混乱时期，这类文学史教育类的书征订不上订数来，书稿请一位俄语教授翻译好了却只能以千字三元的稿酬标准退稿，很是令人遗憾。

这些就是我读过的一些叫“英国文学史”的书。直到现在我才真正读一本英国人写的英国文学史，可是它已经叫《语境英国文学史》了。

闲读书记趣

炎夏一过学校就开学了，有老同学跟我说去给故乡大学的学生们开讲座的事，又把我拉回到大学和故乡的氛围里，情不自禁就想到自从参加1977年高考，时光忽地就过去40年了。我是从中学考入二里地之外的河北大学的，入学后我发现很多社会上考来的大龄同学（多数都是下乡知青、工人、乡村学校的老师和军人、年轻干部什么的）竟然在“文革”期间，读了很多外国文学“禁书”，还有直接读英文《简·爱》或《傲慢与偏见》的，一说起来都滔滔不绝，而我身为标准的中学生“干部”，从来没想过要读那些被称作“资产阶级毒草”的外国文学，竟然只读过高尔基和《钢铁是怎样炼成的》。汗颜之下，业余时间就开始了恶补外国小说的紧张生活。

作为英语专业学生，先从经典的英国作品读起吧，就摸到一本萨克雷的《名利场》，劈头那个副标题就给我一棒——“一部没有英雄的小说”（A Novel Without a Hero）。这与

《钢铁》那样的小说完全两样。读完了就思考这个副标题，想出三种可能：没有英雄，里面的人物没一个人有改天换地的英雄气概，势利自私，尔虞我诈；没主角（hero 这个词也是主角的意思），放眼望去，浑浑噩噩的大小人物无数，但没有一个配当小说的主角，似乎是群戏，写了伦敦中上层社会的群像，包括附骥于此的各类下层人物；没有男英雄或男主角，因为 hero 指的是男性，而小说里刻画得入木三分的半主角其实是个混世女魔王，里面的男人们都顶不起摊儿来或者太坏太龌龊。

后来知道这个书名是钱锺书先生起的，杨绛先生写过一篇研究这本小说的长论文，高度赞扬，开篇还搬出了车尔尼雪夫斯基甚至马克思对萨克雷的赞语。而书的译者是杨绛的胞妹杨必，翻译过程中受到钱、杨二位先生点拨，此乃后话。

以后读钱的《围城》和杨的《洗澡》，不由得就会联想到《名利场》，想到当年对 without a hero 的思考。时代前进了百年，这种没英雄没主角的小说在不同的社会和历史阶段里依然是一种有趣的存在，为读者提供观察和思考人生的独特经验，其阅读的享受也是别有滋味，那就是读这样的书没有太多负担，不由自主的笑声可时不时爆发一阵，时而蹙眉沉思一下，时而瞠目结舌一下，如果有泪水也是笑出的眼泪。读这样的书可以叫读闲书吗？反正不是正襟危坐读得沉重的书。

喜欢上这类小说后就顺带有了别的毛病，读有主角有英雄的小说时也会悠闲地从中体会那些配角小角反角或边角料儿的趣味。可能与自己一直是边缘人物有关，没有顶天立地的理想，爱凑热闹起哄而已。这应该算“闲读书”了。

研究劳伦斯小说当然要不辱使命，研究些大的主线如主人公们的社会背景、人生观，等等。但突然有时会发现他写的很多配角和小人物其实更令我着迷喜爱，如《恋爱中的女人》中那位工业巨子杰拉德的父母，后来令我颇生恻隐。世界上有这么可爱而又神经质的富豪吗？那是不是劳伦斯移花接木把自己对自己的小人物父母的感情倾泻于他们身上？还有《查泰莱夫人的情人》里那个有点文化的老护士，简直就是个底层民众的百科全书和代言人，她唠叨起来竟然是那么中听，她的话里怎么有很多是劳伦斯散文里道出的一些自己的观点呢？作家确实是有特权的，可以编排人生，也可以将自己的思想隐秘地附丽于各种人物身上随着闲谈甚至嬉笑怒骂倾泻而出。而在他们要塑造的理想的主角身上却不可以这样做，总要通过他们传达些主流价值观，传递些希望的火焰。因此很多很多的主角无论多高尚，可是却无趣。

多年前从英语翻译林语堂的《朱门》的经历也是这样。

林语堂的小说还是很老派的写法，主要人物当然是郎才女貌，历尽艰辛，终成眷属，自然写得浪漫雅致，但最终还是觉得形象苍白干瘪（顺便说有人借用英文词，把本应是“干瘪”的 flat 说成“扁平”；把本应是“丰满”的 round 说成是“圆形人物”，这种乱翻译很是缺乏想象力）。倒是里面莫名其妙混进来的几个次要人物如郎菊水和鼓书艺人父女写得活灵活现，有血有肉。估计是林语堂塑造“英雄”也累了或者觉得必须要有小说艺术的“平衡”就时而游离主题写了些好看有趣的次要人物，也许在这些人物身上寄寓了林语堂一些隐秘的情感也未可知。

老舍的主旋律大作品《四世同堂》，可能由于早年读过并看过电视剧，有点疲惫，就开始当成闲书来读，或者说是闲读，专注于里面的老北京方言、人情世故、人文地理什么的，不再理会那个精心刻画的祁瑞宣。这一闲读倒有不少收获。

一是当初忽略而过的那几章写北平日军组织全城市民在天安门庆祝“保定陷落”的情节。如果是按照正史的写法，应该把当年日军占领北平后攻下的第一个中国重要城市保定对于这场战争的重大意义强调一番，自然会写保定的 200 多年直隶省会历史和当时的河北省会的地位。但老舍是从北平普通市民的角度看保定的，因此就轻描淡写，说北平市民几乎不知道保定，只隐约知道那是个出美味酱菜和“带响的铁球”的地方，还没有通州重要。可不管它是个什么地方，它毕竟是咱们中国的城，它陷落了咱就不能跟着去庆祝。这寥寥数语的叙述对保定和历史是不公平的，但考虑到老舍是从北平普通胡同市民的视角看保定，似乎又是合理的。那时的北平居民连出城都难得，怎么会关心到三百里外那个叫保定的地方呢？或许老舍当年在大后方重庆写这一段历史，保定在千山万水之外，他可能真的也是这么遥远迷离地看待保定，把它想象成一个普通县城了呢。这从一个侧面印证了直隶省撤省及到现代天津取代保定称雄北方后一个老省城的衰落境遇。侵略者都如此重视的一个标志性城市，在北平市民眼里几乎毫无存在感。悲乎！

还有这书里老舍塑造的一个次要人物金三爷，似乎从里到外形象都很丰满，比哪个主要人物写得都栩栩如生，可能这个市面上混饭的大能人是老舍最熟悉和热爱的那类人，因此写起来竟是如此神形兼备，从形象到语言都是活灵活现。最让我有所收获的是，金三爷在日本占领期间凭着机智和本事，从一个普通丧葬业的小头目混成了北平城里的大房商，发迹了。这段历史完全符合历史真实。老舍本来完全不用对当时的北平房屋紧缺状况写得那么仔细详尽，但他写了金三爷这个人物的发迹和发迹之后的心态，就情不自禁或有意为之地用很多篇幅写北平缺房的状况和前因后果，似乎是游离了主题，但真实记录下了当年北平的“楼市”情况。

民国迁都后北平的大员和有钱人及其家眷随员呼啦啦迁往南京、上海，北平这个纯消费城市成了个“只有一个市政府和男女学生的空城”了。北平一下子空出了无数的房子，花很少的钱就能买很大的院子。可随后几十万日本人涌进来了，无数周围遭难的老百姓涌进来避难，房子又变得如此抢手了。有积蓄的人不相信伪币，又无处投资，就只能买房。日寇占领下的北平，竟然一时房产业热闹非凡，用老舍的话说就是“房！房！房！房成了唯一有价值的财产”。于是就催生了金三爷这样的房屋经纪人。读到这里哑然失笑，感觉调控前的北京满大街都是金三爷似的，北京人似乎也是“房，房，房”个不停。

但老舍有所不知，就是在那样的境况下，有一个北大的法语教授叫陈聘之，他既不想在日本人管的大学里供事，又因为家口拖累离不开北平，就辞职干起了房商的买卖。他比金三爷还厉害，不是当普通中介，而是自己投资修旧盖新，瞄准了当时北平的高端用户，改造了无数大宅邸出售，买卖做得很大，当然也历尽艰险。这个职业成就了他的财富，也造成了他在中华人民共和国成立后的不幸。否则他本可以和很多南下教授一样回来继续当著名教授。如果老舍了解陈聘之的经历，或许《四世同堂》里有关北平房地产的那些叙述会更加丰富多彩。

读闲书或闲读书，竟然有这许多乐趣，关键还是一个“闲”字使然。

曾经最羡慕的生活方式

——由《分界线》和《德国文学随笔》说开去

我的德国汉学家朋友萨沙（亚历山大的昵称）研究中国文学的面之广之偏令我惊叹，这是因为他常托我在中国旧书网上帮他淘书，因为他的欧元卡无法在中国淘书，这边也无法给他邮递，只能托中国的朋友帮他买。光从我帮他买的书品种之杂就可见一斑：柳青的《创业史》、张抗抗的《分界线》[①]、邵荃麟的评论集、严家炎的评论集、艾芜的《南行记》等，还有一本是中国的德国文学研究家张黎的《德国文学随笔》[②]——他想由此看看中国人怎么评论当年的东德和西德的文学作品。

张抗抗是我们少年时代崇拜的女作家，成名很早。她在北大荒当知识青年时就一口气出版了长篇小说《分界线》，

① 张抗抗《分界线》，上海人民出版社1975年版，462页，定价0.84元；旧书上盖有北京石油化工总厂学校的图书专用章。

② 张黎《德国文学随笔》，外国文学出版社1986年版，230页，定价1.80元。

一举成名，可能当时她才二十出头，才气胜过少年成名的刘绍棠。她也是我们这些文学少年的榜样，我们也想早早毕业下乡，一边干农活儿一边写出广阔天地里“战天斗地”的宏伟史诗来。1975年出版的张抗抗的这个长篇小说和张抗抗这个人就成了我们最赖以做作家梦的标本。后来国家进入了新的历史时期，张抗抗很快就转型，从后“文革”时期的歌颂型作家进入了反思型的潮流作家行列，写出了一系列振聋发聩的作品，很是令人钦佩。像她那样当一个年轻的专业作家，应该是无数文学青年的梦想。很多老专业作家可望而不可即，但张抗抗以她的年轻和大气给我们做出了活生生的榜样，加上那个名字又是如此独特，都吸引着我们。后来发现专业作家的待遇似乎离我们很遥远，那批知青作家一个比一个厉害，形成了才气逼人的作家群，想和他们一样享受专业待遇几乎是痴心妄想；还是好好读大学，毕业后好好工作再说吧。但那种年纪轻轻就能不上班，只专业写小说的日子确实很诱人，那种拿份固定工资，写了作品发表后继续拿稿费和转载费的生活方式令我一直很艳羡。

这次帮萨沙买到《分界线》，自然要重温一下给了我梦想的那类人的代表张抗抗的成名作。开头的浪漫抒情描写感觉是中学女生的作文，最后的结尾“我们一时一刻也不要忘记马克思主义同修正主义之间的那条分界线啊！”与书名完全呼应，是标准的扣题作文。但就是看得我几乎笑喷。这些当年读来感觉振聋发聩的句子，就这么让时代给消解得令人哭笑不得。可就是这样的文学曾经让我做起了作家梦。这里毫无取笑的意思，因为张抗抗后来的作品完全转型了，很不简单。估计萨沙是要好好研究一下中国作家的转型之秘密，那他就选对人了，张抗抗是个绝好的标本，有很强的代表性。

专业作家梦破灭后我跌跌撞撞地本硕连读毕了业，算是外国文学行列里的一员了。在出版社一边当编辑一边翻译劳伦斯和写自己的小说散文。这时我的“专业梦”又被另一类人激发而起，这就是社会科学院的外国文学研究所的大研究员们。我发现他们很多人几乎都是各自“包揽”一个外国作家或某国某阶段的文学研究，成了专家，而且那个地方基本不用坐班，可以借了书回家去研究。这等于是另一个作家协会，似乎因为其外国文学的特色显得更有学术含金量，还能经常出国，那在80年代真是令人高度向往。我又开始做梦。心想自己虽然毕业院校牌子不硬，但靠着自己发在社科院刊物上的论文和几本翻译作品估计也能以“同等资历”调到那里去工作。等我开始动这心思时，人家那里的招收起点已经升到博士学位了，这个硬指标令我的梦立即破灭，因为我不敢在 90 年代初去上考场考博士。因此我就算梦断社科院了。两个不上班专业“坐家”的梦就轻而易举地破灭了。

这次帮萨沙买社科院老研究员张黎的随笔集《德国文学随笔》时，我重温起当年的专业研究之梦想了，而且因为搜书时发现网上在拍卖这本书的稿费单，我的重温就更具体了。

这本 20 多万字的书由外国文学出版社出版，稿费扣税后不到 3000 元。在 1986 年，是我月工资的 50 倍也就是我四年的工资。在那个年代这是小天文数字了。作为张黎先生，这本书里的文章是他很多年的文章积累，但文章单篇发表时已经是有过稿费的。这样算从收入上看，出版社基本上是第二次付酬。他还有很多别的文集和翻译作品出版。在低工资、福利分房的年代从事这样高雅而收入不菲的文学研究工作怎能不令我神往呢？因此竟敢斗胆不顾自己学门清寒，资历浅薄，也暗自做起这样的“专业”梦并公然跑去社科院外文所申请调动工作了。

90 年代之前的这两个专业梦都不可逆转地破灭了，但那种梦想的美好情愫还是很值得流连。举世滔滔之下，早就没了什么专业梦，但今天帮萨沙买了这些书，抚摸着这些 70 年代和 80 年代的旧书，还是浮想联翩起来。而且在网络时代，竟然还能看到张黎这本书的稿费清单，就更让我的梦重温得翔实起来了。

赵蘅的《宪益舅舅的最后十年》

画家/作家赵蘅女士是我们敬爱的杨宪益先生的外甥女。她用一本书的篇幅，记录了杨先生最后十年中她与先生交往的印象，是流水账似的，隔几天一记，因此是赵蘅心目中的真实记录。姑舅亲，打断骨头连着筋，这个俗语在赵蘅这里体现得尤为充分。

承蒙赵女士送书给我阅读，而我习惯于读书时随手将触动自己的部分做个折页，于是就有了这篇读折页的记录，记下来也有11段，说明这书我读得很认真。读书笔记供同好分享。

40页：杨先生在2001年曾对拍摄自己的传记电视剧很在意，并选中了陈道明演他，黄夏演戴乃迭青年时代，黄夏是他的外孙女，真想看到她，肯定和戴老年轻时非常形似，该有多么美啊！这个电视剧好像至今没见到。不知以后谁来拍，应该拍个精致的电影，能获国际奖的。

53页：杨先生对孙辈的说法：北京人太杂，尤其文艺界，马克思、毛泽东没了，没了信的，年轻人就空虚了。

166页：很齐全的一次老文人聚会，精英们济济一堂，但之后杨老对赵说：太热闹，没意思。

187页：记述2005年9月与巫宁坤先生的会面。那次徐兄从上海来，就让我开车接巫先生去，所以我有幸第一次见到杨老，也是我采访巫先生10多年后第一次再见到他不远万里从美国回来。房子早被国际关系学院破开门搬走东西，把房子分给别人住了。那次会面真如赵记述的那样，平平淡淡，中午时分杨老说别走了，家里有包子，热热吃吧。走时也是淡淡地说再见。但他们没能再见。

192页：记述山东电视台采访杨老，那次赵把李辉、韩敬群和我也叫来凑趣。我正好准备了录音笔顺便采访杨老一些30年代在英国阅读英国当代文学的情况，其实是怀有私心，想知道他当时读劳伦斯的看法。结果是失望，杨老说课堂上最近只讲到狄更斯，他又是学希腊和法国文学的，所以当代文学只是当一般阅读，没什么印象了。任我怎么问也没问出什么。李辉就说人家杨老那时正忙着和戴乃迭热恋呢，顾不上那么多，大家大笑不止。谢谢赵蘅，还画了一幅我和杨老在一起的素描，这是我看到的唯一一张。当初和徐坚忠等人与杨老合影后有张电子版照片的，找不到了。

198页：发现好友卫建民的名字，是他开车送赵蘅回家，临别时关心地问她：你不考虑找个老伴？老卫真是体贴人。

244页：《中国文学》停刊，熊猫丛书也停了。杨老淡然："没什么，停了呗。"

305页：居然是关于叶君健的记述。他弥留之际给儿女训话，不让妻子在场。儿女出来后告诉妈妈："爸爸说他走后你不要改嫁，如果非要改嫁就搬出去住。"可爱的叶老真有意思，那时老妻也是耄耋之年了，他最后关心的竟然是老妻会不会再嫁。童话爷爷很有想象力。不过叶妻当年绝对是大美人，去年九十高龄了还那么有风度，是90岁人中最美的一个。我两次见过老夫人，九十高龄上她还操着浓重的东北口音高谈阔论，把策略发音为ce liao，年过半百的儿子发言刚说几句，她就大声打断："别说了，你说得太多了。"脑子真清醒。

当个muckraker

大翻译家劳陇先生去世后，他的女儿许慧师姐把我曾经写给他的信和送他的书都退还给了我，其中就有这本当年我当责编的《怪面的美国》，很是令我浮想联翩。书看来是被茶水浸泡过又晾干了，泛着黄色，但上面老师的字迹还清晰："毕冰宾同志惠赠　槐影庐藏书　1991.7.20"。那是我从无数外稿中发现的一本译文，译者还是武汉的两位年轻的大学英语老师。后来其中一位成了著名的英语教育专家。

当时我从来稿中拿出它来，本想翻翻看几页，如果不好就写几个字给他们退稿。但一读就读了进去而且一路笑下去，然后是思考。

读这本书，是读一种精神，一种非有旷达的心胸产生不出的文化心态。当你对自己周围的一切像关心自己一样给予十分的关注，发现你与它是一体，自然希望它像希望自己理想与完美，如同希望自己完美一样。有时间为爱之甚，你会对它出言苛刻。这正如人们因为自爱而要照镜子，每照一次都会有新的不满，因此要自宠自嘲地对着镜中的自己“臭骂”一顿一样。

阿尔特·巴克沃德，这个让人一打照面就想笑的美国佬儿，抖着一脸的幽默笑肉，歪着鼻子扭曲着脸，潇潇洒洒地写个不停，在全世界几百（550）家报纸上发表他的这类刻薄的短小杂文与随笔。他成为读者心目中颇有地位的政治讽刺家。

阿尔特的这些文章已汇成25部集子，本本畅销。因为他写的都是普通民众甚为关心的社会问题：从总统的私生活到中央情报局的“发财”之道，从人权问题到环保问题，从失业问题到离婚问题，林林总总。他用顽皮幽默的语言把他耳闻目睹的事实娓娓道出，目的是让美国变得透明，让老百姓“知道政府在干些什么”。阿尔特据说是以每分钟400个词的速度用电脑写作，拼命似的要让百姓们多知道点“事儿”，且净是些丑事恶事。这类记者在西方被称作“搅屎棍子”（Muckraker），是让干坏事的官僚和恶棍们闻风丧胆的主儿。这个一脸坏样儿的搅屎棍子阿尔特竟得到了普通人们的赞扬。读者们写信表扬他，说他的雪片般的“搅屎”文章竟使得社会问题被搅得“像水晶一样清清楚楚”，读后“再也不会从深更半夜的噩梦中惊叫而醒”。阿尔特为此很得意，自称“读了这本书，你就会了解美国社会，而不用去读别的书了”。《怪面的美国》就是从他“这本书”中精选出来的90篇文章组成的。

我百分之百地相信，这样精当犀利的文字绝不是一个外人凭走马看花的印象能写得出的，因为任何一个外人都不会像阿尔特们那样从血液里感知美国。这些文字也不是任何一个“搅屎棍子”都能作得出的，因为我分明读出了阿尔特的一份爱心——他爱他的国家和人民，因此与其说是嘲笑不如说是自嘲的心态让他写得这样洒脱。我坚信，一个不会自嘲的人绝对嘲笑得毫无诗意。而阿尔特则属于这种有诗意的讽刺家。

值得一提的是，在那个据说是“金钱万能”的社会里，这类“搅屎”文章竟然也很值钱，不仅有几百家报纸纷纷发表，还有“搅屎”出版社为他出集子。他成了社会名流，几个社会组织都请他入圈。他为此搅得更起劲了，业余时间还专练爬山和马拉松，为的是当一根结实的“搅屎棍子”。阿尔特，真是条汉子！

这届那届或无届

开学季，微信上传来一本《那三届》书的序言，慷慨激昂。这是又一本关于我们新三级学人（77 ~ 79 级大学生统称恢复高考后的新三级）的回忆文集，这个已陈刍狗的话题似乎又历久弥新，就两个字：光荣。

从纪念恢复高考 30 年开始，这十来年中这类书就层出不穷，字里行间流露的都是这个 80 万人群体的划时代的豪迈和荣耀，强调着这个群体的社会中坚作用。后来这个群体里出了一个总理，夫人也是 77 级，群体的自豪感因此达到了顶峰。

这一本据说是这个群体里 40 位“绝对精英”（书的广告词）的回忆文集，我怎么也得关心一下，毕竟我也忝列这个大群体而且是 77 级。我当然先查作者都有谁，似乎他们写什么并不重要。从头看到尾，我惭愧地承认只知道其中七八个人，对其余的包括编者（他的各种海内外职务列了足有半页纸，辉煌无比）闻所未闻，于是我就知道我这个 77 级边缘人离绝对精英们的距离有多么遥远。文学界的精英我认出了三位：陈建功、刘震云和陈平原，但想起社科院中、外文所的两位所长都是77级，还是海归，这个段位的都没有入选，有点替他们也替编者惋惜。令我还感到失落的是我的大学同级经济系同学樊纲也不在其列，他可是77级出身的经济学“绝对精英”。还有，怎么居然没有张艺谋和陈凯歌，还有……看来40位绝对精英的代表面还是绝对太小太小。那80万人，多么浩浩荡荡的阵势！

十年前中共党史出版社在新三级人里公开征稿出版了《抹不去的记忆》，我看到启事，就写了一篇应征。出版后拿到书，发现作者里一个“绝对精英”都没有，更多的还是一些很普通的教师和公务员，就知道那种征稿方式有问题。那些绝对精英怎么会以普通人的身份去参加这样的征文呢？但那本书与这本绝对精英们的书绝对相映成趣，对比看绝对是两个绝对不同的人群。

还有那些各校各系的同学回忆录，都是这个大群体的真实记录。这个群体估计还会以新三级的名义不断出版绝对精英、普通精英和非精英们的各种文集。明年2017年是恢复高考40周年，肯定有无数本新三级人的不同小群体的纪念文集在策划编辑中，这个重大契机绝对不能错过。

与此同时我得到了一本北京师范大学中文系80级同学们

出版的毕业30年纪念册，每个人都各有一帧30年前后的照片和回忆文字发表，很是令人感慨。我发现里面的绝对精英是作家苏童。还发现里面有三个人竟然是我当年出版社的同事，还有几位也在不同的场合有过交集，这世界真小。

这令我忽然顿悟，我和这些80级的人其实是在1969年同时上的一年级！我因为“文革”停课几年，直到九岁“复课闹革命”才有机会上小学。几个年龄段的孩子同上一年级，黑压压挤了一操场新生，分成了十个班。后来我们紧赶慢赶跳级比他们早两年上了中学，他们又因为夏季改冬季后又冬季改夏季升学多上了一年，我就高出他们三年，读研实习时还教过80级学生，完全没有意识到我跟他们曾经是同学！

这些年日子过来得恍惚，反正我是对这届那届早就麻木了，基本感觉是无届，但届感强烈的还是大有人在。

清雅散淡的《译书记》

《译书记》出版了，收入了很多外国名著译者的翻译札记，其中不乏大家名家，也有中生代和新生代，应该说都是肺腑之言，如果读者想知道这些书的中文孵化者幕后的甘苦和出版的艰难历程，读这书一定能有很大的收获。我发现编者很有心，查到了这些人的生平简历，并依照出生年月的顺序编排文章目录，悄然为我们呈现了这支自发而成的无形队伍的历史纵向轨迹，很是感慨。

从夏丏尊大师起到郭宏安先生止，大致可以说是“老前辈”。当然，这里面细分的话，从傅惟慈到张玉书这批人应该算第二代，从林洪亮到郭宏安为第三代。2 ~ 3 代都是“49 后”在翻译界影响最大的两代人，他们之间多为密切的师生兼同事关系，但还是有明显的“代际”区别，从文化知识结构和素养上考察还是略有差别。第二代在“文革”前基本成名，“文革”中惨遭厄运，“文革”后艰难崛起。而第三代则是“文革”前打好了基础未等起飞就偃蹇，经过“文革”历练煎熬，“文革”后以新生代的姿态成为翻译界的顶梁柱。这批人里杰出的翻译家众多，可能很多人没有写过翻译札记，所以很多该出现的人没有出现，如萧乾、叶君健、冯亦代、草婴、杨必、戈宝权、王佐良等大师。

林少华到黑马这几个50年代初到60年代生人的译者很有趣，尽管年龄相差甚至八岁，按说应该是文化代际上的两代人，但因为“文革”的灾难影响，他们都阴差阳错在1977年成为恢复高考后的第一批本科大学生，学了外语专业并一直从事这个职业。他们姑且算第四代。这批人中只收入了五个人的文字，的确令人有遗珠之憾。但翻译家很少发表个人的翻译感想，都以写作专业论文为职业习惯，甚至可能有人认为那些论述翻译技巧和翻译理论或作家研究的文字更具有专业意义，忽视和轻视所谓“写在译本边上”的“余墨”。这是一种专业人士的误区。估计编者收集他们的“余墨”很费了心思而不得。

让我欣喜的是，后六位“60后”和“70后”已经蔚然成家，而且现在的文学翻译这批人是真正的主力，也正在进入巅峰状态。这批人值得格外重视。

说句“站着说话不腰疼”的话，如果有可能，应该有人为这五代翻译家分别出版一本“写在我的译本边上”的余墨集，展示近一个世纪以来中国翻译家的苦心孤诣之所在。自然这是一个浩繁的工程，应该申请国家文化基金的。

蜜蜂文化出版公司这个地处宋庄画家村的作坊，能如此以边缘的态度做这样一本散淡而有文化韵味的好书，实属清雅之举。他们还出另外几本类似的书，包括：写书记、编书记、卖书记，令人爱不释手。如今也只有这样身处主流边缘的雅士才有这等清香如菊之举。

最近很偶然地发现当年外文局冯亦代、叶君健和杨宪益的不少同事都是翻译大家，如荒芜、符家钦和张友松等。估计前几位的光环太过耀眼，后几位的被关注度就相对低，以后再有这类图书和出版系列，可挖掘的大家还真有不少。

说热爱

《写书记》这本书与此前出版的《译书记》一样，对所收入的作者不论资，但排辈：按照作者的出生年月排文章的先后。这种排列法倒是符合林肯说的“all men are created equal”，但因此窃喜的是我们这些名气小的作者，靠出生年月也能和大腕比肩。

打开书我基本是前面的先不看，后面的也不看，而是从中间看，找的是大致在我前后一两年的同龄人，听他们怎么叙述，以反观自己，看看自己和同辈的作者和译者之间对同样的年月有怎样不同的视角和感触。

在《译书记》里可惜我没有找到与我同龄的译者，有点失落，排在我前面的是长我一年的俄语界大名人刘文飞教授，自然令我仰止。但在《写书记》里却发现排在我前面的著名的余华与我同年。于是就先看他的那篇《我为何写作》，看看这个享誉西方、著名的中国小说家怎么走上写作的道路。文章不长，很朴实，很诚恳，叙述了他从小镇牙医到小说家的过程。无非是每天拔牙八小时，腻烦了口腔里的“风景”，看上了“游手好闲”的县文化馆馆员的工作，就靠写作调进文化馆，可以不坐班，安心写小说。这样的叙述一目十行地就扫了过去，80 年代的社会就是这样，工资都差不多，当然在文化馆比在“牙店”里好。

看来 1960 年的这辈作家注定从一开始就没有很崇高的文学动机，因为大家基本上都是在文化荒漠里长大成人的。我窃喜，余华这样的专业小说家开始写作的目标还没我高。我那时是听说著名的作家梁斌就住在保定的莲花池公园里，那可是百年历史的北方著名园林，写了《红旗谱》的作家就可以住那里，而我们是要掏钱买门票进去游览的，他敢情天天逛公园！还听说离我们不远的京东刘绍棠少年成名后用稿费买了四合院。身边有这样的榜样，我为什么不朝那个方向努力？但这动机说啥也不算崇高吧。

但余华的最后一段话却感动了我。他说：“我相信文学是由那些柔弱同时又是无比丰富和敏感的心灵创造的，让我们心领神会和激动失眠，让我们远隔千里仍然互相热爱，让我们生离死别后还是互相热爱。”

这寥寥数语确实打动了我心中某个柔弱点。关键词是热爱。我们这个年龄段的人是在“热爱”声不绝于耳甚至是聒噪中长大的，几乎每天在课堂里和通过广播和报纸都在受着“热爱”的教育，那就是热爱毛主席，热爱党，热爱祖国和人民，还有热爱劳动。但没有热爱父母，热爱家人，热爱师友等自己最亲近的人。总之热爱针对的是一些被神化和抽象的人和事，你的个人生活中不会有热爱。最终耳朵里的这种热爱之声随着一个时代的轰然结束而彻底湮灭，似乎再说热爱就是虚伪。于是我们很少很少提热爱这个词了。

多少年过去，爱和热爱这样的词开始回归其本意，我们开始缓慢地使用起这个词来。开始把这个词用在自己最发自内心喜欢的人和物上。这几年我偶尔发现我在写散文时居然情不自禁地自然地写下了个别“热爱”。比如我写到童年的古城四合院的邻人，写到那些朴实的劳动者愿意听我这个初中生念报纸和学说点世界大事，是他们最初激励着我“放眼世界”，弄清了哪个国家挨着哪个国家，哪个国家和哪个国家友好或交恶，我就写道：“对他们我永远心存感激，如果不是爱的话。”因为多少年后我确实感到了对他们的热爱，而在那个年代对他们的感情绝不可能与“爱”字有关。

前些日子应邀为别人翻译的劳伦斯作品写个赏析，本是要敬谢不敏的，但在信赖我的编辑的嘘拂下，我答应了，便在文章开头说明写这文章的动机是出自对劳伦斯的热爱和负责。写完后我都惊了一下，我怎么这么随便就写下了热爱两个字？不会是滥情吧。看来不是随便而是出自真心，与劳伦斯作品“相呴以湿，相濡以沫”这些年，潜心体会，小心移译，可说是上了这多年的英文精读课，这无论如何应该说是热爱了。所以看余华那两句“我们远隔千里仍然互相热爱，让我们生离死别后还是互相热爱”，我就心有戚戚焉。热爱我心目中的劳伦斯，岂止是远隔千里，是远隔时空。

文字创造的世界是作者生命的无限延续，也是点燃读者精神生命的火种，就是能让我们在文学中超越时空相互热爱，不是吗？

后　记

收入本集的七十篇随笔均在我近年报刊随笔基础上专门为本书修改增补而成，应该说是笔者非虚构写作的最新成果，基本都围绕书人书事和译书品书两个主题夹叙夹议，算是我的职业特色吧：记述中外文学名家的书缘传奇，深挖其文学生涯掌故逸事；畅谈文学翻译甘苦与技艺，品味经典，评点新书。以此为己任，也抒情，也感怀，纯属在象牙塔内外悠闲漫步观风景之举。

多年来从事劳伦斯研究翻译和长篇小说的边缘写作，却不期受到学界大儒和报纸副刊编辑的青睐眷顾，被不时约写些有感而发的散文随笔并能结集出版，于大部头作品之外我又获得了另一片自由挥洒灵性的天地，甚是心存感激。本集的出版就是受到了柳鸣九大师的提携，得以忝列“本色文丛”。丛书中的诸多作者都是外国文学研究和翻译的大师前辈，我为此深感荣幸，也暗自惶恐，自然更想借此机会认真拜读本丛书的大家杰作，得其沾溉，效法追随。

这是我在深圳海天出版社出版的第二本书。第一本书是1993年海天出版社初创时期出版的翻译作品《劳伦斯随笔集》。近30年后再续前缘，除了柳鸣九大师的提携，自然还有我与深圳这座改革开放前沿城市的缘分使然——当年深圳成为特区时我还是个刚出校门的外国文学专业的研究生，根本想不到这个出入还需要办通行证的地方与我会有什么关系。没想到几年之后深圳就有了出版社，我翻译的《劳伦斯随笔集》就在这里出版了。之后深圳的报纸副刊向我约稿，前几年我又开始为深圳《晶报》的《深港书评》撰写专栏随笔，本集就收入了很多这些专栏作品。这说明我已经深度融入深圳的文化生活了，为此感到幸福并且要感谢深圳的朋友们。

其他文章发表于《文汇读书周报》《中国社会科学报》《悦读MOOK》和《南方周末》等报刊，借此机会一并致谢。

黑马　2018新春　于北京

本色文丛

（柳鸣九主编　海天出版社出版）

《子在川上》柳鸣九 / 著

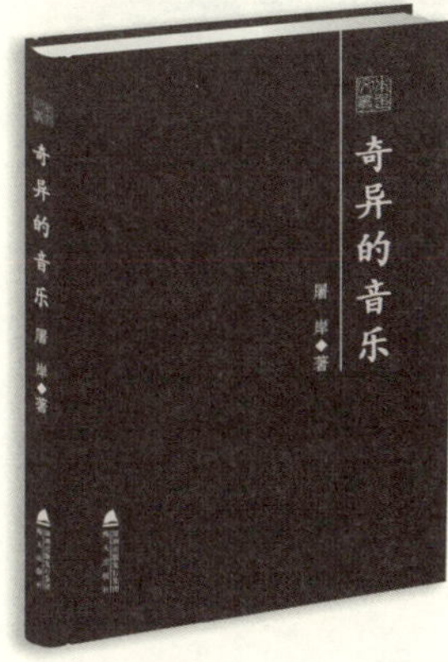

《奇异的音乐》屠　岸 / 著

《岁月几缕丝》刘再复 / 著

《榆斋弦音》张　玲 / 著

《飞光暗度》高　莽 / 著

《往事新编》许渊冲 / 著

《信步闲庭》叶廷芳 / 著

《长河流月去无声》蓝英年 / 著

《坐看云起时》邵燕祥 / 著

《花之语》肖复兴 / 著

《母亲的针线活》何西来 / 著

《神圣的沉静》刘心武 / 著

《青灯有味忆儿时》王春瑜 / 著

《无用是本心》潘向黎 / 著

《纸上风雅》李国文 / 著

《花朝月夕》谢　冕 / 著

《秦淮河里的船》施康强 / 著

《风景已远去》李　辉 / 著

《美色有翅》卞毓方 / 著

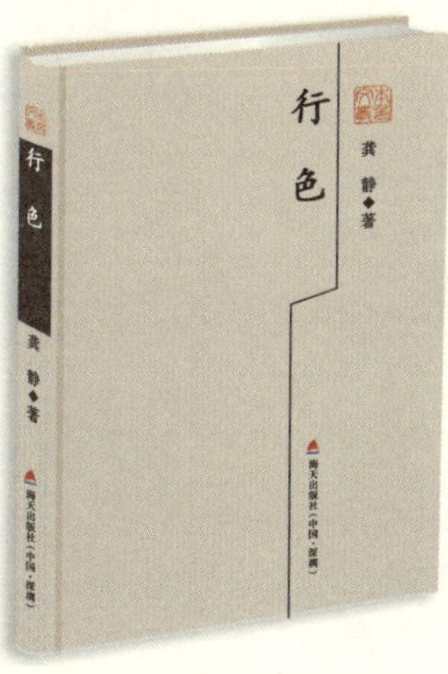

《行色》龚　静 / 著

《好女人是一所学校》梁晓声 / 著

《山野·命运·人生》乐黛云 / 著

《散文季节》赵　园 / 著

《春天的残酷》谢大光 / 著

《哲思边缘》叶秀山 / 著

《春深更著花》江胜信 / 著

《蛇仙驾到》徐　坤 / 著

《心自闲室文录》止　庵 / 著

《向书而在》陈众议 / 著

《四面八方》韩少功 / 著

《遥远的，不回头的》边　芹 / 著

《一片二片三四片》钟叔河 / 著

《乡愁深处》刘汉俊 / 著

《率性蓬蒿》陈建功 / 著

《披着蝶衣的蜜蜂》金圣华 / 著

《尘缘未了》李文俊 / 著

《艾尔勃夫一日》罗新璋 / 著

《无数杨花过无影》周克希 / 著

《无味集》黄晋凯 / 著

《独特生涯》王　火 / 著

《书房内外》黑　马 / 著

《流水沉沙》罗　芃 / 著